어머니의
혼수

어머니의 혼수

1판 1쇄 발행 │ 2018년 12월 20일

지은이 │ 류동림
발행인 │ 이선우
펴낸곳 │ 도서출판 선우미디어

　　　　등록 │ 1997. 8. 7 제305-2014-000020
　　　　02643 서울시 동대문구 장한로12길 40, 101동 203호
　　　　☎ 2272-3351, 3352 팩스: 2272-5540
　　　　sunwoome@hanmail.net
　　　　Printed in Korea ⓒ 2018. 류동림

값 13,000원

ISBN 978-89-5658-595-6 03810

어머니의 혼수

류동림 수필집

선우미디어

≪어머니의 혼수≫ 서

車柱環

　지난 몇 십 년 동안 우리는 ≪수필공원(隨筆公苑)≫(현 ≪에세이문학≫) 등 수필전문지를 비롯한 각종 잡지에 빈번하게 발표된 류동림 씨의 여러 가지 글을 감명 깊게 읽어왔다. 그동안 류동림 씨는 문필 활동을 근면하게 전개해서 대단히 많은 글이 모여졌으나 책으로 엮어내는 일은 자제해 왔다. 지금에 와서 비로소 그중의 일부를 정리하여 ≪어머니의 혼수≫라는 서제(書題)를 붙여 단행본으로 출간하게 되었다. 이제 전체는 아니나마 그의 모아진 글을 이 정도라도 손쉽게 즐길 수 있게 되어 다행스럽다. 나머지 글의 조속 간행도 기대해 보게 된다.

　류동림 씨의 글은 행문이 자연스럽고 자상하여 부담을 느끼지 않고 수월하게 읽어나갈 수 있다. 그리고 제재가 실생활에서 다루어져 구체적이고, 추상적이거나 허황된 것으로 기울어져 있지 않으며, 여러 방면에서 폭넓게 다루어져 종류가 다양하고, 어느 한 부분의 것들로 치우쳐 있지 않다. 그리고 그의 글은 거의 예외 없이 그의 경험과 견문을 토대로 하여 쓰여졌고, 그러한 경험과 견문이 독자의 흥미를 적절히 돋워주면서, 전혀 혼란을 자아냄 없이 차근차근 서술되어 있어 현장감을 느끼게까지 한다.

류동림 씨는 어린 시절에 들었던 이야기와 경험과 견문을 상상 이상으로 생생하게 기억하고 있어 순수함을 잃지 않았으면서도 글맛이 있어 읽다 보면 곧 빠져든다. 류동림 씨는 대소가가 같은 고장에 모여 살아 집성촌을 이룬, 구시대의 전통적인 풍습이 별로 변함없이 지켜져 내려온, 뼈대 있는 집안에 태어나 특히 부친의 사랑을 한몸에 받고 자라 당시의 사랑방의 일들마저도 소상하게 기억할 수 있었다.

이 ≪어머니의 혼수≫에는 우리 구시대의 가정에서 보존되어 내려오던 전통적인 생활양식과 풍습에 관련된 내용이 주로 다루어져 있어, 우리가 읽어나가면 구시대의 아름다운 생활풍습과 거기에서 우러나오는 애틋한 정취에 감탄을 금하지 못하게도 되고 때로는 어렴풋이 향수 같은 것을 감지하기에 이르기까지 한다.

이를테면 〈어머니의 혼수〉에 류동림 씨의 모친이 안사돈들과 주고받은 언문편지 모음인 ≪간독(簡牘)≫ 이야기가 있는데, 규방문학으로 일컬을 만큼이나 높은 평가가 주어져 있다. 보여준 몇 대목을 읽어보기만 해도 수긍이 간다. 그러한 형식을 갖춘 간독은 아니더라도 당시 전화가 없던 시절에 부녀자들이 주고받은 언문으로 쓴 간단한 내용의 간지(簡紙)에 쓴 편지 이야기도 있다. "고모님, 뒤뜰 오동나무에서 부엉이가 청승맞게 울어댑니다. 그 소리에 잠 못 이루시는지 고모님 방에서 불빛이 보이네요…." 류동림 씨 숙모님이 청춘과부댁이 된 시고모에게 써보낸 사연이다. "질부 방에서 지금 다듬이 소리가 들리는데 무엇을 그리 두드리는가. 낭군 두루마기 감인가?…” 시고모의 답서다. 이러한 편지 쪽지를 어린 류동림 씨도 날랐다는 것이다. 당시 부녀자들 사이에 이런 일이 자연스럽게 행하여졌다는 것을 아는 사람은 별로 없으리라 여겨진다. 나는 〈어머니의 혼수〉를 읽고 삶의 향기를 진솔하게 느낄 수 있었다.

〈보자기〉에 나오는 천 쪽 저고리 같은 의복 이야기 등등을 포함하여 실생활과 직결되는 내용이 실로 풍부하게 다루어져 있다.

류동림 씨의 이 책이 나와 우리 선인들이 지켜 내려오던 자랑스럽고 아름답기도 한 고풍이 잊혀가는 것을 일깨워 주었다. 또 나아가 그러한 구시대의 생활풍습 가운데서 오늘날의 생활에 반영시킬 수 있는 것들을 찾아낼 수도 있게 되었다. 류동림 씨의 이 ≪어머니의 혼수≫의 출간을 환영하며 널리 읽혀지기를 바란다.

2006년 11월 26일

※ 차주환(車柱環. 1920. 12. 7~2009. 12. 2)
중국문학자. 애국지사. 진단학회 평의원과 학술원 중국문학 분야 회원. 서울대 명예교수. 현대수필문학대상 등을 받았음. ≪도연명 전집≫을 완역하고, ≪한한(漢韓)대사전≫ 편찬에 참여함. 주요 저서 ≪한국의 도교사상≫ ≪공자≫ ≪고려당악의 연구≫. 번역서 ≪중국문화 사도론≫ ≪사십자술≫. 수필집으로 ≪허물 없는 이와의 대화≫ ≪세월을 다듬으며≫ 등 다수.

작가의 말

두 분 어르신께서 떠난 이 땅은 빈 듯 허전할 뿐이다.

내가 처음에 차주환 선생님 댁을 방문했을 때 덩그러니 큰 저택에는 선생을 보살피는 넷째 따님과 선생님 두 식구뿐이었다. 넓은 마당에는 수령이 오래된 회나무가 큰 기침을 하며 위용을 자랑하듯 늠름한 모습으로 서있었다. 늙은 감나무에 매달려 있던 감인 듯한 홍시 몇 개를 넷째 따님 인애 씨가 쟁반에 담아 내왔는데 맛이 좋았다.

제가 펴낼 책 서문을 써주신다니 영광이라고 인사를 드리고 제 글은 묵은내가 나는 시시한 글이라고 말씀드렸다. 선생님의 답변은 뜻밖이었다. 류동림 씨의 글은 묵은 냄새가 아니고 삶의 향기라고 허물을 덮어 감싸주셨다. 그 말씀에 몸 둘 바를 몰라 부끄러울 뿐이다.

이번 책은 자꾸 미루는 내 나쁜 버릇의 산물이자, 선우미디어 이선우 선생의 인내심과 배려의 덕을 입은 선물이기도 하다.

버리기 아까운 우리의 전통에 관련된 이야기들을 후손들에게 몇 편의 글로나마 들려준다면 기쁘겠다. 평범한 사람들과 주위의 자연에 대한 이야기들도 함께 전하고 싶었다.

　그동안 일이 겹쳐서 출간이 계속 늦어지는 것을 답답하게 바라보며 걱정을 많이 하셨던 선배님들, 선생님들께 고맙습니다. 그리고 문우 여러분께도 감사인사를 올립니다.

　끝으로 책 표지와 뒷면에 예쁜 그림을 그려준, 초등학교 1학년에 다니는 사랑스런 손녀 하윤이에게도 고맙다는 말을 전한다.

2018년 늦가을

저자 류동림

차례

푸른
수목원

푸른 수목원

우리 마을에 수목원이 생겼다. 내가 사는 집에서 몇 걸음 안 되는 가까운 거리에 수목원이 있어 환경이 좋아진 것이다. 애당초 이곳 주위는 논밭이었다. 경제성보단 맑은 공기를 찾아 모인 주민들이다. 물론 시장도 관공서도 은행도 멀어 생활은 불편해도 자연의 장점을 보며 아쉬움을 달랬다.

처음에는 우리들의 텃밭 몇 천 평이 수목원 용지로 헐값에 수용되는 것이 아까웠다. 뿐만 아니라 텃밭에서 무공해로 푸성귀를 가꿔 먹고 다른 사람과 나누는 재미도 쏠쏠했는데 그런 것의 상실감도 적지 않았다. 하지만 용도가 수목원이라는 것에 위안을 받았다.

한낮에는 사람들이 더위를 피해 수목원에 나오고 저녁에는 더 많은 이들이 산책을 한다. 걷는 것이 건강을 유지하고 병을 예방해주는 첩경이라고 걷기 예찬론이 자자하다. 비용이 들지 않아서 호응도가 높다. 부부, 가족이나 친구, 연인 또는 이웃과 함께, 혹은 혼자서도 열심히 걷는다.

걷다가 다리가 아프거나 피곤할 때 둘러보면 쉼터를 자주 만난다. 그것도 여러 가지 형태로 되어있어 취향대로 선택한다. 시골 마을에서 보던 짚으로 지붕을 한 정자가 띄엄띄엄 있어 친근감을 더한다. 거기엔 손주를 돌보는 노인들이 주를 이룬다. 지붕의 그늘도 솔솔 부는 바람도 시원하고 마루에 잠깐씩 허리를 펴고 누울 수 있어 어르신들의 천국이다. 파라솔 몇 개가 모여 있는 곳에는 탁자와 의자가 구비돼 있어 편리함을 쫓는 젊은이들 차지다. 오석으로 깎은 새까맣고 반들반들한 자리가 적재적소에 놓여 쉬어가라고 부르는 듯하다. 그 돌 자리 중에 돋보이는 백미는 하트 모양의 흰색 돌 방석 세 개다. 마치 사과 가운데를 자른 것처럼 씨 두 개가 박혀 있는 모양이 특별해서 더욱 좋다.

지난 7월 무덥던 어느 날, 저녁을 일찍 먹고 수목원을 한 바퀴 돌아오자는 남편을 따라가 하트 모양의 돌 위에 앉아 느긋한 시간을 즐기고 있었다. 남편이 가리키는 쪽을 바라보았다. 기러기 몇 마리가 편대를 이루며 날고 있다. 얼마 만에 보는 광경인가. 그 위에는 하얀 조각달이 우리를 내려다본다. 이건 웬 떡이람. 모든 여건들이 우리를 살맛나게 하려고 작정한 것 같다. 왜 달이 흰색이냐고 묻는 남편에게 "아직 날이 밝으니 하얗게 보이는 것이다."는 퉁명스런 대답 대신 "참 기분 좋다. 이런 것이 행복이겠죠. 이 시간을 마음 깊이 새겨두고 죽을 때 꺼내어 펼칩시다."라고 말했다. 남편은 너무 거창하다며, 이 정도야 마음만 먹으면 자주 느낄 수 있는 행복이 아니냐고 한다. 그렇다. 행복은 특별하고 별다른 게 아니라, 이렇게 매 순간 조금씩 만들어가는 것인지도 모른다.

산 아래 지은 온실 또한 그냥 스치기엔 아깝다. 열대 식물을 가꾸는 소규모 식물원이 있어 발걸음을 멈추게 한다. 한편 전력난으로 숨넘어가는 뉴스를 들을 때면 이 온실이 마음에 걸린다. 겨울 동안에 열대 식물들을 살려내자면 얼마만한 전기를 필요로 할지 걱정이 안 될 수가 없다. 식물원이 다른 것에 비해 전력을 우선할 만큼 절실하게 필요한 건 아닌데 싶기도 하다.

오후 다섯 시 넘어서는 볼 수 없는 꽃 수련, 꽃이 보여주는 자연의 색 중에 이보다 더 고운 빛깔이 또 있을까. 물에서 다 씻어낸 말끔한 얼굴로 피는 수련은 게으른 사람에겐 보여주지 않겠다는 듯 늦은 시간에는 얼굴을 감춘다. 이렇듯 오므리고 있다가 아침이 되어야 새롭게 솟아나와 보여줘 감질나게 한다. 연분홍 진보라 연노랑 흰색 등 여섯 가지 색의 수련이 이처럼 선명한 색채로 아름답다는 걸 여기 수목원에서 보기 전까지는 알지 못했다. 갈대를 들러리로 세우고 함초롬히 피는 수련을 볼 적마다 감탄이 절로 나온다.

이리저리 구부러져 운치를 더하는 데크 다리를 걸으며 물밑을 내려다본다. 곤충이며 물고기들이 노는 데 한눈을 팔다가 시야를 넓혀 저수지 아래쪽을 보았다. 거기엔 청둥오리 물병아리뿐 아니라 쇠물닭, 흰뺨검둥오리 같은 흔치 않은 이름의 물새들이 쌍쌍이 물위를 떠가는 모양도 압권이다. 꽃꽂이에서 몇 번 본 일밖에 없는 부들이 물가에 심겨진 걸 보게 된 것도 경이롭다. 전엔 부들방망이를 식물로 알지 못하고 장식을 위해 사람이 만든 줄 알았었다.

이곳 수목원에는 장미가 색색으로 모여 핀 장미원이라는 이름의 꽃밭이 꽤 넓은 자리를 차지하고 있다. 꽃 중에 왕이라는 장미가 무리지어 있는 꽃밭이지만 수련에서 느끼는 산뜻한 아름다움은 찾아볼 수 없었다. 수목원이라는 이름으로 자리매김한 이곳에 맨 먼저 만들어진 것은 장미 밭이었다. 하지만 뿌리를 내리지 못한 장미는 겨울에 얼어죽는 게 태반이다. 나는 흔히 볼 수 있는 장미보다 피톤치드를 많이 만들어내는 수목을 더 많이 심어 공기도 정화시키고 우거진 그늘이 만들어졌으면 좋겠다고 생각했다.

수목원에서 한몫을 톡톡히 하고 있는 것이 북 카페다. 공간은 넓지 않지만 주민들이 기증한 책이 있고 읽는 사람들이 있고 무료 봉사하는 사람들이 책을 관리해주는 곳이다. 아는 문인 중에 글 잘 쓰는 사람이 있어 그분들의 책 몇 권과 내가 소장하고 있던 책들 그리고 내 작품집 몇 권도 함께 기증을 했다. 수목원 산책길에 북 카페에 들러 내가 기증한 책의 안부를 살피곤 한다. 그 책들을 열심히 읽는 모습을 볼 때 흐뭇하다. 집에 쌓아만 두었다면 이런 보람을 어디서 찾겠는가. 기증할 때 낼까 말까 망설이던 책이 한 권 있었다. 이성현 구청장님의 단행본이었다. 그분의 구청장 취임식에 정유준 시인이 낭송한 헌시를 책 제목으로 한 ≪구로 날씨 맑음≫이라는 책이다. 그 속에는 그분이 공직을 통해 체험한 일들이 진솔하게 녹아있었다.

이성현 구청장님을 처음 뵌 것은 구로문학 시화전에서였다. 인사말을 할 때 목에도 목소리에도 힘을 주지 않아 듣는 자가 귀를 쫑긋

세우게 하는 부드러운 말 속에 설득력이 있었다. 리더십은 군림하는 데 있지 않고 섬김에 있음을 알게 했다. 또한 여러 가지 정황으로 보아 털어도 나올 먼지가 없다는 신뢰감도 들었다. 그런 선입감이 있어 출판기념회 초청에 응했다. 책의 홍수시대라 할 만큼 문인들로부터 무료로 오는 책을 다 소화를 못 해 쌓이는데 이 책을 사야 할지 망설였다. 하지만 기념회장에 온 수많은 사람들이 책을 사려고 긴 줄을 이루고 있었다. 출판기념회에선 으레 음식 대접을 하고 책 한 권씩을 주는데 이곳에선 그것이 생략되었다.

뿐만 아니라 그분의 책에 서명을 부탁하자 내 이름을 묻는다. 문학행사에서만도 여러 차례 뵈었는데 이름도 모르다니 처음엔 좀 서운했지만, 많은 사람을 상대하다 보니 그렇겠지 이해를 했다. 유쾌하지 못한 일이 또 생겼다. 서명에는 문인협회 아무개 씨라고 썼을 뿐 선생님이라고 쓸 자리에 씨라고 쓴 것이다. 왠지 낯설었다. 등단한 지 몇 년 후부터 선생님이라고 불린 지가 사십 년이 되어가고 나는 그 칭호에 자부심을 갖기도 했다. 대단하신 원로 선생님들께서도 깍듯이 선생이라고 불러주실 땐 송구하면서도 만족했다. 그런데 나이도 나보다 훨씬 아래고 등단 또한 수십 년 늦은 분이 구청장 자리가 그처럼 대단한가, 볼멘소리가 나왔다. 하지만 곧바로 고개를 저었다. 너무나 순수해서 그러리라는 생각이 들어서 청장님의 진정성을 의심하지 않았다.

구청장님이 쓴 책 ≪구로 날씨 맑음≫을 읽었다. 모든 공직자가 이분 같다면 이 사회가 따뜻해지고 국가도 맑아지겠지 하고 책을 누군가에게 주고 싶었다. 좋은 생각이 떠올랐다. 수목원에 있는 북 카페에 기증을 하면 여러 사람이 읽겠지. 그런데 뜻밖에도 수목원 관리실 직원이 이 책은 퇴짜를 놓았다. 기증을 받을 때 심사를 하는데 종교서적, 잡지, 그리고 정치성을 띤 책은 받지 않는다고 했다. 까닭은 선거법 위반이란다. 그것을 헤아리지 못한 자신이 민망했다. 하마터면 선의의 관심이 그분께 누를 끼칠 뻔한 일이다.

이 수목원에는 낙락장송이 몇 그루씩 모여 있어 먼저 눈에 들어온다. 멋지고 늠름한 자태로 이곳에 있는 1,790종에 이르는 수종을 보살피듯 굽어보고 있다. 종류마다 각기 다른 색과 모양을 갖고 제 나름대로 열심히 살아낸다. 곡선으로 채워진 수목으로 목욕을 하고나면 정신이 맑아지며 정화가 된다.

이 수목원을 조성하는 데 적지 않은 돈이 들었을 것이다. 하지만 마음의 상처를 입거나 몸이 아픈 많은 사람들의 건강에 도움이 되는 이상 그 성과가 더 크다고 생각한다. 건강보험의 가치로만 보아도 남는 장사가 아닐까.

수목원을 걸으며 소로의 《월든》을 생각한다. 나는 그 책을 읽을 때 그런 곳에서 그와 같은 삶을 동경해왔다. 숲과 호수가 있고 그 곁에 통나무집을 짓고 자기가 먹을 것을 심어 가꾸는 단순한 생활을 하며 산책을 하거나 책을 읽고 글과 일기를 쓰고 사색을 한다. 비록 통나무집은 없지만 그와 비슷한 환경에서 산다는 것이 행복할 뿐이다.

(「구로문학」 2013)

씨앗 · 3

늦가을 각종 씨앗을 갈무리하느라 바쁘다. 재미삼아 하는 농사이다 보니 조금씩이지만 가짓수가 많다.

농부들은 가장 알찬 것으로 골라 종자로 하는데 나는 엉터리라는 양심의 가책을 가지고 있다. 지난해에 완두콩을 거두어 풋콩은 바로 먹고 마른 것은 저장용과 씨앗용으로 간수해 두었다. 봄에 심으려고 봤을 때 놀라지 않을 수 없었다. 바구미가 파먹어 동그랗게 구멍이 나있었던 것이다. 구멍 뚫린 것이 절반이 넘어 골라내어 씨로 심었다. 상한 것일 때는 세 개 정도 심는데 이번엔 대여섯 개씩 심었다. 종자가 부실해서 싹을 틔울지 의구심을 갖고 모험을 한 셈이다. 그런 씨앗을 심고도 풍요로운 수확을 기대한다면 '염치도 좋네.' '욕심도 많네.' 할 텐데 완두콩이 말을 못 해 다행이다.

이 농장에서 가장 먼저 누런 땅에 푸른 색칠을 하는 것은 완두콩이다. 여기저기서 완두콩 순이 줄기차게 뻗어가고 있는데 우리 완두콩

밭은 아직 땅이 많이 드러나 있었고. 드물게 난 싹은 기운이 없어 보였다. 바구미가 파먹고 남은 양분을 모아 안간힘을 다해 싹을 틔웠을 완두콩이 안쓰럽다. 내 손으로 애써 가꾼 것은 얼마나 소중한지 콩 한 알 야채 이파리 하나도 섣불리 버리지 못하지만 바구미 먹은 완두콩만은 아까워도 과감히 버리고 씨로 심지 말았어야 했는데 곧 후회가 되었다. 그 보상이라도 하듯 퇴비를 거름으로 듬뿍 주었다.

모든 생명체는 새 생명을 탄생시키는 데 쉬운 것이 없으리라. 사람이나 동물들은 어미 아비의 도움을 받아 태어난다. 닭은 알에서 깨어날 때 꽉 막힌 둥그런 껍질을 뚫고 나올 수 없어 안에서 삐악거리면 어미 닭이 소리 나는 쪽 껍질을 쪼고 안에서 병아리가 쪼아 마주 떨어져 드디어 껍질이 깨진다. 그것을 줄탁(啐啄)이라고 한다던가. 드디어 병아리에겐 천지개벽의 사건으로 좁은 알 속에서 세상으로 나올 수 있다. 개미는 알을 깔 때 여왕개미가 그 수많은 새끼의 껍질을 하나하나 벗겨준다고 한다. 그렇게 해서 태어난 반면 식물은 새 생명이 태어날 때 부리도 손도 없고 움직일 수도 없다. 고통이 있다 해도 몸부림칠 수도 없는 터이다. 싹 틀 부분이 간지러워도 어디에 대고 비빌 수도 없어 잠자코 기다리는 수밖에 달리 방법이 없다. 다만 기름진 토양에 자주 비가 내려 촉촉해진 데다가, 부지런한 농부를 만나 자라는 데 방해가 되는 잡초를 제거해주는 좋은 환경에 심겨진 씨앗은 싹트는 데 한결 쉬울 것이다. 나는 그 완두콩을 거두면서 미안함과 부끄러움을 느끼지 않을 수 없었다. 내년부터는 좋은 것으로 골라 씨로 삼으리라.

부족한 양분에 흙 반에 자갈이 반인 박토를 탓하여 포기하지 않고 주어진 조건에서 최선을 다해 종(種)을 퍼뜨리는 임무를 해낸 것이다. 완두콩 쌈지에 알맹이를 감싸안고 나날이 불룩해지는 모양을 대할 때 어찌 장하다 하지 않겠는가. 이렇듯 모든 생명들은 자연을 거역하지 않고 주어진 역할을 다한다. 오직 사람만, 특히 현대인들은 자식을 낳는 것조차 계산하며 숫자도 정하고 남녀를 구분해서 낳거나 금한다. 편하게 살 궁리에 아주 안 낳는 이도 있다니 사람처럼 순리에 따르지 않는 이기적인 동물도 없다는 생각이 든다.

완두콩은 그렇게 시원찮은 씨앗이나마 종족 번식에 충실한 나머지 소출이 제법이었다. 조금씩이지만 열다섯 집이 나눠 먹게 되었다.

그 비슷한 경험이 또 있다. 작년 이른봄에 비닐봉지 속에서 싹이 돋아 있는 감자를 지하 광에서 발견했다. 반찬 할 요량으로 사다가 광에 둔 것을 잊고 지냈던가 보다. 감자 껍질은 노인 뱃가죽처럼 쭈글쭈글하고 순이 새끼손가락 길이만큼 자라 있었다. 그 감자는 맛도 영양도 다 뽑아 싹으로 모아주고 새 생명을 위해 썩을 준비가 되어 있었다. 자잘한 감자를 두 쪽이나 세 쪽을 내어 싹이 부러지지 않게 공들여 심었다. 깊이 묻으면 숨이 막힐 것 같고 얇게 묻으면 얼어 죽을까봐 몽근 흙가루로 살짝 덮고 그 위에다 마른 풀과 짚으로 덮어주었다. 하지만 이미 돋아났던 순은 시들고 새 생명을 일으키는 새싹은 곁에서 돋고 있었다. 드물게 비어있는 자리를 파봤다. 감자 조각이 썩지도 싹이 나지도 않은 채 말라가고 있었다.

순이 난 감자가 있어 생각지도 않은 감자 농사를 처음으로 짓게 된 것이다. 종자가 작은 바가지로 한 바가지쯤 되었는데 한 박스쯤의 수확을 했다. 완두콩을 심은 자갈밭과는 달리 살이 좋은 밭 덕인가 보다.

내가 알기로는 감자와 마늘이 종자가 가장 많이 드는 반면 조가 가장 많은 씨를 맺는 것 같다. 조는 한 알에 수 천 개 이상이 남는데 감자와 마늘은 열 배 정도이고 기껏해야 이십 배에 지나지 않는다. 그런데도 버려질 싹 난 감자 씨에서 난 감자를 캘 때 보슬보슬한 흙 속을 보물을 캐듯 조심스럽게 호미로 살살 파헤치면 주먹만 한 것이 불쑥불쑥 나뒹굴고 감자 줄기를 뽑으면 올망졸망 딸려 나온다.

하나님의 섭리에 따라 햇빛 비추고 비를 내리는 자연의 질서에 내가 거들어 이루어진 것을 내 힘으로만 된 것처럼 착각한 적이 많다. 스스로가 대견해서 "내 손으로 지은 거예요. 맛보세요." 하면서 자랑도 서슴지 않았다.

벌의 일생

벌침을 맞다가 벌 두 마리를 놓치고 말았다. 비눗갑 크기의 플라스틱 통에 100여 마리가 비좁게 바글거리고 있었다. 입구를 조금 열고 핀셋을 넣어 한 마리를 잡으려는 순간 기회는 이때다 하고 두 마리가 빠져나왔다. 창문을 열어주었더니 그 두 마리는 드넓은 밖으로 날아갔다. 때는 따뜻한 봄날, 여기저기 핀 꽃들이 고운 색과 그윽한 향기로 유혹하며 서로 손님을 맞이하려고 손을 까불겠지.

밤이 되자 날아간 벌 생각이 났다. 어디로 갔을까. 어떤 사정으로든지 집을 나온 청소년들이 가장 두려운 것은 밤이라고 한다. 집에 있을 땐 구속이 싫어 오직 당장의 자유만을 갈망하지만, 그것이 일시적으로 성취됨과 동시에 의식주를 스스로 해결해야 하는 무거운 현실이 발목을 잡는 법. 그 도망간 벌도 이 밤을 어디서 어떻게 보낼지. 소속도 갈 곳도 모른 채 당황하며 겁을 먹고 있을 것만 같다. 숨 막히는 좁은 공간이지만 동료들 속에 함께 있고, 사탕이나마 먹이가 주어지는 플라스틱 통의 안주를 그리워할지도 모르겠다.

한편으론, 두 마리가 나갔으니 홀로가 아니고 둘이라는 사실이 위로가 될 것도 같다. 다른 벌을 따라가 그 무리들 속에 끼어서 어울릴 수는 있을까. 하지만 벌은 자기 식구가 아니면 맹렬히 배척한다고 한다. 벌이 끼리끼리의 집단생활을 중요시하고 거기에 익숙해진 것은 오직 종족보전과 종족번식에 목적이 있다. 정에 약해 딴 식구를 받아들였다간 병균을 옮겨오거나 행여 여왕벌이나 알, 새끼에게 손상을 입힐까봐 미리 차단해야 한단다.

일벌들은 여왕벌을 모시기 위해 집을 먼저 짓는다. 건축물은 육각형으로 아주 정교하고 아름다울 뿐만 아니라 위생적이고 과학적이어서 외부의 침략을 방어하고 각종 세균으로부터 안전하도록 설계된다. 일벌이 분비한 '밀랍'으로 벽을 만들고, 나무에서 채취한 '프로폴리스'라는 물질을 구멍이나 틈새를 메우는 접착제로 사용해서 집을 튼튼하게 한다. 여왕벌이 알을 낳는 방은 얇은 막으로 덮고 '프로폴리스'를 씌워서 소독을 하고 벌통을 침입한 곤충의 부패방지를 위해서 철저히 관리한다. 마지막으로 일벌들이 산실에 모여 날갯짓으로 바람을 일으켜 상쾌한 방이 되도록 최선을 다한단다.

여왕벌은 '로열 젤리'에 의해서 만들어진다던가. 로열 젤리만 먹고 자란 여왕벌은 일반 일벌보다 크기도 몇 배 더 크고 수명 또한 40배나 길다. 뿐만 아니라 정력이 넘치고 생산성이 뛰어나서 하루에 삼천 개까지 알을 낳을 수 있는 여왕벌로 군림하게 된다. 우리나라 젊은이들이 아기 낳기를 꺼린다니 그 점에선 벌의 세계가 부럽다.

육각형의 벌집 하나에 꿀을 채우려면 꿀벌이 8천 번의 날갯짓을 하며 꽃을 찾아다녀야 한다고 들었다. 꿀벌은 모든 생애를 일하는 데 바치고 과로로 수명도 짧다고 한다.

오래전에 어깨의 통증으로 고생할 때 교회 권사님으로부터 벌침을 맞고 효험이 있었다. 벌침에서 나오는 독이 염증에 좋다는 것을 느끼고 멀리 다니며 벌침을 배웠다. 벌의 마지막 무기인 침까지 인간을 위해 쓰이고 죽음을 맞는다.

벌을 생각하면 꼭 따라다니는 몇 장면의 그림이 있다. 나의 친정 큰댁은 할아버지께서 사셨던 큰 집이면서 식솔들이 많은 데다 문중 종가이기도 해 늘 사람들이 북적거렸다. 할아버지께서 외부 손님을 접견하실 때는 바깥사랑채에 있는 큰 사랑에서 하셨고 진지 잡수시고 밤에 주무실 때는 옆채에 있는 작은 사랑방에서 거처를 하셨다. 과일 나무는 모두 안채 뒤 언덕에 있고 사당 뒤에는 오동나무와 백일홍이 큰 사랑채 앞에는 산수유가 나름대로 자기 몫을 했다. 하지만 입구자집으로 둘러막혀있는 안마당에는 풀 한 포기도 없어 삭막하기 짝이 없다. 다행히 할아버지 방 앞에만 굵은 등나무 기둥이 처마를 타고 올라가 양쪽으로 뻗어 기와지붕의 차양을 만들고 그 등나무가 시원한 그늘을 드리워 푸르른 생기를 주었다. 뿐만 아니라 6·25 때 별안간 들이닥친 빨치산을 피해 사촌오빠가 등나무를 타고 올라가 목숨을 구하게 되었다. 그 등나무 밑둥 곁에 벌통이 놓여있었다. 그것은 한봉이었다. 벌도 작고 순했다. 할아버지께서 쓰시는 마루 끝에는 한약재가 자주 널려있어 감초를 골라 씹느라 근방에서 자주 놀았다. 그래도 벌에 쏘인 적은 없어 지금도 벌을 무서워하지 않는다. 벌통이 그곳에 놓여 사람이 보기에는 운치가 있어 보일지 모르지만 벌에게는 사람들이 늘 드나들어 불안한 장소여서 꿀을 치기에는 알맞지 않았을 것이라는 생각이 이제야 든다.

그 벌통은 나의 둘째 언니의 시아버지 되는 사장(査丈)어른께서 우리 조부님께 선물로 보내온 것이라고 한다. 양봉을 치는 이가 없던 예전에는 한 봉 꿀 한 병도 귀한 선물로 여겼지만 벌을 통째 선물한 일은 흔치 않다. 그 댁에 있는 벌 두 통 중에 한 통을 보내오면서 한 번에 끝나는 선물이 아니고 두고두고 꿀을 따 가용으로 쓰라는 깊은 뜻이었으리라.

등꽃이 필 때는 벌들이 윙윙대며 보라색 꽃송이를 파고드는 그때의 모습이 한 폭의 수채화로 떠오른다.

햇살 맛

따뜻한 햇살이 감질나게 그리워진다. 그리워하면 다가온다던가. 그렇게 햇살은 한 발 한 발 내게로 가까이 오고 있다.

성미 급한 나의 생각은 실제보다 한 발 앞서 내달린다. 요대기 만한 넓이의 뒤뜰에는 흙이 제법 보송보송 보드랍다. 땅속에서 잠자던 개구리가 깨어 나온다는 경칩이 지나자 밭갈이 할 때라고 일깨워 주는가보다. 마음이 바빠진 나는 지난해 나를 행복하게 했던 일들을 떠올리며 씨앗봉지들을 챙긴다.

뒤꼍에서 아침 이슬 머금은 상추와 쑥갓을 솎아 담고 들깨 잎도 한 주먹, 풋고추와 오이에 가지도 몇 개 따 담았다. 호박은 단 한 개만 주먹만 하게 열려서 딸까 망설이다가 뒤로 미루었다.

금방 뜯어온 채소들을 밥상에 올렸다. 아삭거리는 식감이 입맛을 돌게 한다. 싱싱하다 못해 살아서 밖으로 달아나려고 했다. 가족들은 또 채소 위주 식단이냐며 불평도 하지만, 햇살 품은 신선함을 꼭꼭

씹어 음미해 보라고 타일렀다.

햇볕이 만들어낸 색과 맛은 어떤 것일까. 한 가닥 한 가닥 소중한 시간을 들여 빚어 낸 맛, 사람이 사는데 필요한 영양소를 갈피마다 골고루 느리게 채우고 그 맛 또한 천천히 머금고 내뿜었을 것이다. 처음에 싹이 틀 때는 색도 맛도 그게 그거였다. 모두 희미한 연두색에 싱거운 맛 일색이었다. 그렇지만 하루하루 햇살을 받을수록 자기만의 색과 맛을 만들어 내고 있었다. 자기만의 맛을 뽐내듯…

고소함은 분명 햇살 맛이었다. 햇살 맛이 채소 안에 날마다 조금씩 배어들듯이, 입 안에서 그 맛이 살아날 때도 서서히 여운이 남아돈다.

햇살 맛이란 어떻게 보면 본래의 자기 맛을 더 강화시키는 것이 아닐까. 햇빛을 많이 받았을 때 원래의 고소한 맛은 고소함을 더하고 달짝지근한 맛은 좀 더 달큰한 맛으로, 쌉싸래한 맛은 쓴맛으로, 새콤한 맛은 신맛으로 붙잡아 주는가 하면 향기로움은 그 향기를 더 강하게 만들어주는 듯싶다. 자기의 정체성을 맛으로 다지는 것 같다. 햇살을 받고 자란 식물로 만든 반찬에서는 감칠맛이 더불어 생기니 참 묘한 노릇이 아닐 수 없다.

몇 개의 화분에 뿌렸던 들깨씨가 잘 나와서 자기 자리를 차지하려고 영역 다툼을 한다. 말도 할 수 없고 움직일 수도 없는 식물들의 생존경쟁 세계에선 결국 키가 더 자라서 햇볕을 많이 받아야만 승리자가 된다. 옆에 친구들의 눈치나 보고 어물거리며 양보하다가는 이웃들에게 치어 위로 솟아날 기회를 놓치고 만다. 다른 것이 먼저 앞

자리나 윗자리를 점령해버려서 밝은 해를 보지 못하면 자기 영역에서 낙오자가 되고 만다. 그늘에서 벗어나 고개를 쳐들고 두 팔을 뻗어 활개를 치며 자기만의 태양을 차지할 때 성취감은 저절로 생기겠지.

물과 함께 햇볕을 속속들이 받아들인 것들은 기개가 충천하여 날로 늠름해진다. "햇살을 잘 받은 놈은 역시 달라. 영양이 좋아서 씨앗도 튼실하게 잘 맺을 거야"라는 덕담도 해주었다. 그런데 마치 내 말을 알아듣기라도 한 것 같은 느낌이 든다, 특히 '씨앗'이란 단어에 그 채소들의 귀(?)가 번쩍 띈 듯하다. 마치 자기들의 사명감을 다시금 떠올리며 재확인하듯이.

세상에 존재하는 모든 생물은 종족 보존이 큰 목적 중 하나이고 절체절명의 가치며 거부할 수 없는 본능이다. 사람만이 이기적이고 개인주의로 변질되어 자기 편한 것만 좇고, 자유롭게 사는 것에 저해 요소가 된다면 자식을 갖는 것조차 거부하는 이들이 많다고 한다.

햇살 머금은 야채를 뜯을 상상을 하면서 생각의 실타래를 종족보존의 위기 문제에까지 나래를 펼친 내 생각이 너무 비약적인 걸까.

이런 상념들에서 벗어난 후, 내 그늘에 가려진 돗자리만한 크기의 남새밭 채소에게 햇살이 제대로 들도록 옆으로 한 걸음 비켜주었다.

모녀 같은 동서지간

내가 한 번도 뵌 적이 없는 외할머니 두 분이 한 집에서 한 솥밥을 먹으며 평생을 화목하게 사셨다고 한다. 이분들 사이는 하늘이 맺어준 남다른 인연이라고 모두들 일컬었다.

다른 이들은 외갓집이나 외할머니 하면 모성의 원천인 아련한 향수로 다가올 텐데 내게는 그런 감정이 없다. 외가댁 대문 안에 들어서면 할머니는 버선발로 뛰어나와 나를 감싸안고 들어갈 것이고, 깊이 숨겨두었던 맛난 군것질 거리를 챙겨주시는가 하면 저녁이면 옛날 얘기를 들려주느라 밤이 이슥토록 시간을 잊고 나는 달콤한 꿈길로 빠지겠지. 이렇게 아기자기한 추억의 보석 상자는 상상으로만 가능할 뿐 외할머니께서 돌아가시기 전까지는 외가에 간 적이 없었다. 어머니를 따라서 외가에 가고 싶었지만 어머니는 허용하지 않았다. 아들이었다면 자랑삼아 데리고 다닐 텐데 하고 속으로만 생각했다. 그렇다고 엄격한 성품이신 어머니께 따라가겠다고 조르지도 않았다.

어머니의 한마디면 딱 단념을 했다.

외할머니 얘기를 들으면 애잔한 마음이 한 겹씩 쌓여 무거웠다. 그분에게는 혈육 한 점 내 어머니를 남기고 청상과수댁이 되었다고 한다.

그때 어린 시동생을 키워 장가들여 사 남매를 두었다. 당신 혈육처럼 거두어 출가시켰다.

외할머니께선 까다로운 시동생과 평생을 동거한 셈이다. 그럴 수 있었던 것은 성품이 좋은 동서 덕분이었다. 며느리같이 차이가 나는 동서지간인데 효심 많은 딸처럼 손위 동서를 일생 동안 받들어 섬기는 마음이 넓고 고운 분이어서 가능했단다. 성격이 불같이 급한 외종조부(外從祖父)님을 다독거려 집안을 편하게 하셨다는 외종조모(外從祖母)님이 궁금하고 보고 싶어진다.

외할머니는 속이 깊고 점잖은 분이고 담담한 반면 종조할머니는 살갑고 붙임성이 좋아 이웃이나 친척이나 인간관계가 넓고 친해서 주변에는 늘 따르는 사람이 많아 외롭지도 쓸쓸하지도 않았다. 그처럼 원만한 성품을 가진 손아래 동서 덕에 외할머니도 한숨이나 쉬고 신세타령을 하지 않고 살 수 있었다고 한다. 고부간은 평생 함께 사는 이가 많지만 동서 간에 일평생 같이 사는 일은 드문 일이다. 종조할머니의 또 한 가지 특이함은 무엇이든 동서님께 물어본다는 점이다. 생선 한 마리만 사려고 해도 윗동서에게 여쭈어보고서야 결정하시는 분이라니 어떻게 그럴 수 있을지 놀라울 뿐이다. 젊어서는 그렇다 해도 늙어서까지도 시어머니 같은 동서의 위상을 세워드려 어른의 권위를 존중하려는 처사였나 보다. 심지어 부엌에서 음식을 하다가도 먼저 맏동서 입에 넣어드려 간을 맞추고 뿐만 아니라 마을에서 누가 군것질감이라도 내놓으면 맏동서 생각에 당신은 드시지 않고 싸가지고 와 드리는 분이다. 또 밖에서 있었던 일, 보고 들은 이야기를 자세히 해드려 집안에만 계셔도 동서를 통해 바깥세상과 소통할 수 있었다고 한다. 사람들은 말한다. 동서가 딸이라 해도 그런 효녀는 없고 며느리라고 하면 그 같은 효부는 없을 것이라고. 종조할아버지 역시 큰일을 결정할 때는 형수께 의견을 타진하고 농사를 지으면서도 어떤 밭에 무엇을 심을까 해마다 형수께 여쭙는다니 특별한 인연이 아닐 수 없다.

동서 덕에 대접받으며 어려움 없이 지내던 외할머니께 큰 시련이 다가왔다. 눈이 어두워진 것이다. 노안이려니 했는데 얼마 안 가 아주 안보였다고 한다. 작은할머니께선 외할머니의 눈이 되어드리고 손발이 되어드려야 했다. 외할머니는 동서에게 얼마나 미안했으며 동서의 수발까지 들어야 하는 작은할머니는 얼마나 힘드셨을까. 하지만 불평 한 번 없이 한결같았다는 진국 같은 사랑을 생각하면 눈물겹다.

한 사람이 두 집 아들이 된 외삼촌은 양반 댁의 참한 규수에게 장가를 들었고, 처가댁이 부자여서 사위를 일본 유학을 시키셨다. 그때도 외아들 외며느리를 놓고 시샘을 하거나 티끌만큼의 불화도 없이 화평한 가정을 꾸려 나갔다. 두 분 할머니들이 사이가 좋은 데다 며느리 역시 현명하고 영특해서 처신을 잘해 두 분 시어머니를 감쪽같이 모시는가 하면 시어머니들은 보기도 아까운 며느리로 알고 똥도 버릴 것 없는 사람이라고 칭찬을 아끼지 않으셨단다. 마음이 어진 세 분 여인들이 조화를 이루어 불협화음 없이 화목하게 지내셨다고 한다. 시어머니들이 말씀하길 며느리의 흠을 잡자면 상추를 다듬을 때 버리는 것이 더 많은 그 한 가지뿐이라고 할 만큼 두 시어머니의 마음에 쏙 든 며느리였다고 한다.

하지만 명줄만은 마음대로 어쩔 도리 없는 일, 턱없는 순서 바뀜으로 먼저 세상을 뜨신 작은할머니를 생각하면 너무 애달파 목이 멘다. 그분이 운명하실 때 동서님을 못 잊어 눈을 감지 못하셨다고 들었다. 걱정과는 달리 외할머니는 도회지에서 직장생활을 하는 아드님이 모셔가 노후를 편하게 마치셨다. 이분 마음엔 먼저 떠난 동서에게 빚진 마음으로 되뇌기를 "복 없는 사람, 내 시중만 들다간 사람, 아들 뉘를 나 혼자 받으라고 맡기고 뭐가 그리 급해서 서둘러 떠났는가." 이렇게 염치없어 하셨다는 이야기는 아름답고 슬프다.

잠이 달아난 밤에는 오래된 시간 뒤에 실려온 그 할머니들 생각에 가슴이 촉촉하게 젖는다.

(「그린에세이」)

고향의 뿌리

고향을 찾을 때마다 낯설어진다. 개발이라는 이름으로 겉모습이 달라진 것이나 아름답던 풍습이 사라진 것도 그렇지만, 더욱 실망스러운 것은 고향 사람들의 삶의 자세이다. 전에는 가난한 자들도 나름대로 마음의 발판을 튼튼하게 굳히고 살았다. 지금은 먹고 입는 것이 좋아지고 생활이 편리해졌는데도 땅에 발을 딛지 않은 듯 둥 떠있다. 마지못해 잠시 머무는 나그네처럼 내일의 계획도 없이 허공을 보는 눈빛은 초점이 흐릴 뿐이다.

당산제라는 마을 공동체 의식이 뿌리 뽑혔기 때문일까. 끈끈한 일체감이 없어 보인다. 섣달 그믐날 밤에는 집집마다 등불을 사방에 밝혀 속속들이 환하게 비춘다. 그때 어린 나는 호롱마다 석유를 넣는 일을 맡아했다. 석유가 그득한 정종 병을 무겁게 들어 올려 작은 호롱에 액체를 따라 넣을 때 겁도 없이 거뜬히 해내었다. 아버지께서는 매사에 나를 담보가 큰 사내아이처럼 용기를 키워주셨다.

그때부터 나는 깔때기도 없이 눈대중과 팔 감각만으로 어림잡아 잘 따라 부었다. 거기에다 엎지를까 겁도 없이 선뜻 나섰다. 그리고 그믐날 밤에 잠을 자면 눈썹이 하얗게 희어진다고 밀려오는 졸음을 참느라고 애를 썼던 일이 새삼스럽다. 또 있다. 정월 대보름이 되면 집집마다 마당 가운데 달집을 만들어 놓고 첫닭이 울기 바쁘게 둥그렇게 쌓아놓은 달집에 대나무도 들어있는 거기에 불을 피운다. 한 집에서 시작하면 이 집 저 집에서 연달아 대나무 마디 터지는 소리가 마치 설 보름 잔치에 축포 터지는 소리인 듯싶었다.

아침 일찍 또래들이 모여 어른들께 세배 드리러 다닐 때 윗목에 나란히 서서 절을 할 때마다 차려입은 설빔이 옆 사람 옷과 서로 비비며 내는 소리가 신선하고 맑아 듣기에 좋았다.

별미가 담긴 그릇을 들고 일가친척 댁과 이웃에 몰려다니는 것도 큰 재미 중에 하나였다.

설도 지나고 세배꾼들에게 대접할 음식도 마련해 느긋해진 어머니들은 마음이 한가해져 화동 숙모님 댁에 모인다. 목소리도 낭랑하고 입담도 좋아 그분이 이야기책을 읽으면 귀에 달라붙는 재미가 있어 어떤 이는 그 재미를 참지 못하고 웃음보를 터트려 배꼽을 잡고 데굴데굴 구르면서 웃어 제친다.

화동 숙모님 책 중에서 웃음을 쏟아내는 책은 ≪꼭두각시전≫이고 가장 격을 높이 쳐주는 책은 ≪화씨 팔대록≫이었다. 이렇게 실컷 웃고 나면 그동안 쌓인 노고도 참았던 졸음도 다 해소가 되어 가슴이 뻥 뚫리면서 속이 후련해진단다. 힘들어도 이런 것이 다 사는 재미라고 즐거워하며 살았다.

우리 집 가보

둘째 태형이가 어렸을 때 자기 또래 애들을 데리고 와서 자랑을 했다. 큰 봉투에서 책 몇 권을 쏟아놓고는, "이것이 우리 집 가보"라고 했다. 그 책을 보면 오래전의 일이 엊그제처럼 생생하게 눈앞에 펼쳐진다.

아버지께서 평소에 아끼며 자주 보시던 책 두 권을 돌아가신 후 내가 간직하게 되었다. 한 권은 아버지께서 20년대 초에 중국 천진에 있는 신학대서원(新學大書院)에서 공부할 때 보던 성경책이다. 그 학교는 신학문의 전당으로 영국 선교사들이 세웠다고 한다. 백낙준 선생이 선배인 그 학교에서 일주일에 한두 시간씩 토플 시간이 들어 있어 그때 사용했던 중국 성경이다. 아버지께서는 교회 생활을 하는 신자는 아니었으나 자주 그 성경을 읽으셨다.

또 한 권은 책 거죽이 붉은 색인데 ≪독립혈사(獨立血史)≫라는 책으로 역대 독립 운동가들의 사진과 약력 그리고 각자의 활동 상황을 기록한 것이다. 아버지는 이 책을 볼 적마다 먼 곳에 눈길을 던지며 쓸쓸한 표정을 짓곤 하셨다. 무슨 생각을 하셨는지 어렴풋이 짐작은 간다.

몇 년의 학업을 마치고 상해 독립운동 본부에서 경리를 맡아 보시다가 자금이 쪼들리자 보조를 받으려고 귀국하였다. 아버지께서 오시자 일본 순사들은 낌새를 알고 수차례에 걸쳐 아버지를 조사하고 소지품을 샅샅이 뒤지는 등 감시가 심했다. 그러자 살림을 맡은 중부(仲父)님께서 불안하게 여겼는지 잘못하다가는 집안 망하겠다고 돈을 주어 보내려하지 않았다. 무력해진 아버지는 눌러앉을 수밖에 없었고 유종의 미를 거두지 못한 것이 마음의 병이 되어 술로 상처를 달래며 삭인 것이다.

그러하기에 ≪독립혈사≫를 볼 때의 아버지 눈빛은 그처럼 허전함과 외로움이 비쳤으리라.

그리고 두 권의 책은 어머니께서 시집올 때 베껴 써서 가져온 여러 권의 책 중에서 내가 골라둔 것이다. 어머니가 처녀 시절에 정월이면 베꼈다는 〈구운몽〉 〈추운몽〉 〈창선감의록〉 〈화씨충효록〉 〈권선징악가〉 〈소대선전〉 〈정을선전〉 등등. 이런 책 속에서 충·효·열을 겸비한 화씨 가문의 희로애락을 내용으로 취한 〈화씨팔대록〉 한 권과 내간서(內簡書)를 필사(筆寫)한 간독(簡牘) 한 권을 내가 갈무리해왔던 것이다.

애들이 외할머니, 외할아버지 유품으로는 책이 남았는데 친조부모 것은 없다고 하자 남편이 고향에 가서 시조부님께서 짓고 쓰셨다는 한시집 필사본 한 권을 가져와서 다섯 권이 된 셈이다.

이 책들은 긴 세월이 지나간 얼룩으로 지저분하고 닳고 헐어 꾀죄죄하니 볼품은 없으나 나에게는 소중한 물건이다. 이 책들을 아들애가 가보라고 자랑스럽게 여기니 기특할 따름이다.

이렇게 몇 권이나마 내 손으로 건진 것은 참으로 다행이나 한편 놓친 육백 권의 고서(古書)가 못내 아쉬움으로 남는다.

벌써 오래전, 남자 둘이서 큰댁에 찾아왔다. 선비 집안의 종가여서 고서가 많다는 것을 알고 멀리 서울에서 왔다고 했다. 인심 좋은 종손은 이들에게 고서가 쌓여 있는 사당(祠堂)을 개방했고, 그들이 책들을 다 꺼내어 낱낱이 살펴보고 골라놓은 것이 아귀 맞춰 6백 권이었다. 그 책을 모두 성균관대학교에 기증하라는 것이었다. 종손인 사촌 오빠와 숙부님 한 분이 의논해서 그들에게 몽땅 내어주기로 했다. 집에다 묵혀 두느니 대학 도서관에 보내면 보관도 관리도 잘할 테고, 그 책이 바람직하게 쓰일 거라는 생각에서 종이 한 장의 대가도 없이 선뜻 내어주었다고 한다.

그런 일이 있었던 얼마 후에 그 소문을 듣고 집안 어른들이 책 기증한 것을 두고 잘했느니 못 했느니 의견이 분분했다. 그리고 그 사람들이 정말 성균관대학교에서 온 사람인가가 문제였다. 누구의 소개장이나 명함도 없는데 신분도 확인하지 않은 채, 숨 막히게 쌓여있는 책들이 이제야 옳게 임자 찾아가는구나 하고 내어준 것이다.

그 무렵만 해도 시골에서는 골동품이나 고서가 돈이 된다는 것을 아는 이가 아무도 없었다.

그들이 선택해서 가져간 책 속에는 소중한 자료가 될 내용이 들어 있을 가능성도 있고 몇 대에 걸쳐 내려온 선조의 손때가 묻은 것으로 그분들의 정신세계에 영향을 끼쳤을 책인데 너무 헤프게 그 많은 책을 넘겨준 것이 못내 아까운 생각이 들었다.

종손보다 출가외인인 내가 더 속상해하는 까닭은 무엇일까. 종가에서 옛것, 조상의 것을 허술하게 다루고 쉽게 없애는 것이 못마땅하기도 하지만 그 책 중에서 가치가 있을 만한 책 한 권쯤 '우리 집 가보'라고 하는 책 봉투 속에 챙겨두고 싶은 욕심 때문인지도 모르겠다.

내가 건진 부모님들의 책에 대해 안도하면서 그 놓친 책 생각이 불쑥불쑥 튀어나와 미련이 남게 한다. 앞으로 우리 집에 있는 책 봉투 속에 내가 쓴 수필집 두어 권이 끼어있게 될 것이다. 훗날 손자손녀들이 "이 책이 우리 할머니가 쓴 책인데 우리 집 가보"라고 할 정도의 알맹이를 담을 수 있을지 자신이 없어 책 내는 것을 자꾸만 미루게 된다.

또한 내가 분실한 인쇄물 몇 장이 몹시 아깝다는 생각을 떨칠 수가 없어 안타깝다. 내가 어려서 본 통보에는 대한민국에서 중국 상해임시정부로 보낸 문건인데 기억에 남는 내용은 대략적으로 해방을 알리는 기쁜 소식과 그 감격을 공유하도록 속히 귀국하라는 내용임을 알 수 있었다. 글자는 한자와 한글이 반쯤 섞였고 글씨체는 현대 말이 아니어서 읽기에 용이하지 않았고 세로로 인쇄된 데다 누렇게 색이 바래어 있었다.

내가 지닌 몇 권의 책에는 부모님에 대한 긍지가 들어있다. 앞으로 만들어질 내 수필집에는 부끄러움이 채워지지 않기를 바란다.

아버지께서 오십구 세에 뇌졸중으로 쓰러졌을 때 군산에서 의사로 사신다는 친구 분이 부안 우리 집까지 찾아오셨다. 큰아버지의 연락을 받고 교통이 불편한데도 방문하신 것이다.

큰아버지께서 그 양의사를 향해 우리에게 인사를 시키며 이분은 너희 아버지랑 김구 선생님을 모시고 독립운동을 하신 분이라고 소개를 하셨다. 우리는 아버지께서 상해임시정부에서 무슨 역할을 했는지 모르는데 친구 의사분을 통해 경리를 보았다는 말을 처음 듣게 되었다. 아버지와는 맞지 않는 일이라는 것을 곧 알 수 있었다. 자금 줄이 딸리자 화병이 생기고 말았다.

해방이 되었으나 뿌리박힌 일제의 세력들이 득세하자 친일파들과 손잡을 수 없다고 이승만 대통령의 같이 일하자는 요청을 뿌리치고, 모든 경제권을 쥐고 있는 작은형으로부터 눈 밖에 나고 이시영 선생과 함태영 선생께서 "지금 나설 때가 아니고 이승만 패거리가 판을 치니 좋은 때를 기다리세. 나도 곧 야인으로 돌아가겠네." 하는 진지한 권고를 망설임 없이 받아들여 오늘에 이르렀다.

헐리는 구치소

11월 19일, TV에서 긴급 뉴스가 나오고 있었다. 북한 인권 결의안이 유엔에서 채택되었음을 알리는 소식이었다. 결의안의 내용은 유엔이 북한의 인권 탄압을 국제 형사 범죄로 규정하고 국제형사재판소(ICC)에 회부하도록 권고한다는 것이었다. 이제 비로소 북한 주민의 인권이 회복되는가 하고 기대에 부풀었다. 하지만 후속 뉴스들을 보니, 유엔 안전보장이사회의 상임 이사국인 중국과 러시아가 거부권을 행사할 것으로 예상되기 때문에 국제형사재판소로 갈 가능성은 낮다고 한다.

2014년 4월의 어느 날, 비가 추적추적 오고 있었다. 철거되는 영등포 교도소 건물을 일반인에게 공개하는 마지막 날이어서 구경 온 많은 사람들이 줄지어 있었다. 취재진들도 여러 사람 눈에 띄었다. 음산하고 퀴퀴하고 고개가 설레설레 저어지는 분위기다. 여기에 수용되어 있던 사람들은 새로 지은 교도소로 다 옮겨가고 썰렁한 흔적만 남아있었다.

비록 껍데기일망정 자세히 들여다보기는 이번이 처음이다. 교도소 이야기를 듣고 영화로 보고 책을 읽어 대충 짐작은 했지만 구조물을 직접 보니 묘한 생각이 들었다. 네 사람이 쓴다는 방 크기와 사람의 수를 계산해 볼 때 답이 나오지 않을 정도로 좁았다. 거기에다 변기통까지 한자리를 차지하고 있으니…. 죄를 지어 죗값을 받아 마땅하다고 생각하며 냉정해지려다가도, 억울하게 옥살이를 하는 이들도 있을 수 있다고 생각하니 측은한 마음도 들었다.

범죄가 줄어들어 하등 교도소가 소용없어서 헐리는 것이라면 얼마나 좋은 일일까. 다만 그들이 새 건물로 이사를 해 생활환경이 깨끗해진 것은 잘된 일이다.

이 교도소가 내가 살던 마을과 멀지 않은 곳에 있어서 근처를 지나갈 땐 정문 안쪽을 흘끔거리며 엿보곤 했었다. 마치 딴 세계 사람들이 사는 곳인 양 경계를 하면서 안 본 척 시치미를 떼기도 했다. 정문 양쪽에 서있는 건장한 체격의 경비들 사이로 보이는 모습만으로는 안쪽의 실상을 유추하기엔 역부족이었다. 안쪽으로 낡은 회색 건물이 띄엄띄엄 보일 뿐 사람들은 보이지 않았다. 일반인들로 보이는 사람들이 안으로 들어가고 나오는 것을 본 적이 있을 뿐이다. 그들은 수감자를 찾아 면회를 온 가족, 친척이거나 친구들일 것이다. 그중에서도 죄인을 자식으로 둔 부모는 수치심에 얼마나 괴로울까. 자식이 아파 병원에 있는 것에 비견될 만한 고통이요 아픔일 것이다.

교도소 개방 행사로 내부를 다 둘러보고 건물 밖으로 막 나오려고 하는데 손바닥만 한 창밖으로 보이는 민들레가 무더기로 노랗게 피어 있다. 참 반가웠다. 흔해빠진 민들레지만 세상의 모든 것과 단절된 이곳에서 보는 민들레꽃은 귀한 대상이 아닐 수 없다. 수감자들이 이 꽃을 보고 그나마 위로를 받았을 듯하다. 민들레가 몇 번 피고 지면 이 울안에서 벗어날 수 있다는 희망을 꿈꾸며 날과 해를 헤아린 자가 몇 명이었을까.

뭐니 뭐니 해도 인권의 사각지대는 감옥이 아닐까. 인권의식이 발전된 선진국에서는 이미 상당한 배려가 이루어지고 우리나라도 예전보다는 많이 개선되었다고는 한다.

문인이면서 출판업을 하는 어떤 선생님으로부터 책 한 권을 받았다. ≪5사상 29방≫이라는 책 제목만큼이나 호기심을 자극하고 리얼한 내용이 감동으로 출렁였다. 그 간접체험이 내 것인 양 실감이 났다. 특별한 경험을 유려한 문장으로 쓴 책이어서 깊이 빠져들어 읽을 수 있었다. 이 책이 바로 서대문 형무소의 후미진 맨 끝 방인 29방을 사용한 분의 글이다. 그 독방에서 사람을 그리워하며 100일을 버티었다고 한다. 어떤 문학 평론가가 학생들의 현실참여 문제를 다룬 글 한 편이 화근이었다. 그 글을 그 선생님이 주간으로 있는 잡지에 실은 것이 빌미가 되어 깜깜한 밤중에 잡혀간 것이다. 서대문 형무소에 수감된 후 그 열악한 좁은 공간에서 건강을 유지하며 살아남기 위해 선생님은 당신 키 높이에 금을 그어놓고 거기에다 매일 발차기 연습을 하며 운동을 했다고 한다. 그런 노력이 그나마 극심한 추위를 이기고 건강을 유지하는 데 도움이 된 것 같다고 쓰셨다.

구치소에서 삶의 가장 큰 괴로움은 사람과의 차단, 자연과의 차단, 햇빛과의 차단 등 모든 것과의 차단일 것이다. 자유의 소중함이 얼마나 절실했을까.

그 책에서 묘사된 감옥의 실상에 대해 인상적이었던 대목 몇 가지를 적어본다.

끼니가 되면 야릇한 냄새가 복도를 통해 스며든다. 소금에 절인 배추나 무 잎을 끓인 해괴한 국 냄새가 사방을 뒤덮으면 식구 통문이 열리고 꽁보리밥 한 공기와 장아찌 몇 점과 역한 국 한 그릇이 놓인 쟁반을 사람은 보이지도 않고 손만 쑥 밀어 넣고 간다. 그때쯤에 변기통을 통해 털이 빠진 늙은 쥐 한 마리가 어슬렁어슬렁 사람 앞으로 다가온다. 그분은 그 쥐에게 밥 한술을 국에 말아 방바닥에 놓아준다. 쥐는 다 먹고 왔던 곳으로 가버린다. 어느 외로운 수인이 길들여 놓은 착한 쥐였나보다고 생각하신다.

그 방에 갇힌 지 한 달쯤 되던 어느 날 검사가 부른다고 해 법원 대기소로 끌려갔다. 재판도 받지 않은 상태에서 큰 죄인처럼 수갑을 채우고도 포승줄로 몇 겹을 꽁꽁 묶은 다음, 또 다른 사람과 함께 굴비 엮듯 엮어서 일렬로 줄지어 출정차를 기다려 타게 하고 내리게 하는 등 마구 다뤘다.

한술 더 뜨는 건 검사는 부르지 않고 인기척도 사라지고 날은 저물고 추워지는데 어떤 움직이는 물체가 다가오더니 발등으로 기어오른다. 쥐였다. 수가 많아진 쥐는 꽁꽁 묶인 사람의 몸을 파고드는 거였다. "여기 사람 있어요!" 하고 고함을 질렀다. 또 질렀다. 한참 만에 철문을 따는 소리가 들리고 "아직도 사람이 있었구만." 하며 전등불을 켜고 다가왔다. 아침에 떠나온 5사상 29방이 그리웠다. 이윽고 감방에 들어서자 그곳이 무한한 우주 같은 착각에 빠져들었다는 그분은 시간 가는 줄 모르고 좁은 방을 돌고 또 돌았다.

이런 내용에 나는 얼마 동안 마음이 울적해졌다. 인권 말살이 바로 이런 것인가. 폭력보다 더 잔인하고 사람을 가지고 놀며 조롱을 하는 행태가 아닌가.

여기 교도소를 옮길 무렵 지역 주민들의 반대 데모가 한동안 만만치 않았다. 그것이야말로 인간 차별이요 인권 침해가 아닐까 한다. 인권 침해의 정점은 사람을 가두는 일일 것이다. 짐승이나 가두지 사람이야. 하지만 그것은 응징의 대가이기보다 교화에 목적이 있음이 아닐지. 그래도 거기 갇혀서 여러 해를 살다 나오면 사람에 따라 교화되기보다 갖가지 범죄의 수법을 배워서 양산시키는 경향이 더 많다고 한다. 어떤 방법이 상책인지 그저 난감할 따름이다.

이만큼 민주주의가 발전했다는 나라에서도 80년대에 군사 정권에서 그런 일이 자행되었는데 하물며 북한에서는 오죽했으랴. 그런 생각을 곰곰이 하며 걸어 나오다가 구치소 내에 있는 허름한 강당에서 상영해 주는 〈7번방의 선물〉이라는 감동적인 영화 한 편을 남편과 함께 보았다. 우울하던 감옥 분위기였지만 수감자의 아이가 숨어서 들어오자 활기찬 웃음이 퍼져나갔다. 서로 관심을 갖고 정을 주고 사랑으로 협력해서 아이를 훌륭한 사람으로 길러내는 휴먼 스토리였다. 울적했던 마음을 감동의 눈물로 깨끗이 씻어내어 정화시키고 돌아왔다.

북한 인권 결의안이 통과 된 지 며칠째 되던 날 평양 광장에는 수많은 군중이 운집해 있었다. 인권 결의안을 반대하고 거부하는 집회다. 사람의 존엄성을 찾아 지키며 살도록 도우려는 세계인들의 뜻을 배척하겠다는 행위이다. 그것이 과연 일반 북한인들의 진심일까. 그렇게 광장을 인파가 가득 메운 것을 보며 과연 북한은 동원과 통제의 명수답다고 생각하니 씁쓸하다.

수목원의 아침

단지 안에서 가깝게 지내는 동네 친구와 아침 6시경에 만난다. 근처 수목원에서 같이 산책을 한다. 아침에 만날 때마다 새롭고 반갑다.

먼저 본 사람이 "아리아리!" 하며 손을 흔들어 신호를 하면 "스리스리!" 하고 손을 흔들어 답을 보낸다. 오늘도 건재함에 감사하며 함께 맞는 새날이 생기에 찬 시작으로 내게 와주어 고맙고 행복하다. 해가 떴는데도 풀잎마다 이슬이 맺혀 있고 거미집마다 오색영롱한 색으로 빛나고 있었다. 기분 좋은 아침에 봐서 그런지 거미의 집 짓는 솜씨는 안토니 가우디 못지않게 섬세하고 예술성이 넘치는 것처럼 느껴진다.

우리 두 사람의 발걸음은 철길로 향한다. 수목원에서 나와서 철로를 따라 약 100미터쯤 가다 보면 차 소리가 뚝 끊기며 대신 솔향기를 품은 바람이 달콤하고 시원하게 다가온다. 그 맛을 아는 사람들은 중독성에서 헤어나지 못하고 아침마다 젖어들기 마련이다. 그래서 아침 산책을 하는 사람들은 아침에 솔솔 부는 바람은 보약과 같은 참 바람이어서 살찌는 바람이라고 좋아한다.

돌아올 때는 갈 때처럼 급하게 서두르지 않고 마음에 여유를 둔 채 돌아보면서 사색도 한 가닥 곁들인다. 수목원에 있는 나무 중에 측백나무로 된 나선형 모양의 미로를 접하게 된다. 그 나무 곁을 지날 때면 숨고 찾는 묘미 또한 어른이나 어린이나 별반 다르지 않다. 피톤치드가 가장 많이 생성된다는 측백나무를 나선형으로 심어 어린이들의 호기심을 자아내는 미로여행이 쏠쏠한 재미다. 숨어있는 상대를 찾아낼 때의 반가움과 놀라움도 새로운 기쁨을 더한다.

그곳을 지나올 때는 영화 〈대부〉의 한 장면이 떠오른다. 가장 강력한 마피아 조직의 두목인 주인공 돈 꼴레오네는 돈과 권력을 모두 가진 존재지만 항상 표정이 근심 아니면 분노로 가득 차있어서 어두워 보였다. 그런데 예외적으로 그가 정말 유쾌하게 웃는 장면이 있다. 여러 가지 수목과 화초가 잘 자라고 있는 정원에서 돈 꼴레오네와 어린 손자가 숨바꼭질 놀이를 할 때이다. 동심으로 돌아가 그 놀이에 흠뻑 빠져 깔깔거리며 웃는 모습은 그 영화에서 돈 꼴레오네가 행복하게 보였던 거의 유일한 장면이다. 천진난만한 우리 손자 같은 그 아이의 맑은 웃음소리에 위엄과 권위를 쪽 뺀 할아버지의 털털한 웃음소리가 응답한다. 정원수 곳곳에서 하얀 토끼라도 뛰어나와 같이 참여할 것 같은 분위기다. 손자와 숨고 찾는 놀이를 하며 유쾌한 웃음과 행복한 표정으로 가득 차있던 그는 손자를 찾다가 심장마비가 왔는지 넘어져서 그 길로 세상을 뜨고 만다. 행복한 죽음이 된 셈이다.

　나는 오늘도 측백나무 미로를 지나왔다. 그러면서 이곳에서 사랑스런 손녀 하윤이와 늠름한 손자 재윤이와 함께 어린애같이 놀았던 게 생각났다.

　내일도 측백나무 미로를 지나올 것이고 손주들과 놀이를 하는 꿈을 꿀 것이다. 손주들과 숨고 찾는 놀이에 빠져서 기쁨에 웃다가 죽는다면 행복에 겨우리라는 상상을 한다.

세관 할머니

3·1절이나 광복절이 되면 생각나는 분이 세관 할머니이다. 내가 본 적은 없지만 귀에 못이 박히도록 이 어른에 대한 얘기를 많이 들어 내 마음에 진한 색깔로 각인된 동경의 대상이요 흠모의 대상이었다.

세관 할머니는 내게 종조모님이 되는 분인데 종조부님 호가 세관이어서 세관 할머니로 통했다. 이 분은 평양출신이고, 1910년대 중반에 중국으로 유학을 가신 그 시대의 신여성인 셈이다. 세관 할머니께서 꽃다운 나이에 상해에 있는 전문학교를 다니면서 독립운동가인 종조부님을 알게 되었다고 한다. 그 당시 이분에게는 많은 청년들로부터 청혼이 들어왔지만 애국심이 가장 돋보이는 종조부님의 청혼을 받아들였다고 한다. 이분 역시 독립운동 만세를 부르다가 경찰이 휘두른 칼에 맞아 손바닥에 흉터가 남았으며, 종조부님은 형무소 수감 생활에 고문까지 당해 청력을 상실하고 보청기에 의지하였으니, 생활전선에서 낙오자가 될 수밖에 없었다.

세관 할머니가 전북 이리에 있는 여학교에서 교편을 잡기도 하고 전주 예수병원에서 통역도 하다가 서대문에 있는 농업협동조합에 다니면서 늦게 둔 두 아들과 네 식구의 생활을 꾸려나갔다고 한다.

그 시절 어머니들이 한여름에도 버선을 신고 속옷 겉옷 껴입은 채 종일 수십 번의 밥상을 차리고 있을 때, 세관 할머니는 짧은 머리에 양장을 하고 구두를 신고 오시면 딴 세상 사람으로 보였고, 같은 여자이지만 사는 방식이 너무 달라 부럽기 이를 데 없었다고 하였다.

세관 할머니는 여자를 상대하기보다 집안 남자를 상대로 대화를 즐겼으며, 조부님께선 제수되는 세관 할머니께 "서양말을 해보시오." 하면 세관 할아버지 주선으로 중국에 가서 신학문을 한 내 아버지와 영어로 주고받았다고 했다. 그 자리에는 지적 호기심이 많은 하동 숙모님이 빠지지 않았고, 영어 대화 중에 '하동' 하면, 택호가 하동인 숙모님은 귀가 번쩍 띄어 내 말을 한다고 눈치채고 해석을 여쭈었다. '하동' 질부가 영특하고 총명하여 신학문을 배우면 집안을 개화시키는 데 한몫 단단히 할 거라는 내용이고 "이번엔 중국말을 해보시오." 하면 중국어로 하셨단다. 부엌살림에는 관심 없고 공부를 좋아하신 하동 숙모님은 나를 통해 대리만족을 느끼고 싶었는지도 모른다. 그 숙모님은 내가 어렸을 때부터 세관 할머니 이야기를 해주시며 "너도 그러한 여성이 되어 그분처럼 살아라. 그 어른은 그 시대에 중국 유학을 하셨으니 너는 더 멀리 서양 유학생이 되어라. 그분은 4개 국어를 하셨는데 너는 5개 국어를 할 줄 알아야지." 이렇게 부추기고 꿈을 심어주셨다.

어머니께서 나를 임신하였을 때, 아들이기를 고대하고 온갖 공을 들였는데, 딸로 태어나자 집 안팎에서 거들떠보지도 않았지만 아버지와 그 숙모님만이 나를 아끼셨다. 그래서 나는 그 숙모님을 따랐고 원래 유식한 하동 숙모님은 여러 위인들 얘기며, 집안 내력 등 많은 이야기를, 내가 이해를 하든 못 하든 상관없이 끊임없이 들려주셨다. 숙모님이 해주신 얘기들이 만들어낸 세계가 나로 하여금 글 읽기와 글쓰기에 관심을 갖게 된 원동력이 된 것 같다.

작년 여름에 세관 할머니의 둘째 아들 되는 '대열' 아저씨를 우리 집에서 몇 시간 모시게 되었다. 오랜만에 뵙게 된 그 아저씨로부터 지나온 이야기들을 자세히 들었다. 무엇보다 어이없는 일은 국가 유공자 대우를 받지 못하고 있다는 사실이다. 예전에 알아보니 세관 할아버지께서 서대문 형무소에 수감된 기록을 찾지 못했고, 그때는 별 혜택이 있는 것도 아니고 직장에 매인 몸이 되어 미루었는데 이제 증인이 될 분들도 떠난 마당에 구차하게 일을 벌이고 싶지 않을 뿐더러, 기득권을 가지고 있는 친일파들이 조작해서 유공자로 둔갑하여 들어있는 판에 끼고 싶은 생각도 별로 없다고 하였다.

꼬장꼬장한 성품의 소유자이기 때문일까, 자신이 한 일도 아니고 부모님들의 독립운동이 자식들 덕 보라고 한 것도 아닐 것이며, 지금까지 사는 동안 부모님들의 은덕이 컸으므로 그것만으로도 충분하다고 하였다.

세관 할머니께서 이리를 떠나 서울 서대문에 있는 금융조합에 다니며 아현동에 자리를 잡고 살 만하자 세상을 떠나고 말았다. 아직 어린 아들들과 생활능력이 없는 종조부님, 가정형편도 어려웠고 나라 살림도 국가 유공자 챙길 형편이 아니었다.

그렇게 여러 해를 지내다가 세관 할아버지도 세상을 뜨시고 큰아들이었던 대위 아저씨는 6·25전쟁 때 행방불명이 되어 대열 아저씨는 졸지에 고아가 된 셈이다.

고향에 내려가 있던 대열 아저씨에게 내 아버지는 시골에 묻혀있어서는 안 되고 서울에 가서 학교 공부를 해야 한다며 데리고 상경을 하여 과거 동지들 몇 분을 만나보았지만 선뜻 반기는 사람은 없었다. 이시영 선생을 찾아가 아무개 아들인데 고아가 되었으니 보살펴 달라고 하자 그분은 이승만 대통령을 만나보라며 미루는 말을 옆에서 듣고 어린 마음에 상처를 입었단다. 그때 상황을 들려주며 아저씨는 눈시울을 붉혔다. 내 아버지는 이승만 대통령이 친일파를 득세시킨다고 못마땅하게 보는 터여서 만나지 않고 수소문하여 이준 열사 따님의 집에 있게 되었다. 그러나 대열 아저씨의 꼿꼿한 성격이 눈치가 조금만 보여도 뛰쳐나와 고아원에 들어가면 종조부님 연줄이 닿는 이들이 데려가 공부를 시키는 등 이집 저집 전전하며 수난을 겪었지만, 결국 공무원이 되어 중앙청에 근무하게 되었다. 60년대 초 해외에 나가기가 어려운 때였는데 미국, 동남아 등에 자주 출장을 나갈 수 있었던 것도 알게 모르게 뒤에서 인도하는 손길이 있었으니 그것이 다 부모님 후광이었다고 하였다.

최규하 국무총리시절에는 총리실에서 근무하다가 그 뒤에 12·12 사태로 인해 이른 나이에 직장을 잃어 지금은 여유 있는 형편은 아닌 듯싶다.

3·1절을 앞에 두고 있는 이때 독립운동가이며 신여성인 세관 할머니 생각이 나고, 나에게 서양 유학을 가고 5개 국어를 배워서 세관 할머니 같은 여성이 되라고 부추기시던 하동 숙모님, 40여 년 전, 3·1절 기념일에 나 혼자 지켜보는 병실에서 내 무릎을 베고 누워 편하게 운명하신 그 숙모님이 간절히 그리워진다.

하동 숙모님의 바람처럼 서양 유학은커녕 가까운 일본 유학도 못 했으며, 5개 국어는 고사하고 내 나라 말도 유창하게 못 하는 어눌한 말솜씨, 이래저래 하동 숙모님의 뜻을 이루지 못해 부끄러울 따름이다.

이번 3·1절에는 세관 할머니 내외분과 내가 존경하고 사랑하는 아버지와 숙모님, 이 세 분에게 깊이 머리 숙여 묵념을 올리리라.

따뜻한 병원

그 병원과의 인연은 쉽게 사그라지지 않는 매듭이 되어 우리 가족의 인생 한쪽에 따스하게 남아있다. 남편의 고관절 수술에 그 병원을 선택한 것은 우연이면서 필연이기도 했다.

처음엔 병원 이름이 마음에 들었다. 널리 이롭게 한다는 '홍익'이라는 믿음직한 이름에 마음이 꽂혔다. 가장 중요한 게 건강이니, 건강 회복을 돕는 것보다 사람들을 더 이롭게 하는 건 없을 것이다.

다음은 입소문이었다. 내가 다니는 교회의 교우들 여러 명이 이 병원에서 치료를 받았는데 좋다고 추천을 많이 했다. 특히 정형외과 수술은 대학병원 못지않은 의술을 지녔으면서도 비용은 저렴하다고 했다.

게다가 병원에서 월요일마다 예배도 드린다고 한다. 병원 직원들과 환자들 및 환자를 돌보는 사람들까지 총망라해서 예배를 드리고 싶은 사람은 누구나 참여하는 예배란다. 목사님 초청에서부터 비용

일체를 그 병원 감사님이 감당한다고 한다. 그것도 오른손이 한 것을 왼손이 모르게 한다는 성경 말씀처럼 묵묵히 봉사를 한다.

올해 초, 남편이 입원하고 보니 그간 듣던 소문 이상으로 흡족했다. 병원이 만족스러운 경우는 흔치 않은 일이라 나는 감사기도를 드릴 수밖에 없었다. 의사 선생님이나 간호사님들이나 다 친절했다. 운이 좋았는지 같은 입원실을 쓰는 다른 환자들도 인간애가 넘쳤다.

문 옆에 위치한 환자는 큰 수술을 받았고 우리가 입원했을 땐 마무리 단계에 있었다. 내 남편이 식사를 마치면 내가 식판을 갖다 주려고 채 일어서기도 전에 "제가 그것까지 같이 갖다 주죠."라며 대신 날라주는 일을 2주가 넘게 해줬다. 내 허리가 부쩍 안 좋아져서 정면으로 어떤 것을 허리 이상 높이로 들 때는 허리가 아파서 식판 나르는 것조차 부담이 됐는데, 그분은 눈치를 채고 식판 심부름을 자청해 도맡아 해준 것이다. 뿐만 아니라 우리가 행여 미안해하거나 우리 식사 동작이 느리기 때문에 그 사람이 기다리지 않도록 빨리 먹으려고 부담을 느낄까봐, 복도에 나가 있다가 우리 식사가 끝나면 바로 들어와서 들고 갔다. 그도 몸이 성치 못한 상태였는데도 말이다.

그는 역시나 가족과도 끈끈한 사랑으로 뭉친 사람이었다. 그에겐 두 아들이 있다. 아들이 어떤 시험에서 기대한 만큼 성과를 올렸는지 아들들과 그 얘기를 하며 대견해했다. 두 아들이 밤늦은 시간에도 병원에 들러 아버지의 상태도 살피고 그날 있었던 얘기도 오순도순 나누는 등 부자간 사이가 정겨웠다. 나중에 알고 보니 아들이 입사시험에 합격을 해놓고, 직장 다니기 전에 틈새 시간을 이용해 아르바

이트로 일을 하고 있는 중이었다. 고된 내색 없이 감사해하며 사는 화평하고 축복받은 가족이었다.

그런데 그 사람의 부인이 온 것을 본 적이 없는 것 같아서 궁금했다. 나중에 들어서 알게 되었는데, 그 사람의 부인이 새벽에 일을 하러 가야 해서 새벽 이른 시간에 방문을 하기 때문에 내가 못 본 것이었다. 다른 사람에게 방해가 될까봐 복도에서 만나 도란도란 얘기를 나눈 뒤에 헤어진다는 것이었다. 옆의 환자에게 기꺼이 도움을 주는 마음 따스한 그 사람과 그의 가족들이 행복하게 사는 것 같아서 기분이 좋아진다.

이 병원에서 근무를 해오다가 지금은 현직에서 한 발 물러나서도 병원 사정을 환히 알고 윤활유 역할을 해주는 '정 이사'이라는 분이 있다. 틈나는 대로 입원실에 들러 불편한 점이 없는지 묻는 등 활기를 불어넣는다. 환자들의 입원일, 퇴원일까지 외워서 일을 신속히 처리해 주고, 진심 어린 위안과 격려도 해준다. 뿐만 아니라 명랑한 성품에 활기가 넘쳐 가는 곳마다 환자와 가족들에게 엔도르핀이 솟아오르게 한다. 그분이 머무는 곳마다 웃음소리가 쏟아진다.

누구에게나 기쁨을 주는 재주를 어디서 배웠느냐고 그분에게 물어본 적이 있었다. 이 병원의 '신정자' 감사님으로부터 배웠다고 주저 없이 대답했다. 시부모님과 친정 부모님께 효심이 지극하고, 사치와 허영을 멀리하는 검소한 생활이 몸에 밴 분이란다. 그리고 무엇보다 남을 배려하는 마음을 가진 분인데, 그런 정신은 기독교 신앙의 토대 위에서 탄생한 것 같다고 해서 공감이 갔다.

후식을 준비하고 있을 때 정 이사님이 병실에 방문한 적이 몇 번 있었다. 그때마다 과일 하나라도 권하면 손사래를 치며 달아났다. 예전에 신 감사님과 정 이사님이 함께 이 병원에서 일을 할 때 그렇게 원칙을 세웠다고 한다. 준다고 받으면 주지 못하는 사람은 부담스러울 것이니 과일 하나도 일체 거절하기로 약속을 했고, 간호사님들도 그 지침을 따르려고 힘써왔다고 한다.

그런 상호작용에서인지 유유상종인지 이 병원의 의사, 간호사, 직원, 환자, 가족들이 모두 그런 화기애애한 분위기에 동화되어 가는가 보다. 신 감사님이 어디에 발표한 글을 보니 정 이사님을 향해 변함이 없는 사람이라고 평가했는데, 정 이사님은 모든 칭찬을 덕이 많은 신 감사님에게 돌린다.

이 병원이 시작은 미약했으나 나날이 번창하는 까닭을 충분히 알 수 있어서 머리가 끄덕여진다.

길잡이가 된 희미한 불빛

내가 초등학교를 다니는 길은 무척 쓸쓸한 길이었다.

사촌들은 부안읍으로 피란을 가 살면서 그곳 학교를 다녔는데, 머지않아 부안읍까지도 빨치산들의 손아귀에 들어갈 것이라는 소문에 우리 가족은 배를 빌려 타고 김제군 광활면 구닥구라고 하는 곳으로 피란을 가서 살았다.

그때 다홍이었던 언니는 낯선 피란지에서 바깥에 나다니질 못하고 집안에 갇혀 수놓고 뜨개질하며 혼수 준비를 하고 있었다. 밤에는 희미한 호롱불 아래서 꽃과 나비, 새와 열매들을 수본으로 그리며 곱게 수를 놓는 것을 보고 재주꾼이라고 생각했다.

시국이 조용해지자 우리 집은 좀 더 일찍 귀향을 하게 되었다. 처음에는 의복리 초등학교를 마을 학생들과 어울려 건성으로 따라다녔다. 입학이 아닌 중간에 들어간 나는 며칠이 지나자 산수시험이라는 것을 치르게 되었다. 그때 빵점을 맞은 기억이 있는데 창피한 것도 부끄러움도 몰랐다. 숫자는 100까지 읽고 쓸 줄 알았고 한글도 다 알았지만 더하기(+)와 빼기(−)의 기호를 몰랐던 것이 탈이었다. 문제의 뜻을 모른 내가 겹치지 않게 아무 숫자나 골고루 다 쓴 답을 보고 선생님은 너털웃음을 웃더니, "너희 집안사람들 다 공부 잘하는데 너는 빵점이 뭐냐, 빵점이." 하셨다. 그리고 어이없다는 표정으로 집에 가지 말고 남아서 시험문제를 열 번 풀어보라고 했다.

똑같은 시험문제를 굳이 열 번이나 반복해서 풀어볼 필요성을 느끼지 못한 나는 겁도 없이 심심풀이가 없나 찾다가 책 두 권을 발견했다. 그 책이 내 생애에 맨 처음 읽은 책이 된 ≪콩쥐와 팥쥐≫와 ≪백설 공주≫였다. 동화 속에 푹 빠져 시간 가는 줄 모르고 있다가 글자가 잘 보이지 않아 밖으로 나왔을 땐 날이 이미 저물었다.

태 안에서 남자답게 건강하고 씩씩하게 자라길 바란 어머니의 태교 덕일까, 나는 무서움을 타지 않았다. 여덟 살의 어린이가 밤에 혼자 걷기에는 벅찬 길이었다. 하지만 동화책 내용을 생각하는 동안 다른 것은 잊을 수 있었다.

중간에 소나무 군락지 곁을 지나가려는데 멀리서 내 이름을 부르는 소리가 들렸다. 소나무 언덕에 묘지도 있고 나무 그늘 때문에 더욱 컴컴했던 고비 길을 지나자 시야가 트이며 나를 부르는 소리가 다가오고 희미한 불빛의 움직임도 알 수 있었다. 그때 부엌일을 돕는 '기순이'가 등불을 들고 나타났다.

어디서 해찰을 하느라 늦는 줄 알고 마중을 나온 것이었다. 들고 온 등불은 명도가 낮은 호롱불을 한지로 바람막이 등을 만들어 그 속에 넣은 것이었다. 그 작은 불빛이 한지를 통해서 비치니 얼마나 희미했겠는가. 그렇지만 빛을 들고 온 그가 수호천사만큼이나 반가웠다.

남폿불이나 촛불이 있었지만 그런 불은 특별한 때만 사용할 뿐 평소에는 호롱불이 밤 생활을 지탱해 주는 역할을 담당했다. 실내에서는 호롱불을 등잔에 받쳐놓고 썼고 밖에서는 바람에 꺼지지 않게 등에 넣어 사용했었다.

우리 집에서 나이가 적은 내가 호롱에 석유 넣는 일을 맡게 되었다. 유리로 된 정종 병에 들어있는 석유를 조그마한 호롱에 넣기가 만만치는 않았다. 석유가 들어있어 꽤 무거운 병을 들어 석유를 따르는데 병의 입구나 받는 호롱의 입구의 크기가 비슷해 깔때기 없이 넣기가 무척 긴장됐다. 입구가 어긋나서 엎질러지거나 병을 기울일 때 조절을 못하면 넘치고 만다. 아까운 석유의 허실을 감수하고 부모님은 왜 그 일을 내게 시키셨을까. 그러나 몇 번의 시행착오를 거치자 나중에는 익숙해져 거뜬히 해내었다.

섣달 그믐날 밤에는 잡귀를 쫓기 위해 사방에 불을 켜놓느라 수많은 호롱과 등을 꺼내어 닦고 기름을 채웠다. 마루에는 남포에 불을 켜 마당을 훤히 비추고, 곡간 헛간 부엌은 물론 방마다 불을 밝혀 마치 축제 분위기였다.

밤새도록 불빛 아래서 어른들은 설음식을 만들고 아이들은 떡 그릇을 돌리느라 즐거웠다. 그날 밤에 잠을 자면 눈썹이 희어진다는 속설이 있어 졸음을 참느라 애쓰던 추억이 새로워진다.

의복리 초등학교에 이 년쯤 다녔을 때, 거기서 떨어져 있는 고장에 새로 학교가 지어져 그 학교와 통합되었다. 그곳 사람들은 질이 나빠서 함께 어울리면 욕이나 나쁜 짓을 배운다고 아버지께서 나를 다른 학교로 옮기셨다. 그 학교와 정 반대 방향에 있는 백련초등학교인데 그곳이 반촌(班村)이고 인심 좋은 동네라서 학생들도 선할 것이라고 하셨다.

사촌들은 읍에서 고향에 돌아오지 않아 나만 외톨이가 되었다. 지루하고 심심한 길 홀로 다니는 먼 길, 학교 다니기가 싫었다. 하지만 나를 가장 사랑해 주시는 아버지의 말씀을 거스를 수는 없었다. 마침 흥밋거리가 생겼다. 백련초등학교 교장선생님의 딸인 수민 언니와 내 사촌오빠가 사귀고 있었는데 내가 그 편지 배달을 하게 되었다. 학교 뒤에 있는 사택으로 가서 어른들 눈을 피해 편지를 주면 전주여고 학생이었던 수민 언니는 얼굴이 빨개지며 내 손을 끌고 언니 방으로 갔다. 그 방에는 대부분 번역한 서양 문학작품이 가득했다. 내게 맞는 동화부터 빌려와 읽기 시작했다.

다음 책을 빌리기 위해 학교에 남아 다 읽고 나서 학교 사택으로 가 다른 책을 빌려올 때는 날이 어둡다. 중간쯤에 있는 산모퉁이를 돌아서면 오두막이 나오고 거기서 호롱불 빛이 비쳤다. 거기 사람이 살고 있다는 안심 줄이 나를 잡아주었다. 희미한 호롱불 빛이 막막한 밤길에 길잡이가 되어주었다.

빛은 생명이었다. 작은 호롱불이었지만 그 희미한 빛을 통해 고맙게도 세계적인 문학작품을 섭렵하게 되었다. 내가 20대에 이르러서야 고향에도 전기가 들어와 밝은 빛 아래서 대 문호들의 심오한 철학과 중후한 사상이 담긴 방대한 문학세계를 들여다볼 수 있었다.

향기로운
우리의 문화

옛집과 옛사람

- 향기로운 우리의 문화·1

　내가 어렸을 때의 일이다. 여덟 살 전후가 아닌가 싶다. 설날 아침이었다. 또래 사촌들과 대고모님이신 장성 할머니께 세배를 갔었다.

　그분은 아버지의 하나뿐인 고모님이시다. 글 좋고 글씨 좋고 솜씨 좋기로 소문이 난 어른이지만 욕심 많고 편애가 심하고 팔자 센 사람으로도 유명했다.

　나보다 한 살 위인 사촌언니들과 셋이 나란히 서서 세배를 드리고 앉았다. 덕담을 들을 차례였다. 당신 가까이 있는 순임 언니에게 "너는 그리 조신하고 절도 곱게 하고 옷 입은 자태도 아리따우냐? 적선지가 필유여경(積善之家 必有餘慶)이라고, 넌 좋은 집안에 들어가 귀여움 받고 살 것이다."라고 말씀하셨다. 이번에는 정선 언니를 보며 "너는 은물로 씻은 듯하구나. 눈감고 만져봐도 양반의 자식이다. 정경부인감이니 사대부집 며느리가 될 것이다."라고 하고는 내 차례가 되었다. 무슨 말씀이 있을 줄 알았으나 그것으로 끝이었다.

나는 머쓱해진 채로 사촌들을 따라 밖으로 나오는데 장성 할머니의 목소리가 들렸다. 끌끌끌 혀를 차고는 "동림이 자는 사내로 태어나지 못할 바엔 여식답기라도 해야지. 목소리나 걸음걸이가 꼭 선머슴아 같아서 누가 데려가려나 모르겠다."고 하셨다.

우리 집엔 딸만 넷이 있을 뿐 아들이 없다. 아들도 낳았지만 키우지를 못한 어머니는 다시 아들을 낳으려고 온갖 정성을 들여 마흔 넷에 나를 임신하신 것이다. 아기 노는 것이나 모든 징조를 보아 아들이었으나 막상 낳아놓고 보니 딸이었다. 일가는 물론 온 동네 사람들이 안타까워했다고 들었다. 그때의 섭섭함이 "사내로 태어나지 못할 바엔 여식답기라도 해야지."라는 장성 할머니의 말속에 숨어있는 듯싶었다. 그때 장성 할머니의 며느리인 평사리 아주머니의 목소리가 이어서 들렸다. "어머님도 엄골 서방님이 들으시면 서운타 하시겠어요. 막내따님을 퍽 애지중지하신대요. 또 엄골 형님도 태 안의 아기를 남아로 알고 건강하고 씩씩하게 용기 있는 아기가 태어나기를 기원하며 새벽마다 정한수 떠다 놓고 칠성경을 읽으며 태교를 하셨다는데 사내 같은 게 아가씨 탓은 아니잖아요…." 여기까지 듣고 나는 곧장 집으로 내달렸다. '적선지가 필유여경' '사대부 정경부인', 그리 쉽지 않은 말들을 잊을까봐 입으로 외우면서….

숨을 헐떡거리며 사랑방에 계시는 아버지께 자초지종을 일렀다. 다른 때 같으면 그런 말을 어떻게 외웠느냐, 총기가 좋다고 칭찬을 하셨을 테지만 기분이 좋지 않아 보였다. 내 이야기를 다 들은 아버지께서는 눈빛이 꼿꼿해지더니 "걱정하지 마시라고 해라. 하나 예뻐

할 놈은 다 있단다." 간단명료한 말씀이었다. 그 다음부터 나는 장성 할머니와 마주치지 않으려고 피했다. 하지만 나를 끔찍하게 사랑해 주는 이가 아버지와 하동 숙모님 두 분 만으로도 충분해서 조금도 기죽지 않고 명랑하게 지낼 수 있었다. 그뿐 아니다. 사촌들처럼 풀 각시나 만들고 소꿉놀이나 하는 그렇게 노는 것은 시시했다. 나는 여식답다는 칭찬 대신 자유를 얻었다. 나무도 잘 타고 개울에 나가 물고기를 잡는 일은 얼마나 신나는 일이던가.

어머니는 그러한 내게 무엇을 하든 잔소리를 하지 않으셨다. 나를 유난히 예뻐하지도 미워하지도 않았지만 하는 대로 내버려두었다. 나는 그 점이 편했다. 맛있는 반찬이 있는 아버지 진짓상에서 아버지 와 겸상을 하는 특권도 누렸다. 그래서 셋째 언니의 눈 흘김을 가끔 받기도 했지만 아랑곳하지 않았다. 아버지의 심부름을 할 때는 멀고 험한 길도 망설임이 없었고 밤에 후미진 길도 무서움을 타지 않고 잘 다녔다. 그때마다 똘똘해서 심부름을 잘한다고 칭찬을 해 주셨다. 봄나물을 캐오면 밥값 했다고 또 칭찬하셨다. 어떻게 하면 아버지의 칭찬을 들을 수 있을까 궁리를 하는 재미도 쏠쏠했다.

하동 숙모님으로부터 기회 있을 때마다 듣는 수많은 이야기는 오 롯한 재미와 상상력을 키워주었다. 네 부모님은 형제 동서 분 중에서 심덕이 제일 좋은 분들이시다. 그 덕에 너도 네 언니들처럼 선한 가 문에 들어가 인정받고 마음 편히 살 것이라고 격려해 주셨다. 또한 그 숙모님의 멘토였던 세관 할머니를 본보기로 내세우기를 "그 시대 에도 세관 할머니는 4개국 말을 할 줄 알았으니 너는 5개국 말을 배워야지. 세관 할머니는 중국으로 유학을 가서 독립운동을 하셨다. 너는 저 멀리 서양으로 유학을 가 큰일을 하라"고 꿈을 심어주는가 하면 턱도 없는 바람을 향학열에 실어주셨다. 하지만 그 꿈도 아버지 께서 돌아가실 때 내 곁을 떠났다.

이 사진은 아버지의 형제 여섯 분과 여섯 동서와 그 자손들이 한자 리에 모여 찍은 사진이다. 큰아버지의 회갑에 찍은 것으로 60여 년 전 사진이어서 이미 고인이 된 분들이 많고, 300년이 더 된 고택도 지금은 흔적이 없다. 아버지가 태어나고 어머니가 시집오고 아버지 의 유학으로 어머니는 여러 해 동안 딴살림 나가지 못하고 시집살이 를 했던 집, 누대에 걸쳐 이어오면서 가족사를 이룬 고택과 함께 세 상을 떠난 고인들이다.

이 사진을 볼 때마다 먼저 찾는 분이 있다. 특히 사람들이 와룡선 생이라고 칭하던 인자하신 큰아버지와 나를 사랑하신 아버지와 하동 숙모님이다. 나도 앞줄 조무래기 속에 들어있다.

위에 따로 있는 사람은 사촌오빠(큰댁 둘째)가 군 복무중이어서 사 진 찍을 때 빠져 삽입한 것이다.

(「에세이21」 2014. 여름호)

조각보

– 향기로운 우리의 문화·2

오래전에 국립박물관에서 '한국의 美' 전시장을 둘러보았다. 거기에 전시된 보자기의 아름다움에 빠져 몇 시간을 보내게 되었다. 색채의 조화도 빼어나고 그 절묘한 기하학적인 구성미에 감탄이 절로 나왔다. 이 보자기들은 기능뿐 아니라 예술작품으로도 널리 보이고 길이 전할 가치가 있다고 여겨졌다.

이 보자기를 만든 여인들은 미술에 대한 이론 같은 것은 배운 적이 없어도 이러한 조형미를 창조해 낸 걸 보면 우리나라 옛 여인들이 선천적으로 미의식이 뛰어났던 것 같다. 보자기 중심 부분은 아주 작은 조각에서 점점 커져 꽃 같은 느낌을 주는 것이 있는가 하면 바둑판 같은 조각보도 있고, 색의 배치나 모양이 일정한 순서로 이어져 안정감을 주는 것도 있다.

어떤 것은 색이나 조각이 불규칙한데도 전체를 보면 회화(繪畵) 분위기를 풍기는 것, 흰모시 조각보에 청색 조각 하나를 대어서 파격적인 부조화로 강한 인상을 주는 것, 연한 색끼리만 배색을 이룬 잔잔한 아름다움이 깃든 것, 또 흰 바탕에 네 귀퉁이만 자주색을 대어 대담한 면도 엿볼 수 있었다. 이처럼 보자기를 꾸민 여인들의 개성을 엿볼 수 있었다. 그 예술품 앞에서 발을 떼지 못하고 서있으니 마치 백 년의 시간을 초월한 듯 그녀들과 마주 대하는 착각으로 가슴이 뛰었다. 자수보로부터 그림 보, 조각보, 판화 보 등등 각양각색인 보자기를 보며 나는 이렇게 짐작했다. 그 여인들 마음속에 품어온 멋과 풀 길 없는 예술성이 차고 넘쳐 결국 이렇게 손끝으로 빚어내었다는 것을.

이 섬세한 아름다움을 마음에 새기노라니 어릴 때 비단 헝겊을 잃고 안타까워하며 놓친 비단 꿈 끝자락을 이제야 되찾은 듯 흐뭇함이 스며든다. 그리고 보자기처럼 넓은 아량으로 허물을 덮어주고 감싸주던 언니 생각이 간절하다.

보자기는 일회용 포장지처럼 헤프지도 않고 상자처럼 내용물의 모양새를 무시하지도 않는다. 둥글거나 세모나 네모 할 것 없이 나름대로 개성을 살리는 재치도 있고 옆의 색을 받아주는 겸손함도 있다. 큰 것은 큰 대로 작은 것은 작은 대로 담아주는 융통성도 있지 않은가.

나는 남편이나 자식 친구나 이웃들을 개성대로 받아들이지 않고, 네모진 상자처럼 굳어진 내 고정관념에 맞추려 하지 않았는지, 내 상자들의 틀에 맞지 않는다고 탓하고 비판하지 않았는지 모르겠다. 이제부터라도 상대의 개성을 살려주는 보자기의 여유, 그 포용성을 배워야 하지 않을까. 이번에 경주에서 있었던 국제 펜 대회에 외국에서 온 회원들을 사로잡은 것은 조각보였다는 말을 듣고 제대로 평가받은 점이 자랑스럽고 흐뭇했다.

설날 놀이

– 향기로운 우리의 문화·3

    설날에는 꼭두새벽부터 대소가 식솔들이 큰댁에 모인다. 조부님을 비롯해서 큰아버지 내외분께 세배 올리고 또래들끼리 여럿이 어울려 한마을에 사는 친척 어른들께 세배를 다닌다. 날이 채 밝기도 전 희끄무레한 새벽에 세배를 다닐 때 뺨에 스치는 차가운 공기의 상쾌함은 설날의 새 기분만큼이나 신선했다. 줄줄이 서있다가 절을 할 때마다 설빔끼리 서로 부딪치며 내는 그 사각거리는 소리는 첫눈을 밟는 것처럼 청량감을 주었다.

    사랑방에서는 학생 오빠들이 승경도놀이에 빠져 흥은 없는 듯싶다. 승경도는 조선조 때 벼슬의 위계와 명칭을 외우고 익히면서 한자도 익힐 겸 하는 놀이인 것 같다. 끝나고 맛난 설음식으로 아침을 먹고 놀이가 시작된다. 여자아이들은 널뛰기 같은 놀이를 하고 언니들이랑 올케 언니들은 여럿이 두 편으로 나누어 쌍륙치기를 한다. 이 쌍륙놀이에 오빠들이나 집안 아저씨들이 끼면, 서로 도둑 말을 썼다고 떼쓰는 우격다짐이 있어 놀이판을 더욱 뜨겁게 달구었다.

나무 판대기로 마든 쌍륙판을 가운데 놓고 빙 둘러앉아 차례로 돌아가며 주사위를 던져 나오는 숫자에 따라 말을 써서 자기편의 말 열다섯 개가 먼저 자기 궁에 다 들어오면 그것을 숫자 나오는 대로 떼 내는데 먼저 떨어지는 편이 이긴다. 자기 궁까지 오는 동안 상대방 말을 죽이고 살리는 싸움이 치열하다. 윷놀이와 형식이 비슷하지만 한 수 위여서 좀 더 복잡하고 그만큼 더 재미있다.

말은 청홍색이나 흑·백으로 칠을 해서 편을 구분한다. 주사위를 굴려 나오는 점에 따라 각각 이름이 붙여졌다. 이를테면 점 하나는 백송고리, 점 두 개는 아뚜눈, 점 세 개는 삼뼬금, 네 개는 홍녁점, 다섯은 오광실, 여섯은 육대출 등등. 주사위 던질 때마다 자기편에 유리한 이름을 편끼리 한 목소리로 외치면 상대편은 불리한 이름으로 맞장구를 치다 보니 또 상대편 말을 죽이거나 게임이 반전되었을 때의 스릴이며 흥분 박수소리와 환호 웃음소리가 어우러져 한껏 명절다웠다. 집안의 딸들이 장난 끼는 더 많고 며느리들 종부인 임촌 형을 비롯해 양반태 나는 광주 형, 금산 형, 정읍 형, 솜리 형, 운호 형 모두 한가락씩 하는 속멋쟁이지만 꾹 누르고 그 세월을 어떻게 살았을까. 삶이 평탄했다면 멋지고 즐겁게.

이렇게 놀이 자체도 즐겁지만 지는 편에서는 다과상을 차려간다거나 절을 하거나 노래를 부르거나 즉흥시를 지어 읊는 등 벌칙으로 이기는 편의 요구를 들어주는 과정에서 재미와 웃음보따리가 쏟아진다. 장난이 심한 사람이 끼면 숯검정을 진 수 만큼 얼굴에 그리는 등 장난이 심했다. 이규보 글에도 이 쌍륙놀이가 나오는 것을 보면 고려 때부터 했던 놀이인가본대 지금 해도 재미있다. 두 사람 이상이 면 할 수 있지만 수가 많아야 흥이 난다. 안방에서 쌍륙 치느라 왁자 지껄할 때 건넌방에서는 오빠들이 승경도놀이를 했다. 들기름 먹인 넓은 종이에 벼슬의 품계와 종별에 따라 쓴다. 나무로 깎아 만든 갸 름한 모양에 다섯 개의 골이 파인 알을 굴려서 나오는 숫자대로 외직 내직을 거쳐 벼슬이 오르고 내린다. 최고는 영의정까지고 최하는 파 직에까지 떨어진다.

승경도놀이를 하면 그 시대의 벼슬 품계를 한눈에 알 수 있고 출세 라는 것을 생각하게 하는 철학도 있다. 순조롭게 승승장구하다가 갑 자기 파직이 될 때의 절망감, 애써 올라간 관직에서 좌천되었을 때의 허무함, 낮은 자리에 있을 때는 오를 가능성이 있지만 정상에서는 불안과 긴장에 휩싸이고 외롭다는 것을 알게 된다.

나이가 지긋한 아낙네들은 넷째 숙모님 댁에 모인다. 숙모님께서 낭랑한 목소리에 입담이 좋아서 얘기책을 읽어주면 그들은 침을 삼 킨다. 그 숙모님한테는 많은 책이 있었다. 《한중록》 《사씨남정기 》 《옥루몽》 《꼭두각시전》 《박씨전》 등등, 특히 《꼭두각시전 》이 해학적이어서 이 책을 읽어주면 방에 가득 찬 아낙들은 배를 거머쥐고 웃을 때 그동안에 쌓인 것들을 시원스럽게 털어내었던 것 이다.

그런가 하면 동네 장정들은 초사흘부터 풍물놀이를 벌여 축제 분 위기에 들뜨게 했다. 사물놀이꾼들이 밥사발만 한 꽃송이를 단 고깔을 쓰고 집집마다 돌며 마당, 우물터, 부엌, 장독대, 곡간, 뒷간까지 신나게 지신을 밟으면 잡귀가 달싹 못해서 일 년 내 무사태평하다고 했다. 집주인은 지신 밟는 장소마다 곡식을 내놓는다. 마당에는 술과 음식상으로 대신하고 곡간에는 벼 한 말 내놓고 다른 곳에는 말을 엎어놓고 뒤꽁무니에 수북하게 담는다. 보기에는 한 말같이 보이지만 실은 한 됫박밖에 안 된다. 풍물재비 뒤에 곡식 걷는 이가 오는데 그는 집집마다 형편에 맞게 말을 엎어놓기도 하고 뒤집어놓는 그 재치가 남달랐다. 꽁무니에 올린 곡식을 가마니에 부을 때는 무거운 시늉을 하여 웃음을 머금게 하였다.

가난한 집에서 지신밟기를 할 때는 다른 데서 거둔 곡식을 미리 담아놓고 주인한테 귓속말을 하면 주인은 이미 담아온 곡식 위에 자기 집 곡식 한 주먹을 엎어놓는다. 이렇듯 많든 적든 모두 참여하고 없는 집 체면도 세워준다.

이렇게 거둔 곡식에다 부잣집에서 쌀 한두 가마 내어놓아 보태어진 돈이 마을 공동기금이 된다. 세대마다 거둔 곡식으로 마련한 돈을 지붕머리 돈이라고 한다. 이 돈으로는 마을 공동으로 쓰이는 차일이나 풍물을 사고 동네 평안을 위해 당산제 지내는 데 드는 비용도 하고 가난한 집에 어려운 일이 생기면 돕는다.

당산제 또한 하나의 놀이로 볼 만큼 축제 분위기였다. 그때도 빈부의 차이는 있었지만 이런 배려가 있었음인지 소외감 없이 마을이라는 집단에 흡수되어 더불어 사는 공동체 의식을 가졌다.

내가 자랄 때 경험했던 설날의 갖가지 놀이는 건전하고 재미있다.

또한 네 집 내 집 할 것 없이 명절에 모이기만 하면 화투판이 벌어진다. 이 화투치기는 다른 놀이와 달리 돈내기가 아니면 재미가 없다고 한다. 그러잖아도 도박에는 사행심이 날개를 치는데 일본에서 건너온 화투놀이가 더 부추기는 셈이다.

쌍륙치기가 널리 알려져서 화투판을 덮었으면 하는 바람이 밀물처럼 인다.

예전에 우리 집에서 취재한 방송이 그해 설날에 맞춰 방영이 되자 여러 곳에서 전화가 왔다. 그 놀이를 널리 보급시키면 좋을 거라는 내용이다. 쌍륙놀이가 방영된 지 26년이 넘은 지금에야 글로나마 자료를 남기고 싶어서 이 글을 쓴다.

봄마중 꽃잔치

– 향기로운 우리의 문화·4

입춘이 지나면 우리 친정 집안에서는 시집간 딸들의 마음이 들뜨기 시작합니다. 꽃소식이 내간(內簡)이라는 꼬리표를 달고 우편으로 배달될까 아니면 인편으로 올까 하고 전령의 발자국 소리에 귀기울입니다. 기다림에 지칠 무렵에 드디어 꽃놀이 소식이 봄바람을 타고 왔습니다. 진달래꽃이 필 무렵인 삼월 삼짇날로 잡았답니다. 그날 모여 꽃 마중을 가서 화전(花煎)놀이도 백일장도 열어 회포를 풀자는 내용이 들어있는 장성 할머니로부터 온 편지입니다. 집안 딸들이 가품(家品)이 좋은 시댁을 만나 시어른들도 친정 나들이를 허락하신답니다. 장성 할머니의 처지를 아는 사돈들이기에 동참시켰습니다.

집안 딸들뿐 아니라 며느리들도 그날을 손꼽아 기다립니다. 집안에만 갇혀 지내다가 봄맞이니 꽃구경이니 또는 상춘객이라는 이름으로 앞산으로 봄나들이를 갑니다. 장롱 바닥 깊숙이 두었던 색 고운 나들이옷을 차려입고 곱게 단장을 한 며느리들과 댕기머리 아가씨들이 줄지어 가는 모습도 장관이었습니다. 부엌 일손들도 화전놀이에 끼고 싶어 어깨에 흥바람이 들어있기는 마찬가집니다. 일 년에 한 번뿐인 기회를 잡으려고 서로 따라가겠다고 다투기도 합니다. 하지만 다짜고짜 찹쌀가루 반죽을 담은 함지박과 철 냄비와 참기름병을 챙기고 앞장서 길잡이가 되는 행동파의 차지가 됩니다.

친정 집안에 특별한 삶을 산 두 분 여인이 있습니다. 두 분의 공통점은 자식이 없다는 것과 글재주가 뛰어나다는 점이지요. 내게 대고모가 되는 장성 할머니께선 어린 나이에 혼례만 올렸을 뿐 신행도 하기 전에 청상이 되었고 하동 작은어머니는 부부가 해로(偕老)하였으나 숙부님이 부실하여 임신을 할 수 없었던 것입니다. 한 분은 장성으로 시집을 갔다고 장성 할머니라고 칭했고 한 분은 하동에서 시집왔다고 하동 작은어머니라고 불리었습니다.

두 분은 글 읽고 쓰기를 좋아해 지필묵을 끼고 사셨다지요. 그것은 참으로 다행이었습니다. 외롭고 허전함을 서로 이해하고 글로 소통하면서 한을 달랬답니다. 한 울안에 살면서 아래채에 딸린 방을 쓰시는 대고모님께 안채에 붙은 방을 사용하는 숙모님께서 밤에 편지를 쓴답니다. 안채에서 아래채로 편지가 오고갑니다. 편지 배달은 어린 소녀였던 사촌 큰언니가 했고 배달료는 비단 헝겊 조각이랍니다. 고운 비단 조각을 모으는 재미로 자다가도 깨우면 벌떡 일어나 편지 심부름을 했다지요.

마을 건너 앞산 초입에 '부처당'이라는 작은 초막이 옹달샘 곁에 있었습니다. 거기에 짐을 풀고 진달래꽃을 따 화전을 부쳐 먹고 백일장 대회를 열어 시문을 잘 지어 장원이 된 이와 차석에게는 상품도 주었답니다. 글제나 시제(詩題)를 내고 심사를 하는 분은 대고모이신 장성 할머니와 그분 사촌인 장화 할머니 두 분이 맡았고. 장화 할머니께서 친정 나들이에 빠질 때는 하동 숙모님과 같이 하셨답니다. '화목''우애''공평' '시집살이' '시샘' 등 이런 제목의 시제를 해마다 바꾸어가며 냈다지요. 살며 서운했던 일이나 고마움을 글로 풀어내서 그럴까요, 삼짇날이 지난 뒤엔 집안 분위기가 오순도순 정답고 화기애애해진답니다.

장성 할머니께서 집안 아녀자를 모아서 글공부를 가르치고 좋은 책을 골라 필사를 시킨 보람을 느낄 때가 백일장 대회 날입니다. 그래서 장성 할머니는 인심이 후해져 당신 혼수용이었던 비단 옷감을 상품으로 몇 해째 내놓았습니다. 당신은 청상이 된 죄인이라고 색옷을 입지 않고 평생을 흰색과 검정, 회색 옷만 입었으니 비단 옷감이 있었지요.

곱고 예쁜 사촌 큰언니는 장성 할머니가 특별한 사랑으로 가르쳤고 편지 배달 노릇을 시킨 종손녀(從孫女)입니다. 이 수제자가 나중에 문맹 퇴치에 일조를 한 공로를 인정받아 50년대 중반에 이선근 문교부 장관으로부터 표창장과 보리쌀 한 가마를 부상으로 받기도 했답니다. 주변 마을에 글 모르는 여인들을 모아서 글을 가르칠 때 낮에 종일 일하고 밤에 모인 아낙들이 졸음을 참지 못하자 큰언니는 그동안 필사한 책 중에서 재미있는 것만 골라 이야기를 해준답니다. 궁금한 대목에서 다음으로 이어지는 연재소설이 되어 현대판 천일야화가 됩니다. 재미에 끌린 아낙들은 고됨도 잊고 배운 결과 애국가 가사 쓰기 시험에 모두 합격해 전국에서 일등을 했습니다.

  하동 숙모님께선 내가 당신 곁에만 있으면 끊임없이 집안 내력이며 사람들 이야기를 재미있게 들려주었습니다. 화전놀이에서 봄 향기가 입으로 건너오는 이야기를 들으며 잠이 들 때는 꽃 꿈을 꾸었습니다.

어머니의 혼수

– 향기로운 우리의 문화·5

전에 살던 옆집에는 갓 시집온 새댁이 살고 있었다. 신접살림이라 단출한 살림을 아기자기 꾸리고 살 것이라는 예감과는 달리 결혼 20년 된 우리보다 살림이 많았다. 번쩍거리는 많은 가구며 갖가지 전자 제품 외에도 필요 이상의 물건들이 꽉 들어차 있다. 그런데도 어쩐지 허전해서 내 눈은 무엇인가를 찾기에 바빴다. 그렇다. 책이 없었다. 부부가 학부 출신인데도 문학서적이나 교양서적 한 권도 없는 그 집이 텅 빈 느낌이었다.

내 친정어머니께서 시집올 때 혼수를 많이 해왔다는 말은 듣지 못했다. 기억에 남는 것은 갈색 윤이 나는 엿 동구리와 닦기만 하면 은빛이 나는 5첩 반상기, 그리고 장롱과 어머니께서 쓴 책 상자였다. 대청 선반에 얹혀 있는 엿 동구리는 이바지 엿을 담아온 그릇이라고 들었다. 지금은 예단 비용이 많이 든다는데 어머니가 시집올 때만 해도 버선을 많이 해와서 버선 한두 켤레씩에 엿 한 주먹씩 한지에 싸서 친척들에게 드리면 인사치레가 되었다고 한다.

시집올 때 해온 이바지를 나누는 것을 봉송 돌린다고 한다. 어머니는 엿을 많이 해와 이웃 마을까지 봉송 돌렸다고 들었다. 놋 반상기는 조부님 진짓상 차릴 때나 손님이 왔을 때 쓰였는데, 그릇마다 뚜껑이 있어서 내 어린 날 소꿉놀이로도 애용했다. 특히 초간장, 기름간장, 맨간장을 담는 간장종지가 앙증맞게 생겨서 어머니 눈을 피해 가지고 놀았던 것이다.

어머니 혼수 중에 지금까지 남아있는 것은 책 두 권뿐이다. 어머니 유품을 정리할 때 여러 권의 책 중에서 내가 두 권만 챙겼기 때문이다. 어머니께서 살아계신다면 백 살이 넘었다. 학교는 문턱도 밟아보지 못한 구시대 여인이다. 하지만 책과 붓을 가까이하고 사셨다. 시집올 때 가지고 온 책들은, 어려서부터 정월이면 으레 몇 권의 책을 베껴 썼는데, 그걸 모아서 가지고 온 것이다.

그 책은 대개 권선징악이나 충효를 토대로 한 옛 소설책이 대부분이고, 부녀의 잠언서 격인 책도 여러 권 있었다. 성종 때 대비(소혜왕후) 한 씨가 쓴 책에 "婦德이란 재질이나 총명보다 맑고 순응하고 정정하고 수절 정대 할 제 부끄럼 가리며 움직임과 몸가짐에 법도가 있는 것이다."라는 내용이 담긴 內訓이며, 우암 송시열이 쓴 誡女書에는 "대답은 불손하게 하지 말고 마음을 낮추라. 즉 성이 날지라도 오래 참고 있다가 옳고 그른 일을 바른 대로 대답하여 덕을 닦으라."는 가르침을 포함하여 스무 가지 항목을 적은 책이며, 중국 후한 때 문인 채홍이라는 분이 따님에게 주려고 지은 女誡에는 "얼굴에 분

바를 때 그 마음도 고와짐을 생각하고, 얼굴에 연지 바를 땐 그 마음도 온화하게 하라."는 지침서에다 멀리 명나라 성조의 후비 서 씨가 지은 內訓에, 당나라 송약소가 지은 女論語, 그리고 명나라 반소가 쓴 女誡, 명나라 윤 씨 부인이 지은 女範, 이렇게 女四書를 읽고 쓰면서 마음에 새겼다고 한다.

이밖에도 明心寶鑑, 內則, 內規, 女敎, 女憲 등을 筆寫하며 예의범절 부인지덕을 마음에 새기고 몸에 익히느라 밤잠도 설쳤다고 한다. 이런 책들은 母系로 이어 내려왔다는 것이다.

요즘은 혼수를 열쇠로 따지는 이도 있다지만, 전에 우리 집안에서는 시집올 때 무슨 책을 몇 권 써왔느냐를 화제로 삼았다. 누구는 어떤 책을 얼마나 써왔는가, 책 수준과 양을 가지고 신부가 쌓은 학문의 척도로 삼았으며, 신행 오기 전에 시댁으로 한 문안 편지와 신부 어머니가 안사돈에게 보내온 사돈서를 보고 그 가문을 평가했다는 것이다. 뿐만 아니라 뉘 글씨는 진주 같고 뉘 글씨는 구슬 같다는 등 이렇듯 내방문학을 중요시했다고 한다.

나한테 있는 어머니의 두 권의 책 중에 한 권은 '화씨충효록'(《화씨팔대록》이라고도 한다)인데 원래 한문소설을 한글로 옮겨서 문장이 어려운 편이다. 원래 이 책은 여러 권으로 나누어진 것인데, 그중에서 한 권을 골랐고, 또 한 권은 간독(簡牘)이라고 표제가 쓰였는데 종이가 깨끗해서 골라두었다.

이 책들은 철자법도 지금과 다른 데다 초서여서 나는 읽지도 못한 채 갈무리해 두었다. 마침 아흔 살이 넘은 큰댁 큰언니가 와서 읽어

주어 그 내용이 '편지 모음집'임을 알게 되었다. 두루마리 편지는 여러 번 보면 해어지니까 소중한 편지들을 옮겨 적었나 보다. 이 편지는 대부분 사돈서다. 외조모님께서 조모님께 한 편지와 그 답장, 숙모님 친가에서 할머님께 보낸 편지들로 안사돈끼리 주고받은 편지 내용이 정답기만 하다.

어떤 편지에는 사돈댁이 상을 당했는지 애절한 조사(弔詞) 뒤에는 위로하는 다정한 사연도 있고, 또 경사 뒤에 한 편지인 듯 축하하는 마음을 듬뿍 담은 내용도 있다. 외가에서 할머께 보낸 편지는 대충 이렇다. "매사에 미비한 여식이 예의범절 서툴러 어른들께 상심을 끼쳐드리지 않나 노심초사이오며 혼수도 제대로 갖추지 못해 몸 둘 바를 모르겠나이다. 그럼에도 사돈어른들께서 모든 허물을 어여쁨으로 감싸 덮어주신다니 감사함 백골난망이옵니다." 이 편지 답장은 "금지옥엽으로 길러서 떠나보내고 찬바람 이는 허전함을 어떻게 메꾸시는지요. 정성껏 보내주신 음식은 화기롭게 나누어 먹었어요. 자부가 속이 깊고 아량이 넓어 동기간에 우애할 것 같아 마음 든든합니다. 이렇게 잘 가르치고 길러주신 사돈께 감사한 마음 하해와 같습니다." 등등.

이같이 사돈 사이에 정다운 편지가 오고가면 부부의 맺음도 튼튼하리라. 어머니는 사돈서 외에도 시시때때로 편지를 썼다. 지금보다 일도 많고 고되었을 터이나 마음의 여유가 있었음일까, 자신을 갈고 닦는 일에 열심이었다.

어머니가 젊었을 때는, 청상과수댁이 된 시고모님과 한 울안에서 살았다. 그 시고모님께 심부름을 보낼 때도 편지를 썼다. "고모님, 뒤뜰 오동나무에서 부엉이가 청승맞게 울어댑니다. 그 소리에 잠 못 이루시는지 고모님 방에서 불빛이 보이네요. 시름을 달래시느라 사군자를 치시는지요. 빌려온 책 돌려드립니다." 그러면 대고모 되시는 그분은 심부름꾼을 세워놓고 즉석에서 답장을 쓰신단다. "질부 방에서 지금 다듬이 소리가 들리는데 무엇을 그리 두드리는가. 낭군 두루마기 감인가? 아니지, 오늘 질부 손에 노랑 물이 들었더니 노랑 명주 저고리 윤이 나게 다듬고 있었구먼. 청아한 다듬이 소리가 부엉이 우는 소리와 조화를 이루네. 그 소리 듣고자와 별들도 지붕머리 가까이 내려왔네 그려. 질부, 피곤하지 않거든 내 방으로 건너와 쌍륙 한 판 치지 않겠나." 이렇게 용건 외에도 서정을 한 자락 깔아 정서화했음을 엿볼 수 있었다.

이웃에 사는 숙모님께는, "동서 집 외양간에서 나는 소 울음소리 들리는 지척인데 못 본 지가 사흘째네. 어디 아픈지 궁금하네. 엿을 고았기에 따뜻한 엿밥 한 그릇 보내니 먹어보소." 이러한 편지 심부름을 나도 많이 다녔었다. 나보다 몇 십 년 일찍 태어난 사촌 큰언니는 자랄 때 밤에 자고 있는데도 깨우면 벌떡 일어나 위채에서 아래채로 또 건넌방으로 편지 심부름을 잘 다녔다고 한다. 편지 배달료는 비단 헝겊 조각을 받아 모으는 재미로 잠투정도 없이 잘했다고 한다.

학교교육은 못 받았지만 어진 성품, 바른 행실, 인륜과 도리, 법도, 살림살이와 가정관리를 훌륭하게 해내고 규방문학도 살린 그 향기로운 정신이 그리워진다.

정나미

– 향기로운 우리의 문화·6

우리 친정 큰댁에는 신주단지 세 개가 있었다. 누구든지 그 신주단지들을 대수롭게 대하지 않고 매우 조심히 다루었다. 그 단지가 정확히 언제부터 그 자리에 있었는지는 모르지만 내가 태어나기 훨씬 전부터 묵묵히 한자리를 차지하고 있었다는 건 확실하다.

대청에는 성주단지가, 장독에는 철융단지가 있었다. 그리고 삼신단지라고 이름붙인 꼬막단지는 모셔두듯이 벽장 안에 두었다.

장독에 있는 철융단지는 큰 항아리인데 그 속에는 벼나 겉보리 같은 껍질곡식이 들어있었다. 이듬해 농사를 짓기 위해 잘 보관해야 할 종자용 씨앗이었다. 또한 설날엔 터전을 관장하는 철융신에게 떡과 물 한 사발을 장독에 내었다. 울안에 있는 큰 나무를 베면 지벌을 받는다고 삼갔으며 철융신을 노엽게 했다간 장독에 뱀이 나타나는 등 해코지를 당할까 달랬다고 한다.

삼신단지는 자손을 기다리며 비는 대상이라고 했다. 어머니는 태어날 아기를 점지해 주는 삼신할미에게 초이레, 열이렛날 꼭두새벽에 일어나 정화수 떠놓고 아들을 낳아 자손을 번창하게 해주길 기원했다. 하지만 나의 친정어머니는 온갖 정성을 기울였으나 내가 딸로 태어나자 정나미가 뚝 떨어졌는지 다 쓸데없는 미신이라며 그런 민속신앙을 미련 없이 버렸다. 내가 자랄 때 우리 집에서는 조왕신에게 물 한 보시기도 바치는 것을 볼 수 없었다.

뚜렷한 종교가 없었던 옛 여인들은 불확실한 내일과 병마와 위험이 도사리는 환경과 맞서 싸우기에는 너무 나약한 존재들이었다. 무엇인가에 기댈 언덕이 필요했다. 그런 신앙을 어머니가 몽땅 치워버리는 용단을 내릴 수 있었던 것은 숙모님의 부추김 덕이었다.

매우 진취적이고 대담한 넷째 숙모님께선 유교로 다져진 반가의 며느리가 되어 40년대 초에 마을에 교회를 세워 새바람을 일으킨 분이다. 알고 싶은 것이 있을 때마다 그 숙모님께 물으면 언제나 성의껏 대답해 주셨다. 어린 내가 시시콜콜 묻는 것까지도 귀찮아하는 법이 없었다. 내가 가장 사랑하고 존경하는 그 숙모님은 '하동'에서 시집을 왔다고 해서 하동 숙모님이라는 택호(宅號)로 불렸다. 그분의 정성어린 가르침을 생각할 때면 로버트 풀검이 쓴 ≪내가 정말 알아야 할 모든 것은 유치원에서 배웠다≫는 책 제목이 생각난다. 나는 내가 알아야 할 모든 것은 그 숙모님으로부터 배웠다고 할 수 있다.

내가 열 살쯤 되었을 때다. 큰댁 대청 구석에 있는 크지도 작지도 않은 단지를 가리키며 "작은어머니, 저 단지는 무슨 단지예요?"라고 묻자 하동 숙모님은 "성주단지란다."라고 대답했다. "왜 여기 혼자 있어요. 심심하겠다." "성주단지에는 쌀을 담아두는데, 햇볕이 들거나 뜨거운 곳에 두면 쌀이 상하니 대청에 둔단다." "하지만 큰댁은 종가에다 식구가 많아서 쌀을 곡간에 두던데요." 나는 숙모님 답변에 쉽게 만족하지 않고 고개를 갸웃거리며 계속 꼬치꼬치 물었다. 그래도 크면 다 안다거나 그런 것은 알 필요 없다는 식으로 대충 넘기지 않고 숙모님께선 일일이 설명을 해주셨다. "성주는 집 건물을 주관하는 신(神)으로 알고 받든단다. 집에 불이 나거나 그 집에 사는 사람이 병이 나지 않게 해달라고 빌어 신을 달래는 거란다" "우리나라 사람들은 신이든 사람이든 상대에 맞서 싸우려 하기 보다는 달래고 다독여서 마음을 푸는 방법을 택했단다." 나는 그 의미를 정확하게 이해하진 못했지만 대략 감을 잡고 고개를 끄덕였다. 성주단지에 담아둔 쌀은 언제 먹느냐고 여쭙자 이번에는 더 긴 답변이다. "조상님들께 제사를 올릴 때 사용한다. 집에 경사가 있을 때마다 성주단지에 쌀을 넣는다." "경사가 무슨 말인데요?" "기념일 같은 좋은 일이지. 시집, 장가가는 것이나 아이를 낳아 백일이나 돌이 되는 날도 경사요, 식구들 생일, 또는 학교 입학하거나 졸업하는 날 상 타는 날도 경삿날이지. 뿐만 아니라 어른들께 공경을 잘해서 오래 살아 환갑 진갑을 맞는다고 음식을 장만해서 즐겁게 보내는 것도 큰 경사야. 그런 때는 쌀을 두 곱으로 더 넣는단다. 서당에서 책 한 권을 떼면 책거리라는 명목으로 떡을 해 나눠 먹지. 이때도 성주단지에 쌀을 넣는단다. 이런 경사가 계속 쌓이다 보면 결국 성주단지에 쌀이 몇 말쯤 가득 차게 되는데 설날이 오면 그 쌀을 다 쏟아낸다. 마을 사람 중에 산달이

되었는데 첫 국밥 지을 쌀이 없는 집, 환자나 노인이 있는데 끼니
거리가 없는 집에도 너희 할머니께선 그 쌀을 나누어주었단다." 우리
할머니의 친정은 부자가 아니어서 없는 집 사정을 잘 알고 살핀 분이
라고 사람들이 할머니를 칭찬했었단다. 그런 말을 들을 때마다 내가
태어나기 전에 돌아가신, 뵌 적 없는 할머니가 자랑스럽고 궁금해지
기도 했다.

　숙모님이 이제 너와 나 사이에선 성주단지라고 하지 말고, 정을
나누는 쌀이니 '정나미'라고 부르자고 하신다. 하동 숙모님께서 나한
테만 가르쳐준 정나미라는 우리끼리의 은어를, 마치 몰래 받은 보석
인 양 놓쳐버리지 않으려고 "정나미, 정나미"라고 자꾸 되뇌었다.

여름 아씨

- 향기로운 우리의 문화·7

문을 열고 지내야 할 여름철이었다. 앞 동(棟)과는 훤히 마주 보이는 아파트여서 여름철마다 신경이 쓰였다. 여태까지는 망사문으로 지내왔지만 지난여름 같은 무더위에는 망사문마저 치우고 싶었다. 그래서 한여름 복판에 문발을 찾아 나선 것이다.

가늘게 쪼갠 대오리로 짠 발, 가장자리는 '亞'자형으로 새겼고, 중심부분에는 묵화로 친 대나무가 이파리를 알맞게 달고 있는 그런 대발을 찾고 있었다.

대발 위에 그려진 대나무 그림은 시각적인 시원함을 줄 뿐만 아니라 운치 중에 운치가 아니던가. 그런데 가까운 시장에는 합성수지인 비닐제품만 보였다.

아무리 장식용이 아닌 실용성으로 문발을 구하는 터이지만 비닐제품은 낯설 뿐만 아니라 천박해 보여 싫었다.

발에는 갈대를 엮어 만든 것과 염주알이나 구슬 같은 걸 실에 꿰어 만든 발이 있는가 하면, 삼베나 모시 베에다 수를 놓거나 올을 빼어 벽걸이로 쓰이는 것도 있지만 문발로는 대발이 제격이다.

　내외를 엄격히 가리던 시절에는 여름에 아씨들이 거처하는 곳에 드리웠던 대발이 가리개 구실을 해줌으로 더욱 호기심을 불러일으켰을 것이다.

　멋진 문양이 새겨진 문발이라면 장식과 기능 두 가지 효과를 거두게 될 테지만, 내가 바라던 대 그림은 없어도 대발만은 구할 수 있었다.

　베란다 창문에서 밖으로 간격을 띄어 내달았다. 바람은 솔솔 들어오고 햇볕은 가려졌다. 어디 그뿐인가, 안에서는 밖이 다 보이는데 밖에서는 안의 형상이 어른거릴 뿐 잘 보이지 않는다. 필요한 것은 들어오고 그렇지 않은 것은 막아준다.

　통함과 차단, 투명과 불투명, 문발이 마치 요술을 부리는 것 같았다. 문에 드리워진 대발은 꼭 닫힌 문처럼 답답하지 않고 적당히 숨통을 트여 주는가 하면 확 열린 문에서 오는 허허로움을 보완해 주기도 한다.

　아파트 유리창, 알루미늄 새시로 된 창틀 이런 것에 대발이 어울리지는 않았다. 한옥 대청마루에 드리운 대발, 그 멋을 어떻게 따라가겠는가! 하지만 메마른 둘레에 대발이 한편을 차지하고 있어 조금은 부드러움을 자아낸다.

　대발을 바라보고 있으면 마음의 여유가 생겨 대가 자라난 청청한 대밭을 그려보고 그 대밭에 이는 싱그러운 바람소리도 듣는다. 그리고 발을 통해 들어온 바람결에는 풋풋한 대숲 냄새가 남아있는 듯한 착각에 빠지기도 한다. 그래서인지 몇 십 년 만에 있는 무더위를 대발에 맡기고 넘긴 것 같다. 우리 집 대발이야말로 기능 면에서나 정서적으로 그 몫을 단단히 한 셈이다. 내 마음의 더위까지 몰아낼 정도로….

발 하면 빼놓을 수 없는 게 나이 어린 임금을 앞에 두고 왕대비가 뒤에서 수렴청정할 때 그 사이에 드리운 발이다. 여자가 직접 정치에 나서지 않는 경계선이요 또한 그 발은 왕대비의 뜻이 어린 임금에게 전달되는 통로이기도 했다. 발 밖에 드러난 임금보다 발 안의 숨은 힘이 더 강했던 것을 부인할 수 없을 것이다.

어느 무더운 여름날 뒤뜰에서 감꽃을 치마폭에 주워 담아 마루에 올라서는데, 바구니에 담아오지 않고 속옷 보인다고 어머니는 어린 나를 나무라셨다. 발에 가려 어머니 모습은 보이지 않고 말소리만 들릴 뿐인데 어머니 쪽에선 내 속옷까지 보고 지적하신 것이다.

발 앞에 바짝 눈을 대고 들여다보았더니 그제야 바느질하는 어머니 모습이 나타났다. 문발을 제치고 방에 들어갔을 때 어머니께서 입은 모시적삼 섶 끝이 겉으로 약간 말려진 게 보였다.

트임과 가림, 통합과 차단으로 어우러진 발의 묘미는 어쩌면 동양인의 미덕과 통함직하다.

현대에서는 몸도 마음도 너무 적나라하게 노출시켜 권태가 쉽게 나는 것은 아닐지. 부부간이나 사제지간 부모 자식 사이나 친구 사이할 것 없이 쉽게 드러낸 내면세계로 인해 상대에 대한 존경심이 옅어졌는지도 모르겠다. 몸도 드러난 부분보다 감추어진 데가 더 많을수록 아름다워 보이고 생각이나 감정도 조금은 묻어두는 구석이 있어야 쉽게 싫증을 느끼지 않는다. 반쯤 드러난 모습, 반쯤 감추어진 매력은 새로움을 자아내는 신비의 문턱이 아니던가. 발에 가려진 모습처럼 옛사람들의 깊은 속마음이며 알 듯 모를 듯, 보일 듯 말 듯 한 성품과 감정은 오늘에 더욱 값지게 느껴진다.

한여름에도 몇 겹 옷을 껴입고 앞가슴을 칭칭 동여매고 버선을 신고 살았던 참을성 많은 옛 여인들을 생각하면 구속이고 형벌이 따로 없다. 하지만 대발에 가려진 어머니의 고요하고 은근한 향기를 더듬으며 올여름의 더위를 이겨내리라. 대발을 치고서.

지금은 TV에 나오는 출연자나 사회자가 유행처럼 웃옷을 벗고 나온다. 그것을 본 끝에 숙모님이 "웃통 안 벗으면 못 나온다니. 나오는 사람마다 웃통을 벗게." 말씀 속에 뼈가 있다.

이상 기온으로 지난겨울은 따뜻했다. 거기에 비례하여 오는 여름 더위를 벌써부터 걱정들을 한다. 이사 오는 통에 어느 구석에 박혀있을 대발을 챙겨두고 뜨거운 여름을 맞이할 대비를 해야겠다.

(「수필과 비평」 2017. 1)

유년의 초상

– 향기로운 우리의 문화·8

　해마다 돌아오는 성탄절은 시골 마을을 들뜨게 하고 새바람을 불러일으키기에 충분했다. 성탄절 한 달 전부터 연습이 시작된다. 합창 무용 연극 등 하얀색 옷을 입고 흰 치마를 머리에 쓰고 뒤로 넘기면 우리들은 천사가 된다. 예수님이 태어나신다는 소식을 전하는 임무를 맡은 천사들은 우쭐했다. 그처럼 즐거운 밤이 지나고 새벽에는 또 다른 새로운 일이 우리를 맞는다.

　얼마 안 되는 수지만 두 파트로 나누어 한 팀은 바다가 보이는 백련리 쪽으로 다른 팀은 산으로 둘러싸인 송림마을에 사는 성도의 집을 한 집도 빼지 않고 찾아다니며 새벽 성탄 송을 불렀다. 주일학교에 다니는 어린 나도 끼어 다녔다. 추위보다 즐거움이 앞섰다. 예수님 탄생을 알리는 크리스마스 음악을 부를 땐 그렇게 성스러울 수가 없었다. 등불을 켜고 기다리다가 일행을 맞으면 어느 집에서는 새알심이 든 팥죽을 따끈따끈하게 내놓는가 하면 또 어느 집에서는 펄펄

끓는 식혜를 혹은 찐 고구마나 찬 동치미와 홍시를 대접했다.

눈길에 푹푹 빠지며 2km가 넘는 거리를 헤매다가 시장기가 돌 때 먹던 뜨겁고 찬 음식들이 그리움의 추억으로 남는다.

많은 세시풍습이 설날에 시작되어 정월 대보름 사이에 몰려있다. 그래서 생활이 무의미하지 하지 않았다. 아주 풍족하진 않았어도 나름대로 재미를 만들어가며 살았다. 보름 전날 마을에는 뉘 집 가릴 것 없이 집집마다 대나무를 한아름씩 베어다 마당에 달집처럼 세워서 쌓아놓는다. 첫 새벽에 첫닭이 울면 대마디 터지는 소리가 툭탁툭탁 여기저기서 축포 쏟아지듯 요란했다. 그 소리에 사악한 잡신들이 놀라서 달아나기에 알맞았다.

보름날 첫 새벽에 우물에서 새 물을 길어와 식구대로 찬물을 한 모금씩 마셨다. 그리고 두부를 양념간장에 찍거나 김치에 싸서 맛있게 먹었다. 바람 안 든 무를 한 입씩 먹었다. 살찌라고 두부를, 무사태평하라고 무를, 부스럼 나지 않게 예방으로 호두도 깨서 먹었다. 재미있는 것이 또 남아있다. 또래들이 몇 명씩 어울려 깔깔대며 밥 얻으러 다니는 것이 무척 재미있었다. 조무래기들이 복조리를 하나씩 들고 몰려다니며 "보름 밥 주세요." 외치면 안주인이 웃으며 나와 한 수저씩 덜어주고 복조리에 담긴 밥을 구경하며 이 밥이 맛있겠다고 품평회를 아끼지 않았다. 논농사를 짓지 않는 집은 노란색 조밥이거나 붉은색 수수밥이 함께 있어 색깔이 한층 곱고 먹음직해 보였다. 보름 밥은 아홉 집 밥을 먹어야 건강해진다고 어른들의 말씀에 따르느라 손가락을 헤아리곤 했다. 밥 얻으러 다닐 때는 재미있었지만 실상은 나 자신은 오곡밥을 싫어했다. 나는 막내딸이라고 아버지와 겸상해서 밥을 먹었다. 자연히 식성도 아버지를 닮았는지 찰밥이나 오곡밥보다 흰밥에 석화젓과 달래장을 섞어 비벼먹는 것을 좋아했다.

무엇보다 가슴 졸이며 숨차게 밀려왔던 재미는 달 밝은 대보름날 밤에 몰래 숨어 당산제 지내는 모습을 훔쳐보던 일이다. 당산제가 도대체 무엇이기에 금기사항도 많고 어떤 제사보다 엄숙하고 남자들만 참여하는지 그것이 알고 싶어 잠도 안 오고 몸살이 날 지경이었다. 부엌일을 돕는 '기순이'에게 동행을 요청했지만 단번에 퇴짜를 맞았다. 무섭다는 것이었다. 내가 앞장설 테니 뒤에 따라오기만 하라고 사정해도 소용없었다. 나 혼자서 가기로 했다. 내가 태 안에 있을 때 어머니가 아들을 바라고 태교를 열심히 해서 그런지 성격이나 행동이 여성답지 않다고 어머니께 지청구를 많이 들었다. 또한 무서움을 타지 않고 오밤중에도 고샅을 잘도 다니며 심부름을 했다. 부정타면 벼락 맞는다는 기순이의 말이 켕기기는 했지만 설마하고 곧 잊고 당산제 지내는 행사를 몰래 엿보는 재미에 빠져들었다.

그해 당산제는 우리 집에서 맡게 되었는데 아버지께서 제관이 되어 집전을 하셨다. 동네 집집마다 호주 이름을 거명하며 아무개 집 식구들 무사 무탈하게 한 해를 지내게 해달라고 주문을 외우고 소지 한 오라기에 불붙여 공중에 띄웠다. 한 집도 빼지 않고 다 끝났을 때는 꽤 긴 시간이 흘렀다. 아버지께선 그 시대에 외국 유학까지 가서 신학문을 닦은 분이 왜 미신을 분별하지 못하실까 혼란스러웠다. 그때도 빈부격차는 있었지만 갈등 없이 화평하게 살 수 있었던 것은 남을 배려하는 마음가짐과 각자 소임을 다한 까닭이 아닐까 하고 생각해 본다.

고향의 면에서 교회는 숙모님이 마을 어귀에 세운 장신교회 한 곳 뿐이었다. 숙모님 혼자 교회 살림을 꾸려가며 세상을 뜨실 때까지 유지해 갔다.

예배인도와 설교 종치는 일부터 교회 청소에 이르기까지 모두 혼자 도맡기에는 벅찼으나 딴 도리가 없었다. 마침 신학교 재학생인 강혜경이라는 처녀 전도사님이 부임해 와 한집안처럼 친밀하게 지내고 숙모님 일도 한결 수월해졌다. 강혜경 전도사님이 있을 때는 집안 처녀들이 모두 교회에 다녔다. 강혜경 전도사님은 생각이 올곧고 행동이 정숙해서 본받을 만하다고 어른들이 치켜세워 집안 처녀들에게도 예수 믿기를 독려해 모두 교회에 다닐 수 있었다. 덕분에 훈김이 감도는 교회가 되었다. 하지만 교회를 받들던 숙모님께서 세상을 뜨시자 숙모님 따라 교회도 떠나버리고 말았다. 마을을 든든하게 지탱해 주던 집안 어른들이 돌아가시자 온 동네가 텅 빈 듯 찬바람이 휘돌더니 수십 년간 지켜온 교회가 떠나간 자리는 빈 소라껍질처럼 헛바람이 돌았다.

음력 이월 초하룻날이면 종자만 남기고 콩을 볶아먹던 재미도 쏠쏠했다. 이때가 지나면 곡식들에 벌레가 생기니 그전에 먹어 영양보충 하라는 지혜에서 비롯되지 않았을까 싶기도 하다.

잠이 오지 않는 밤에는 어린 날의 이런저런 추억들을 끄집어내어 되새겨보는 것도 행복해지는 하나의 길이다.

나도 손주들에게 이런 추억거리를 만들어줄 수 있기를 바란다.

깨끗한 재산

- 향기로운 우리의 문화·9

우리들의 어머니도 그랬다. 물건이 꼭 귀해서만은 아니었다. 농가에서 흔한 것이 바가지였으나 헤프게 쓰지 않았다. 잘 말린 바가지를 곳간이나 광 천장에 짝 맞추어 줄줄이 매달아두었다.

바가지에는 쓰임새나 모양새에 따라 해학적인 풀이를 덧붙여 바가지 겉면 가장자리에 쓴 붓글씨가 테두리처럼 보였다. 밭둑에 열린 박을 돌로 괸 자리가 흠집으로 남은 바가지에는 "네 볼이 우그러짐은 네 탓이 아니라 보살피지 못한 내 탓이니라. 네 흉터가 더 견고하여 명이 더욱 길 터이니 슬퍼하지 말라." 사발만 한 종그락에는 "네 자태가 참 곱기도 하다. 크지도 작지도 않은 품은 신접살림에 어울리나니 새살림을 빛나게 하여라." 또 도톰하고 큼직한 바가지에는 "토실토실한 네 모양이 사대부 댁 맏며느리 형상이다. 보기처럼 후덕한 그릇으로 맡은 바 다하여라." 이렇게 쓴 바가지 중에 골라서 신접살림 차리는 친척에게, 도시에 사는 친지에게, 이사 가는 이웃에게 선물을 했던 것이다.

심기만 하면 담장이나 지붕·밭둑 어디에고 뻗어 올라 열린 박을 해마다 여러 통씩 거두었다. 그 흔한 바가지가 깨어져 금이 가도 그냥 버리지 않고 송곳으로 구멍을 뚫고 노끈으로 꿰매어 숯을 담거나 마른 그릇으로 썼다. 무엇이나 허드레 것이 있어야 새것이 유지되고, 헌 것 쓰일 데가 있고 새것 쓰일 데가 따로 있다는 것이 어머니의 생각이었다. 그래서 다 떨어진 소쿠리마저도 한지로 된 헌책을 뜯어 앞뒤로 발라서 말리면 탱탱한 종이 바구니가 된다. 모시올 삼을 때는 이 바구니가 제격이었다.

이처럼 어떤 물건이나 명이 다할 때까지 쓰고 다시 손보아 명을 이어 쓰던 그 어른들 덕에 오염되지 않은 환경에서 우리가 살 수 있었던 것이다. 우리의 후손들은 우리를 향해 무어라고 하며 어떻게 살아갈지 모르겠다.

내가 따르던 둘째 언니 혼사 때였다. 사돈댁에 보낼 이바지 마련에 온갖 정성을 다 쏟고, 있는 솜씨 다 내어 음식 장만을 했다. 음식에 따라 여러 개의 그릇에 담는데 약과 담을 동구리가 마땅치 않았다. 크기가 적당한 것이 있었으나 쓰던 것으로 모서리에 구멍이 좀 나 있었다. 새로 사오자니 시간이 걸리고 헌 그릇에 담아 보내기도 내키지 않았으나, 겉치레보다 우리 사는 방식을 보여주는 것도 나쁠 것 없다고 주장하는 분도 계셨다. 동구리 한구석에 난 밤톨만 한 구멍을 깨끗한 헝겊을 대고 기워 보냈다. 사돈댁 아랫사람들이나 젊은 질부들이 수군댔다. 괜찮게 사는 집에서 기운 그릇에 이바지를 담아왔다고. 사랑에서 그 사실을 알고 바깥사장(舍丈)께서 그 댁 안팎 젊은이들과 집안 총생(叢生)들까지 다 불러 모아놓고 우리 집안을 치켜세웠다 한다. "수만 석 부자도 삼대(三代) 안에 망해 먹는 집이 수두룩한데 사돈댁은 몇 천 석에 지나지 않는 재산이 구대(九代)까지 이어오기는 드문 일이다. 그것은 자신에게 절제하면서 남에게는 인색하지 않아 인심을 얻었으며, 남자들은 주색잡기를 멀리했고 여자들은 이바지 그릇에서 보듯 규모 있게 살림을 해서 가능한 일이었다. 물론 일제의 지배를 받고 여러 변란을 겪으면서 많이 줄었지만 아직도 그 가대(家垈) 지키며 베푸는 위치에 있음을 보아라. 깨끗한 재산이어서 그렇게 오래간 것이다. 사돈댁이 부자는 아니지만 참 깨끗하고 선한 재산이니라. 너희들도 그 댁 본을 받아야 한다." 이렇게 긴 권고를 하셨다는 것이다.

언니는 헌 동구리 덕에 시어른들로부터 큰 사랑을 받았고, 시댁에서 이바지를 할 때 새 그릇만 보내면 흉잡힐까 봐 헌 그릇도 하나쯤 끼워 넣었다고 한다.

내가 여섯 살 때 시집간 언니, 그 시절 이야기가 후에도 종종 회자(膾炙)되어 내 귀에도 익은 이야기다.

이 글은 시대착오적인 고리타분한 이야기다. 더구나 소비가 있어야 살아나는 자본 경제 구조에서 더욱 그렇다. 하지만 시대와 상황이 바뀌고 사는 방식도 변했지만, 예전에 옳았던 정신, 그 덕목만은 언제나 유효한 것이 아닐까.

지난해 경제 한파를 당해 실업자가 쏟아지고 가정이 해체되는 불상사가 많았다. 내일을 위한 계획성이나 대비 없이 흥청망청 산 것을 자성하는 목소리도 들렸고, 텔레비전마다 경쟁하듯 절약하는 사람들 이야기, 인기인이나 연예인 중에서 알뜰하게 사는 이들의 살림 솜씨를 보여주는 프로가 많았다. 화려한 겉모습과는 달리 저런 면도 있음을 알고 새롭게 보이곤 했다.

　이제 경제가 살아난다는 소식과 함께 절약·검소·알뜰이란 말은 뚝 끊겼고 어느새 그런 분위기도 싹 가시었다. 잘 나갈 때 정신을 차려야 한다더니 언제 그런 일이 있었냐는 듯, 사치성 소비재 수입이 가파르게 늘어난다고 한다. 그토록 절실하던 목소리는 환란을 당할 때만 필요한 일회성 목소리였나 보다.

그리운 옛 소리

– 향기로운 우리의 문화·10

두어 달 전부터 난데없는 귀뚜라미 소리가 들린다. 두 아이도 처음 듣는 소리에 마냥 신기한 모양이다. 밤에 잠자리에 누웠는데 찌륵 찌르륵 하며 한 마리가 외로운 소리로 연신 울어댄다. 잠은 달아났지만, 도심이 아닌 자연 속에서 가을의 정취를 맛보는 듯한 설렘을 간만에 느꼈다. 어디서 나는 소리일까 궁금해서 발소리를 죽이며 소리를 따라가 보았다. 싱크대 뒤쪽에서 났다. 참 이상한 일이다. 몇 달 전에 이사 올 때 미리 집이 비게 되어 대청소와 소독을 하고 도배도 새로 하지 않았던가. 어디에 있던 귀뚜라미이며, 아파트 4층까지 어떻게 왔는지 고개가 기웃거려진다. 어찌됐든, 하고많은 집 가운데 용하게 우리 집을 찾아와서, 도시 소음의 공해에 메말라진 우리 가족의 청각을 정겹게 쓰다듬어주고 있으니 반갑기만 하다.

현대의 도시생활에서는 집안에서도 온갖 원치 않는 소리들에 시달린다. 우리가 살고 있는 아파트 동은 개인 주택가 근처에 있어서,

각종 상인들의 귀에 거슬리는 트럭 확성기 소리가 종일 들린다. 게다가 비행기 경로와 가까워서 비행기 소음도 자주 들린다. 그밖에도 전화벨 소리, 초인종 소리, TV 소리 등에 둘러싸여 지낸다. 집 밖에 나가서 도로 쪽으로 가면 자동차 소리 등 각종 소음이 오히려 더 심해진다.

내가 어렸을 때 아침잠을 깨우는 것은 두부 장수의 종소리였다. 그 맑은 종소리는 귀에 거슬리는 소음이 아닌 신선한 바람처럼 느껴졌다. 두부장수는 종소리만으로 자기를 알리진 않았다. 작은 종이 리듬을 타며 울리는 소리에 바로 뒤이은 "두—부—사—려~"라는 구성진 목소리가 길게 여운을 남겼다. 그리고 몇 박자 쉰 뒤에 다시 종소리와 목소리 외침을 되풀이하는데, 그 간격이 일정하지 않고 예측불허라서 더욱 쏠쏠한 재미를 주며 흥미를 돋우었다. 두부장수가 동네 어귀에서 첫 마디를 외칠 때는 어둠이 깔린 새벽이었는데, 한 바퀴 돌고 떠날 때는 이미 해가 어둠을 털고 일어나는 아침이 되어 있었다.

두부장수가 어둠을 가르고 동네에 첫 번째 빛을 몰고 오는 전령이라면, 엿장수는 빛을 거두어 가는 수거인이었다. 엿장수는 오후에 나타나서 조무래기들과 노닥거리다가 해질녘 즈음에 해와 동무해서 동구 밖을 벗어났기 때문이다. 고요한 새벽에 나타나는 두부장수는 단순 반복하는 절제된 소리를 들려준 반면, 한낮에 방문하는 엿장수는 챙챙 거리는 가위 소리와 함께 받는 물건들마다 재치 있는 사설을 즉흥적으로 덧붙이며 조용한 시골마을에 재미와 활력을 주었다. 마치 엿가락 뿐 아니라 해학까지 덤으로 떼어주는 듯 했다.

현대의 도시 생활에서 나를 감싸고 있는 비인간적인 소음에 질릴 때마다 고향의 옛 소리를 기억에서 끄집어내어 머릿속에서 들으며 중화시키곤 한다. 기가 막히게 박자가 잘 맞는 다듬이질 소리, 베 짜는 소리, 맷돌 가는 소리에선 옛 여인네들의 생활력에서 우러나오는 질기면서도 정겨운 느낌을 듣는다. 물지게 지고 갈 때 나는 삐그덕 거리는 소리와 절구질 소리에서는 다부진 남자들의 건강한 힘을 듣는다.

한겨울 밤에 문풍지 떠는 소리의 크기로 바람의 강도를 어림짐작했다. 장닭 울음은 시간을, 암탉 울음은 생산을 알려주었다. 새들의 지저귐은 봄을, 풀벌레 우는 소리는 여름을, 귀뚜라미 소리를 가을을, 그리고 처마 끝에서 떨어지는 고드름 소리는 겨울을 생생하게 느끼게 해줬다.

한 달에 한 번씩 오는 정기 소독에서 바퀴벌레 등 해충만 죽이고 귀뚜라미는 살리는 방법은 없을까. 오래가지 못할 인연이란 걸 알기에 아쉽다. 지금도 부엌 쪽에서 귀뚜라미는 그리운 옛 소리를 부지런하게 들려주고 있다. 자기 노래를 잊지 말고 들어달라고 호소하는 것 같다. 저렇게 아무리 홀로 울어도 여기까지 찾아오는 친구 귀뚜라미 하나 없겠구나 라고 생각하니 그 울음소리가 처량하게 느껴진다. 두 마리가 되면 외로움도 덜고, 이중창의 화음이 조화를 이루어 처연한 이 늦가을 밤을 더 아름답게 장식할 텐데….

(1989.)

정월 축제

– 향기로운 우리의 문화 · 11

내가 열두 살 무렵이라고 기억된다. 정월의 그 밤이 잊지 못할 인각(印刻)으로 가슴에 새겨졌다. 한 해의 마을 안위를 비는 당산제가 우리 집 차례가 되어 아버지는 제관(祭官)이 되고 어머니는 제수(祭需)를 장만하였다. 휘영청 달밤에 당산제 지내는 모습을 조마조마한 마음으로 숨어서 보았다. 두려움과 설렘과 긴장감에 숨이 막힐 뻔했다. 오금이 당기던 무서움이 차츰 가시고 호기심에 마른 침만 삼키며 보는 재미가 새록새록 생긴다.

당산은 동네 끝자락 언덕에 있고 향나무 한 그루가 있을 뿐인데 당산제 지낼 때는 성역시하는 곳이다. 그날은 당산 둘레를 깨끗이 치우고 돗자리를 펴고 그 위에 제물을 놓았다. 이 음식을 마련하는 동안 어머니는 정성을 다할 셈으로 백지로 마스크처럼 입마개를 만들어 입을 가린다. 음식에 침이 튈까봐서다. 변소도 가지 않으려고 밥도 굶는다. 과일은 목기에, 탕은 질그릇으로 된 탕기에 담고 떡도 새로 산 질 시루에 쪄서 시루째 내왔다. 질그릇은 때깔도 없고 쉽게 깨지는데 하필 질그릇을 쓸까. 잿물 같은 이물질이 섞이지 않고 오직 흙과 물과 불 이런 순수한 자연물질에 도공의 손길만 곁들였기에 그런가 보다. 이렇듯 지극정성을 다해 온 동네 집집마다 무사 무탈하고 풍년이 들기를 바라기 때문에 아무도 까다롭고 귀찮다는 불평이 없다. 당산제에 드는 비용은 설 지신밟기 때 거둔 곡식이니 온 마을이 다 참여한 셈이다.

설을 쇠자마자 초이틀부터 풍물재비가 고깔을 쓰고 풍악을 울리며 앞장서고 구경꾼이 뒤따르는데 곡식을 거두는 사람 두어 명도 따른다. 조무래기들도 축제 분위기에 신이 나서 줄 끄트머리에 따라다닌다. 상쇠가 바람잡이 노릇을 하고 장구소리, 징소리도 어울리는 사물놀이 패들이 들이닥친다. 그들을 대접할 음식상을 마당에 차리고 지신밟기를 하는 장소마다 곡식을 담아 내놓는다. 마당이나 곡간에는 말을 세워서 곡식을 담고 부엌이며 장독에는 말을 엎어놓고 꽁무니에 수북하게 담는다. 한 말처럼 보이지만 속이 막혀있어 곡식이 많이 올라가지 않는다. 곡식을 걷는 이는 곡식이 무거운 척 일부러 과장된 몸짓으로 들어서 가마니에 쏟아부으며 보는 이로 하여금 웃음을 자아내게 하고 주인의 체면도 살려준다. 이때 큰댁에서는 곡식을 가마니로 내놓는가 하면, 농사도 짓지 않고 남의 집에서 곁방살이를 하는 집도 빼지 않고 지신밟기를 한다. 곡식 걷는 이가 그 주인에게 귓속말을 한다. 다른 집에서 거둔 곡식을 미리 담아놓고 그 위에 이 집 것을 한 주먹 얹어 모두 참여케 배려를 한다. 이때 거둔 곡식은 마을

기금이 되고 공동으로 쓰는 물건을 구하거나 가난한 집에서 아기를 낳거나 상을 당하면 부좃돈으로 쓴다.

당산제를 어떻게 지내는지 몹시 궁금했다. 당산 아래서 훔쳐볼 때는 마을 수호신인 당산신을 위해 잡신을 물리치려고 풍물재비들이 풍악을 울리고 지신밟기를 끝내고 떠났으며 흰 두루마기를 입은 어른들이 소지(燒紙)를 올리고 있었다. 내가 평소에는 오밤중에도 무서움을 타지 않았으나 그날은 달이 밝은데 당산제의 엄숙함에 압도되었는지 머리가 쭈뼛거렸다. 당산 아래 감나무 그늘진 울타리에 붙어 오감을 세웠다. 몇 가지 절차가 끝났는지 아버지께서 각 집의 호주 이름을 쓴 한지 조각에 불을 붙여 하늘에 올리신다. 불꽃은 잠시 오르다 곧 사그라진다. 소지가 오를 때마다 호명을 하며 아무개 집에 수마, 화마, 병마에 걸리지 않기를 빌고 풍년과 운수대통을 기원했다. 이 마을에 사는 이들이라면 차이 없이 똑같은 기원으로 소지를 올린다. 다음에는 집집마다 각 형편에 맞는 소원을 빌어준다. 이를테면 미혼자가 있는 집에는 혼사가 이루어지도록, 입시생이 있으면 시험 합격을, 아기를 고대하는 이는 그 바람이 이루어지도록 소지를 올리며 주문처럼 소원을 읊었다. 제관이 된 아버지 뒷모습도 사뭇 경건해 보였다.

지금도 당산제가 명맥을 이어오고는 있다지만 정작 동네의 화합을 이루는 전통의 미덕은 생략되고 있어 아쉽다. 집집마다 호명을 하며 호주 이름을 쓴 한지 조각에 불을 붙여 소지를 올리면서 소원을 빌어주던 일이나, 가난한 집에서 지신밟기를 하고 곡식을 거둘 때 다른 집에서 거둔 곡식 위에 그 집 곡식을 조금 얹어 참여를 시켰던 훈훈한 배려의 정신이 혹시 우리 친정 마을에만 있는 독특한 문화 행사가 아니었을까. 친정 마을은 빈부 차이는 있었지만 적대감이 없고 다툼이 없는 평화로운 반촌이었다. 그때는 가진 자가 없는 자를, 윗사람이 아랫사람을, 강한 자가 약한 자를 감싸며 배려했기에 평화로운 마을로 유지되었다.

당산제를 통하여 대신(對神)관계뿐 아니라, 대인관계에 있어서도 너그러운 미덕을 배웠기에 우리 동네 사람들은 사악하거나 오만하지 않았다. 자신에게는 금욕과 절제로 성숙해지며 이웃과는 협동과 화목으로 연대감을 다져왔을 테니까. 신학문을 공부하신 아버지께서 원시 신앙인 당산제를 샤머니즘이라고 무시하지 않고 지극한 정성을 들인 것은, 신앙적인 문제를 떠나서 그것을 구심점으로 하여 공동체가 유지되는 가치 있는 일로 여기셨기 때문이 아닌가 싶다. 당산제라는 공통분모를 통해 모든 마을사람들이 서로 신뢰하고 똘똘 뭉쳐 상대적 빈곤감까지도 극복할 수 있는 일종의 문화 행사였다고 생각한다.

내가 '평화의 사도'라고 칭한 백악관 후원의 후덕해 보이는 여인과, 당산제 지낼 때 마을 집집마다 염원을 빌며 소지를 올리는 아버지의 모습을 떠올릴 때, 생각나는 또 한 사람이 있다. 아이러니컬하게 위의 경우들과 정반대의 이미지를 가진 김정은의 모습이다. 우리의 평화에 현실적으로 가장 큰 영향을 끼칠 한 사람을 들라면 김정은이 아닐까. 그가 마음 크게 고쳐먹고 과격함에서 유연함으로 변화하고,

남북관계의 악순환을 선순환으로 바꾸는 데 주도적인 역할을 한다면, 역사에 남는 세계적인 영웅이 될 수도 있지 않을까. "지금부터 핵무기를 모두 폐기하고 이제 남북통일을 향해 매진할 때다. 통일은 독일만의 것이 아니며 우리도 평화통일을 이뤄내겠다." 김정은의 힘이 실린 목소리가 방송으로 퍼져나간다. 여기저기서 웃음소리와 박수소리 환호가 널리 퍼진다.

내 상상으로 본 상황이었지만, 상상이 현실로 이루어지기도 하지 않는가.

주발에 담긴 이야기

- 향기로운 우리의 문화·12

　우리 집 그릇장엔 쓰지 않는 주발 한 벌이 있다. 그 주발이 만들어진 지 구십 년이 훨씬 넘었을 것이다. 지금 생존해 계시다면 100세하고도 열세 살이 넘었을 친정어머니께서 열일곱 살에 시집올 때 가져온 놋쇠 반상기에 딸린 주발이니까.

　어머니 혼수인 반상기는 안성맞춤인데 닦기만 하면 은빛이 돈다. 그 칠첩 반상기는 개수가 많고 낱낱이 뚜껑이 있어 닦기가 쉽지 않아서인지 귀한 손님 접대할 때나 큰댁에 기거하시는 조부님 진지를 가끔 우리 집에서 차릴 때만 꺼내어 사용했다. 반상기에 딸린 두 벌의 주발 중에 한 벌은 아버지 진지 그릇으로 정했다. 유난히 두껍고 커서 쉽게 구별이 되었다. 그러나 반찬 그릇은 앙증맞게 작은 데다 빛이 나서 귀티가 났다. 찬기에 반찬을 조금씩 정갈하게 담고 뚜껑을 덮으면 음식까지 특별한 것 같고 그 밥상을 받는 사람 또한 평범한 신분이 아닌 듯이 보였다. 그처럼 귀하게 여기던 놋 반상기가 천덕꾸러기가 된 것이다. 닦지 않아도 되는 스테인리스 스틸 그릇이 새로 나와 각광을 받기 시작했기 때문이었다.

어머니는 양자로 들인 아들에게 모든 경제권을 넘겨주고, 내 혼인 무렵 당신 수중에는 반상기뿐이었다. 그것을 몽땅 주고 내 혼수용 스테인리스 밥그릇 두 벌과 맞바꾸셨다. 놋 반상기는 앞으로 무용지물이 될 것으로 아셨으리라. 그때 바꾼 스테인리스 식기 또한 얼마 지나지 않아 천대를 받고 밀려났고 대신 놋 반상기는 골동품이 되었다. 그때 내가 안목이 있었다면 보관했을 텐데 아깝다. 하지만 아버지 식기인 주발만은 남겨서 내가 간직하고 있다.

아버지께서 끼니에 집안에 계시면서 지체할 땐 식구들이 밥상 앞에서 기다렸다가 가장이 먼저 수저를 들어야 식구들도 먹기 시작했다. 집에 계시지 않을 때는 주발에 밥을 담아 모자 같은 덮개를 씌워 아랫목에 묻어두었다. 다음 끼니에 새 밥을 담으려고 뚜껑을 열면 그때까지 밥은 따뜻했다. 여러 날 집을 비우실 땐 아버지 식기에 밥 대신 쌀을 담아두었다. 이렇듯 어머니는 아버지의 진지 그릇을 비워 두지 않으려고 애쓰셨다.

어머니는 행여 아들을 낳을까 하고 마흔다섯에 나를 낳으셨다. 노산이어서 젖이 나올 리 없었다. 내 또래가 마을에 열 명이 넘어 이들 엄마가 내 젖어멈이 되었다. 내게 젖 먹이려고 드나드는 그들을 위해 매일 국과 밥을 넉넉하게 준비해 두지만 어느 날 너무 많이 오는 바람에 마련한 밥이 동이 났다. 마지막에 온 젖어멈을 맨입으로 보낼 수 없어 아버지 진지를 내주었다고 한다. 그날따라 아버지께서는 밖에서 진지를 잡숫지 않은 상태였다. 몹시 당황한 어머니가 자초지종을 말씀드리자 아버지는 참 잘했다고 하며 앞으로도 당신이 제때 밥을 먹지 않으면 그 밥을 배고픈 이에게 꼭 주라고 이르셨다. 당부가 하도 진지해서 그 뜻을 어길 수는 없었다고 한다.

내가 젊은 시절 객지에 있다가 고향에 가면 젖어멈들이 하나같이 생색을 냈다. 내 젖 먹고 컸는데 벌써 처녀꼴이 배었네, 내 젖이 참젖이어서 건강하구먼 등등. 그 말을 듣고 있던 입바른 말 잘하는 친척한 분이 대꾸를 하신다. "먹고 살기 어려운 때 네가 태어나서 배곯는 이들 여럿 구제한 셈이지. 자기 애 먹일 젖도 안 나오는데 네 차지가 있겠어. 애기 젖 준다는 핑계로 드나들며 굶지 않은 줄 알아야지." 그러자 공치사하던 젖어멈은 머쓱해하며 "그건 맞는 말씀이네요." 했다.

얼마 전에 만난 언니로부터 그때 이야기를 자세히 들었다. 젖어멈은 많아도 애 양을 채울 수 없어 연유와 미음으로 보충했다고 한다. 하지만 그들이 오면 빈 젖이나마 빨리고 밥을 먹였다는 것이다. "네 젖어멈들 말이야, 네가 없었다면 그냥 밥 먹으러 오기는 쉽지 않았을 텐데 애기 젖 먹인다는 명분이 있어 떳떳하게 드나들 수 있었을 거야. 그러나 흉년에 수많은 사람이 시도 때도 없이 와서 먹는데 당해낼 도리 없어 나중에는 아버지 진지까지 내주게 되었고, 그래서 아버지는 때를 거르신 적이 가끔씩 있었단다. 그 당시는 밖에서 잡수신 줄 알았는데 훗날 사실을 알게 된 거야." 이번에 처음 듣는 얘기다. 나 때문에 아버지가 굶은 셈이다.

순간 전율이 가슴에서부터 휘감는다. 나는 입속으로 '아버지' 하고 불러보았다. 그 주발 속의 밥은 가장 기름진 밥으로 담아 보온시켰으니 젖어멈들이 얼마나 달게 먹었을지 짐작이 간다. 그 밥이 젖이 되어 자기 아기를 먹이고도 한 모금쯤 남겨서 내게 빨렸으리라. 그렇다. 내가 이만큼 건강하고 정서적으로 별 문제 없는 것은 아버지의 밥 때문이었음을 이제야 알게 된 것이다.

내 젖어멈 중에는 때 절은 옷을 입고 씻지 않아서 냄새나는 이도 있었다고 한다. 전에는 내가 그 젖을 빨았음을 인정하고 싶지도 않았고 공치사도 듣기 싫어 그들을 피했다. 오히려 그들이 내 덕을 보았다는 친척 아주머니의 말을 듣고는 고마워하지도 않았다. 지금 생각하면 그때의 철없음에 얼굴이 화끈거린다. 까다롭지 않은 식성과 낯선 사람에게도 거부감을 잘 느끼지 않는 성격도 여러 젖어멈 덕택인지 모른다. 체온이 서로 다른 품에 안겨 각기 다른 체취를 맡으며 땟물과 땀에 젖은 젖꼭지를 빨아댔으니 면역성도 길러졌을 것이고 오늘날까지 내가 건강한 이유의 큰 부분일지도 모른다.

음식 쓰레기가 넘쳐 걱정인데 궁상맞게 밥 이야기가 너무 길어졌다. 하지만 북한 동포들이 굶주리는 참상을 매스컴을 통해 보았고 요즘은 우리나라에서도 실업자들이 식권을 타려고 길게 줄 선 모습을 보았다. 그동안 밥을 경시했던 건방진 생각에 경종이 되었으면 좋겠다.

아버지의 권위와 남을 배려하는 마음, 나눔의 정이 고스란히 담긴 그 주발을 꺼내본다. 녹이 슬었다. 이 주발에는 부모님의 사랑이 있고 젖어멈들의 얼굴과, 북한 소식에서 본 빈 젖을 빨다 보채는 애를 안고 괴로워하는 여인의 처절한 모습도 담겨있다.

언제 날을 잡아서 팔 힘을 내어 주발을 빛나게 닦아 가족에게 보여주며 거기에 담긴 이야기를 들려주리라. 그리고 두 아들에게 '너희 외조부님께서 돌아가셨을 때 마을 사람들이 슬피 울었단다.'라는 말도 빼놓지 않고서….

(「에세이21」 2013)

사랑방이 그립다

– 향기로운 우리의 문화·13

아슴푸레하게 먼동이 터올 무렵이면 큰댁 사랑방에서 들려오는 백부님의 글 읽는 소리가 새벽 단잠을 깨웠다. 큰아버지 목소리는 사랑채에서부터 ㅁ자 집안을 빙 돌며 잠귀를 틔워 주었다. 그 시간은 시계처럼 정확했고, 글 읽는 소리가 반시간쯤 계속되다가 끝나는 것을 신호로 대문 여는 소리, 마당 쓰는 소리, 물 길어 올리는 두레박 소리가 뒤섞여 활기찬 아침이 열렸다.

그 어른 글 읽는 소리에 잠이 깰 때는 조금도 짜증이 나지 않았다. 나는 아이들을 키우면서 아침에 잠을 깨울 때마다 씨름을 해야 하는 고충이 보통이 아니었다. 깨우기가 이렇게 힘들어서야 엄마 노릇 해내겠나 생각하면서, 실랑이하지 않아도 사랑방 글 읽는 소리에 저절로 잠을 깼던 때가 그리움으로 떠오른다. 남편이 아이들을 깨울 때도 쉽지 않은 것은 나와 마찬가지였다.

사랑방이 아쉬운 때가 어디 한두 가지뿐이던가! 현대식 주거공간이 TV를 중심으로 한군데 모여 어른 아이 너무 격의 없이 뒤범벅으로 생활하게 되어있어 부권이 상실되고 말았다.

사랑방에서 들리는 가장의 큰기침 소리 한 번이면 아이들의 다툼이 멈추고 집안의 질서가 잡혔다. 사랑방은 긴장을 요구하는 무언의 교육 장소였다. 사랑방에 신경이 쓰여 안에서는 옳지 못한 생각이나 바르지 못한 행동은 용납할 수 없었으리라.

큰댁 사랑채가 있는 바깥마당은 낮고 사랑채는 높아 계단 몇 개를 올라가야 한다. 사랑채에는 사랑방 두 개 안으로 통하는 중문과 부엌, 삼면이 트이고 난간이 있는 누마루가 딸렸다. 이 사랑채가 집안뿐만 아니라 마을의 위계질서까지도 바로잡아 주었다. 그 사랑방에서 누구에게 호통치거나 안식구를 꾸중하거나 아이를 때리는 것을 보고 들은 적이 없다. 다만 마을의 웃어른이신 분의 권위의 상징이 되어 그 자체만으로도 존재효과가 충분하였던 것이다.

사랑방의 용도는 때에 따라서 또 집집마다 가장의 취향대로 분위기가 조금씩 달랐다. 큰댁의 바깥사랑은 대체로 남자 손님 접대 장소였다. 그런가 하면 방학 때는 서당 선생을 모셔와 집안 청소년들에게 고전을 익히는 학문의 전당이 될 때도 있고 마을에 큰일이라도 생기면 회관이 되고 작은 재판소 역할도 했다.

나는 큰댁 바깥사랑채에 있는 방은 한 번도 들어가 보지 못했다. 두 개의 방과 난간이 있는 높은 마루 청소나 심부름은 오빠들만 시켰으므로 들어갈 기회를 못 가진 셈이다. 그 방이 궁금하기도 했지만 뭔가 쉽게 접근할 수 없는 위엄 같은 게 무겁게 깔려있어 발을 들여놓을 엄두도 내지 못했던 것이다.

그 대신 작은 채에 이어져 있는 작은사랑은 자주 들락거렸다. 조부님께서 손님을 맞는 등 낮에는 대부분 바깥사랑에 계셨어도 숙식은 작은 사랑방에서 하셨다. 조부님께 아침 문안을 가시는 아버지를 따라다녔고 잘 익은 과일이나 별식을 아래채에 붙어있는 작은사랑에 가져가는 심부름을 내가 도맡았기 때문이다.

우리 집에서 과일을 딸 때도 가장 잘 익고 탐스러운 것은 조부님 몫으로 골라놓았고, 특별한 음식은 아무리 적어도 조부님께 드리고 남는 것만 맛보았다.

큰댁 안사랑에 이른 아침이면 육 형제나 되는 아버지 형제분들이 다 모이고 종숙부님도 몇 분 오셔서 둘러앉으면 방안이 그들먹했다. 밤마다 요 밑에 손을 넣어 온기를 감지해가며 잠자리를 봐드리고 또 편히 주무셨는가 살피러 아침 일찍 이렇게 모인 것이었다.

문안 오시는 데 따라온 아이는 나뿐이었다. 어른들 대화는 시국 이야기나 문중 이야기여서 나는 심심해 몸살이 날 지경이었다. 지루해서 하품을 하다가 쑥색 연적을 만지작거리다가, 곰팡내 나는 병풍에 고운 색이라곤 한 점도 없는 노리끼리한 바탕에 먹물로만 그려진 꽃이며 풀잎이며 나비며 새를 수도 없이 헤아리며 시간을 보내야만 했다.

지금도 눈에 잡히는 안 사랑방, 문갑에 쌓여있는 고서들이 묵은 냄새를 풍기고, 그 묵은내를 묵향이나 한약 내음이 덮어주기도 했다.

문방사우가 잘 정돈된 그 방은 지금도 꿈에 나타난다.

아침 문안에 따라가 있을 때는 권태롭기 짝이 없었지만, 아침참을 먹는 맛도 **빼놓을** 수 없고 아버지와 함께하는 시간이 행복해서 따라 다닌 것이었다.

아들을 볼까 하고 어머니가 마흔다섯에 마지막 시도를 하고 온갖 공을 들여서 얻은 게 나였다. 아들 아닌 딸에 대한 실망으로 나는 집안 어른들한테나 주위로부터 눈여김을 받지 못했다. 그 보상이라도 해주려는 듯 아버지께서 몇 배 더 감싸주셨다. 아버지의 극진한 아낌을 받으면서도 그분을 어려워하고 쉽게 넘볼 수 없었다. 그것은 어떤 선, 사랑방이라는 아버지의 영역권이 있어서가 아니었을까.

사랑방에서 주무시는 아버지 곁에서 자다가 새벽이면 조부님께 문안 가려고 깨시는 아버지의 기척을 살펴 뒤를 쪼르르 따라나섰다. 아버지는 그러는 나를 못 이긴 듯이 데리고 가셨다.

우리 집 사랑방은 큰댁 사랑과 달랐다. 동네 어른들이 문 앞에서 헛기침 한 번하고 스스럼없이 문 열고 들어와 세상 돌아가는 이야기며 사람 사는 이야기를 털어놓았다. 이렇게 이웃의 희로애락을 펼쳐 놓는 장이 되어 슬픔은 나누고 기쁨은 더하던 곳이었다. 어디 그뿐인가, 지나던 길손이 하룻밤 부담 없이 묵어가던 숙박소가 되기도 하였다. 그래서 어머니는 사랑방에 내갈 밥상을 차릴 때마다 나를 불러 사랑방 토방에 신발이 몇 켤레 있나 세어보라고 시키셨다.

그 시대에 외국에 나가 신학문을 배운 아버지에게 똑똑한 친구도 있어서 그분들이 올 때는 각자 자기 의견을 주장하다가 '옳으니 그르니'하며 열기 넘치는 토론장이 되기도 하였던 우리 집 사랑방의 분위기였다.

둘째인 작은댁 사랑방은 또 달랐다. 바둑 두는 소리가 나는가 하면 시조창이 한가락 흘러나오기도 하고 아코디언 소리가 나기도 하여 귀를 기울이게 하였다.

종숙부님 댁 사랑에는 다른 고장 사람들이 늘 드나들며 뉘 댁 규수는 어떻고 뉘 댁 총각은 어떻다는 혼인 말이 오고가서 매파 없이도 중매가 이루어지고 전답을 사고파는 것도 자연스레 흥정이 되어 구전 없는 복덕방이 될 때도 있었다.

권위의 상징인 큰댁 바깥 사랑방, 효도의 바탕이었던 큰댁 작은사랑, 인정의 그루터기였던 우리 집 사랑방, 풍류의 산실이던 작은댁 사랑, 정보의 집합지였던 종숙부님 댁 사랑방, 이처럼 다양한 숨소리가 머물고 다양한 체취가 밴 사랑방이 지금은 어디에도 없다.

다른 것은 다 접어두고 가장의 권위를 지킬 만한 사랑방이 오늘의 가정에 절실해진다. 사랑방이라는 공간과 더불어 사랑방 문화를 되살릴 수는 없을지.

현실은 그게 영영 불가능한 것인가.

쌍륙치기

- 향기로운 우리의 문화·14

1990년도에 우리가 개봉동 원풍 아파트에 살 때 일이다. 그 시절 SBS TV 방송에서 쌍륙치기를 취재하러 나온 차가 우리 집 앞에 한나절 동안 머물러있어 주변 사람들에게 궁금증을 불러일으켰다. 그날 우리 집에는 친정 집안 손님들이 많이 오셨다. 설날에 하는 쌍륙놀이를 국민들에게 보여주려는 시도였다. 이 놀이는 사람이 많아야 합창으로 외치는 구호와 웃음소리로 하여 신나고 흥겹다. 참석 인원이 많아도 두 편으로 나누어 교대로 주사위를 던져서 나오는 수만큼 말[馬]이 자기 궁을 향해 갈 수 있고, 가면서 말이 두 마리 이상 있으면 지나가지 못하고 혼자 있는 말을 만나면 쳐낸다. 그래서 이름도 '쌍륙치기'라고도 하는가보다. 하지만 상대편 말이 먼저 진을 차지하거나 말이 발을 디딜 수가 없어 허탕을 치면 도착이 늦어서 게임에 진다.

목소리 크고 억지를 잘 부리고 떼를 잘 쓰고, 거기에 계산도 빠른 사람이 주장이 된다. 자기편이 던져서 나온 주사위 숫자대로 말을 쓰고 전진한다. 참석자는 순서가 되어 주사위만 던지면 되지만 주장이 말을 어떻게 쓰느냐에 따라 승패가 좌우된다. 쌍륙치기는 놀이 방법을 설명하기보다 놀이하는 것을 보면 습득하기도 쉽다.

첫날은 사진 기자와 PD 등 몇 사람이 우리 집에 와서 쌍륙치기를 취재하느라 긴 시간을 보냈고, 다음 날은 방송국 팀들과 내가 함께 경복궁에 있는 민속박물관에서 쌍륙을 보면서 설명도 하고 사진을 찍느라 하루를 보냈다. 그곳에는 밀랍으로 만들어진 대비마마와 세 손이 마주앉아 쌍륙놀이를 하는 모형이 진열되었다.

할머니와 어린 손자가 쌍륙에 재미가 났는지 은근한 미소를 주고받는다. 이 또한 하나의 싸움이고 작전인데 두 사람 사이에 오가는 미소가 참으로 오묘할 뿐이었다. 하지만 우리들이 집에서 쌍륙 치며 웃음을 참다못해 배를 움켜잡던 그만큼은 재미가 없을 것 같았다.

그날 일을 마치고 돌아오려는데 민속놀이관에서 안내를 하는 분이 자기는 그 놀이의 길도 방법도 모르는데 관광객이 물으면 난처하다며 내게 알려달라고 간청했다. 하지만 해는 저물고 발길도 바빴다. 설명을 다음으로 미루었다. 시간이 가고 그 일도 잊었다.

서울대학교 총동창회 날은 10월 중에 있었다. 본인은 물론 가족이 다 나와서 기쁨을 함께하자는 초대장이 왔다. 나는 열 일 제쳐놓고 꼭 가리라 다짐했다. 이 학교를 나온 아들 덕에 공기 맑고 드넓은 캠퍼스에서 하루를 즐기고 싶어서만도 아니고 점심에 간식까지 풍부한 대접을 받는 것이나 기념품과 각종 상품을 기대해서만도 아니었다. 그 무엇보다도 절체절명의 이유는 다른 데 있었다.

전에 홈커밍데이에 참여했을 때 일이다. 접수를 마치고 대회를 시작하기까지 기다리는 시간을 이용해 안내자를 따라가 미술전시관을 대충 둘러보고 호암관과 규장각을 돌아보며 설명을 듣게 되었다. 거기에는 소중한 자료들과 고서가 주종을 이루는데 입구에 들어서자마자 첫머리에서 쌍륙놀이에 대한 해설이 쓰인 지면이 넓은 자리를 차지하고 있어 무척 반가웠다. 이규보의 글에 쌍륙 이야기가 나오는 것으로 보아 고려 때부터 있었던 전통놀이라고 한다. 내가 자라면서 쌍륙을 칠 때마다 웃음보를 쏟아내던 설날 놀이가 아니던가. 쌍륙으로 인해서 설부터 시작된 명절의 열기가 후끈 달아올라 설날의 분위기가 보름까지 이어졌다.

쌍륙놀이는 윷놀이와 비슷한 점도 있지만 말을 어떻게 쓰느냐에 따라 이기고 지는 운용의 묘미를 간과할 수 없다. 윷놀이보다 한 수 위고 자기 궁으로 가는 길이 다양한 만큼 재미도 더 있다. 양편에 있는 말들이 자기 궁으로 들어가기까지 살아남아 승리하기 위해 전쟁이 치열하다. 주사위를 던져서 나오는 점의 수에 따라 말들이 한 발 한 발 자기편 궁으로 돌아가는 동안 살아날 수 있도록 합창으로 외치고 상대편에서는 그 반대로 외치며 주사위를 던지는데 그때마다 박장대소에 지붕머리가 들썩이게 한다.

설에 상륙 치면서 나오는 웃음소리 박수소리 구호를 외치는 소리가 범벅이 되어 시끌벅적해도 바깥사랑채에 계시는 어른들께서는 모른 채 귀를 닫으셨다. 설날이 지난 뒤에도 세배꾼이 있어 술상을 차릴 때는 할머니께서 흥겨운 놀이판을 깨지 않으려는 배려를 하셨단다. 쌍륙 치는 재미에 도취된 며느리나 질녀 질부를 불러내지 않고 할머니가 손수 부엌 일손을 데리고 상을 차려내셨다는 일화는 지금까지 회자되어 따뜻한 가슴으로 전해진다.

쌍륙치기는 두 편으로 나누어 하기에 나무로 체스 모양의 말을 15개씩 30개를 깎아 청색 홍색으로 또는 흑·백으로 칠을 해서 상대편과 내 편의 말을 구분한다. 놀이 기구는 쌍륙 말 서른 개와 적진에 있는 말들이 궁으로 돌아올 때 발을 디딜 말판과 거기에 주사위 두 개면 끝이다. 잃어버리지 않는 한 언제까지 두고 할 수 있는 재미있는 놀이 기구이다. 어딘가에 숨어있다가 설엔 쌍륙이 들어있는 주머니에서 쏟아져 나와 웃음보도 함께 쏟아냈다.

쌍륙은 친정 집안에 한 벌씩 있었다. 큰댁 올케언니는 내가 어렸을 때 시집을 왔는데 혼수로 가지고 온 쌍륙이 지금도 큰댁 어딘가에 있을 것이다. 사대봉사 종부 노릇 하느라 힘겨울 때 쌍륙놀이 하면서 실컷 웃어 고된 일상을 날려버리려고 마련하셨나 보다.

방송사에서 우리 집에 와 취재할 때 녹취한 자료는 26년이 지나는 동안 몇 번 이사를 하면서 없어져 몹시 아쉽다. 마침 서울대학 박물관에서 다시 만나게 되어 얼마나 기뻤던가. 그 기록물을 휴대폰으로 찍으며 문명의 발전에 감사했다. 하지만 그 휴대폰을 물속에 빠트려 지워졌다. 이번에 가서 쌍륙놀이 자료를 챙겨 와야 할 이유이기도 했다. 이번에 앞장서서 들어간 박물관에 그 자료는 없었다. 담당관의 대답은 원래 서울대학의 자료가 아니고 어디서 대여를 해왔는데 지금은 돌려주었고 어디서 빌려왔는지 모른다고 했다.

시대가 지남에 따라 와자지껄 박장대소는 수그러들고 식구가 없어
그렇게 북적거리던 집안이 지금은 썰렁해졌다. 도시에서 학교생활,
직장생활로 집을 떠난 자손들과 일가친척들이 언제 다시 모여 집안
에 뜨거운 김이 살아날 때 쌍륙이 빛을 내리라 기대한다.

가신 님을
그리워하며

거목의 자리

– 한당 차주환 선생님

아침 이른 시간에 한당(閒堂) 선생님의 따님으로부터 온 전화를 받는 순간 불길한 예감이 들었다. 지난밤에 선생님께서 운명하셨다는 비보였다. 입원한 지 만 이틀이 되었고 하루 동안 혼수상태에 머물다가 주무시듯 홀연히 가셨다고 한다. 길게 와병하여 가족에게 짐이 되지 않고 본인 또한 고통 없이 생을 마감하는 '죽음 복'은 모든 연세든 분들의 바람일 것이다. 선생님이야말로 편히 가셨으니 고종명(考終命)하신 셈이다.

서둘러 빈소를 찾아갔지만 죄송함에 고개를 들 수가 없었다. 선생님께서 내가 낼 수필집에 서문을 써주신 지가 해가 바뀌고 또 바뀌도록 책이 나오지 않자, 수필집이 언제 나오느냐고 물으시더니 나중에는 아예 묻지도 않으셨다. 선생님 생존 시에 상재하지 못했으니 무슨 면목으로 영정을 바로 뵙겠는가.

내가 선생님을 처음 뵙게 된 것은 오래전에 서울대학교 호암회관에서 한·중·일 수필 세미나가 있을 때였다. 그 당시 선생께서 중요한 역할을 맡았던 것으로 기억된다. 친정오빠가 선생님과 서로 잘 아는 사이라고 하며 어디서 뵙거든 정중히 인사 올리라고 했다. 마침 휴식 시간을 이용해 류 아무개가 제 오라비라고 하고는 인사를 드렸더니 반갑게 받아주셨다.

차 씨와 류 씨는 한 종씨라고 대종보도 하나로 만든다. 대종보에 선생님의 글 옆에 내 글이 나란히 실린 적이 종종 있어 그런 인연으로 서문까지 써주셨던 것이다.

아침나절이어서 장례식장은 한산했다. 수필계서는 아직 아무도 다녀가지 않았다고 한다. 내가 첫 번째인 것이 다소 위안이 되었고, 다른 분에게는 미처 연락도 못했다고 해서 선생님과 관련된 문학단체 몇 곳에 부음을 전했다.

선생님께서 사십 년 넘게 살았던 명륜동 자택 대문 앞에 서면 동직원이 걸어놓았다는 '국가유공자의 집'이라고 쓰인 문패가 먼저 맞이한다. 안으로 들어서면 수령이 오십 년이 넘은 회나무가 서재 앞뜰에서 자태를 뽐내고 그 곁에는 단맛이 좋은 감나무도 있다. 선생께서 좋아했던 집이었지만 크고 낡은 집이다 보니 겨울에는 추워 난로 곁에서 웅숭그린 채 책을 보시곤 하였다.

그 집에서 이사한 곳은 정릉 산자락 끝 양지바른 곳에 위치한 조촐한 아파트였다. 햇살이 방 깊숙이 들어와 따뜻하고 편해서 좋다고 하셨다. 이렇듯 선생님은 긍정적이고 낙천적이어서 불평이나 불만이 없는 대범한 성품이라 대하는 사람의 마음을 편하게 해주셨다.

네 살 적부터 서당을 다니며 한문을 배운 이래 평생을 중국문학과 더불어 사셨다. 일제의 학창 시절에 의식 있는 학생들의 독서 클럽인 '상록회'에 가입했다는 이유로 옥고를 치를 때도 한학자인 선생의 아버님께서 차입해 준 여러 가지 경전과 한자로 된 많은 책을 되풀이 읽어 완전히 독파해야만 넘어갔다고 했다. 그처럼 독서에 몰입한 덕에 옥고의 고난을 극복할 수 있었다고 하셨다.

거기에다 중국문학을 전공하고 가르치셨으니 사상은 고루하고 사고방식 또한 완고하실 것이라는 선입견을 가졌었다. 하지만 선생께선 매우 합리적이고 누구와도 개방적이어서 소통이 원활하셨던 분이다. 뿐만 아니라 현재의 발전된 기기를 이용하는 감각도 뛰어나 일찌감치 컴퓨터를 활용해 글을 쓰고 보내면서 편리함에 만족해하셨다. 종교도 가톨릭이라니 이런 정황들이 그분의 열린 생각을 말해 준다. 일찍이 대만대학과 하버드대학에서 연구하고 홍콩대학과 프랑스대학에 초청 교수로 계시는 등 동서를 넘나들며 학문을 연마한 점이 열린 생각을 낳게 하지 않았나 싶다.

예전에 보내주신 선생님의 산문집 ≪세월을 다듬으며≫를 이번에 다시 새겨 읽으니, "문장은 한당 선생처럼 기교와 수사를 남발하지 않고 덤덤하게 써야 한다."는 윤모촌 선생의 말씀에 수긍이 간다.

그 산문집엔 사람이 슬기롭게 사는 길, 즉 인생의 자양분이 될 경구 같은 내용이 많았다. "아침에 하루 일의 순위를 정할 때 중요성과 완급에 따라야 하고, 그렇게 안 하면 불요불급한 일로 시간을 낭비하게 된다. 해야 할 일을 미루지 말고 일단 시작했으면 마무리를 지어라."라는 대목이 특히 와 닿았다. 잘 미루는 것이 나의 나쁜 버릇이기 때문이었다.

선생님 댁이 이사를 하기 직전 나는 귀한 선물을 받았다. 차를 담아두는 뚜껑 딸린 자색 그릇과 양초 받침인데, 받침은 덮개까지 모두 흰색이다. 촛불을 켜면 덮개에 문양이 나타나는데 세공이 얼마나 정교한지 놀랄 정도다. 두 점 다 완상용으로도 가치가 있는 품격 있는 물건이다. 선생님의 유품으로 간직하며 잘 보이는 곳에 놓고 선생님을 그리듯 바라보리라.

선생님은 독서도 많이 하시지만 귀한 책을 수집하는 취미도 있어서, 책을 사서 들고 올 때의 희열은 무엇에 비할 바가 아니라고 하셨다. 그렇게 모은 책과 손때 묻은 책, 애지중지 아끼던 책, 즐겨 암송하시던 도연명의 시집들, 자신의 평생 연구를 집대성한 전집까지 그 많은 책을 모조리 중앙도서관에 기증하면서 감회가 얼마나 깊으셨을까. 서울대학에서 32년 동안 길러낸 제자들, 그 제자의 제자들, 수많은 후학들이 선생님의 책을 통해 자양분을 얻어 뻗어나갈 테니 보람을 느끼실 것이다.

한당 차주환 선생님과 우송 김태길 선생님과는 동년배로서 수필가로서 서울대학교 교수로부터 학술원 회원과 회장직에 이르기까지 주거니 받거니 거목의 자리를 지킨 두 분 선생들께서 내놓을 것 없는 내 작품집 서문을 각각 써주신 은혜는 참으로 깊지 않은가.

낙엽이 큰 밑거름이 되듯이 인간과 학문에 큰 업적을 남긴 두 분 어른께 큰절을 올린다.

감동으로 채워진 숲길

- 신영복 선생님·1

　더불어 숲길은 이 마을의 보배 같은 존재가 되었다. 나무가 낱낱이 따로 있을 땐 그냥 나무였을 법한 것들이지만 모여 있으므로 숲이 되어 중요한 역할을 담당하게 된 셈이다. 그리 큰 산도 아니고 울창한 나무가 빽빽이 들어찬 것도 아니다. 그러나 나지막한 산에 힘없는 것들이 끼리끼리 모여 서로 기대고 지탱하면서 견디어 새 힘을 만들어내는가 보다. 그것이 힘이 들어있는 나무라면 센 바람 한 번에 쓰러지고 뽑힐 것들이지만 숲으로 태어나서 숲으로 자라며 바람이 불면 죽은 듯 누웠다 바람이 자면 다시 일어나는 저력을 본다. 더불어 숲이 된 힘의 원천인가 한다.

　'더불어 숲' 초입에 우리의 손녀 이하윤만 한 키의 팻말 하나가 신영복 선생처럼 겸손한 자세로 서있다. 요즘처럼 미세 먼지가 시도 때도 없이 밀려오는가 하면 느닷없이 황사가 덮치는 통에 우리의 대적이 어느 쪽인지 가늠할 수 없어 어지럽다. 바늘 끝이 모여 있는 모양새가 어떠한 대적이 몰려오고 밀려와도 끄떡없다는 듯 솔잎이 우군이 되어 방어를 하며 숨통을 터주기도 한다. 그 팻말에는 다음과 같은 글귀가 쓰여있었다. ≪더불어 숲≫이라는 유명한 선생의 책 제목이기도 한 책 이름 아래 "나무가 나무에게 말했습니다. 우리 더불어 숲이 되어 지키자." 쇠귀라는 붉은색 낙관이 산뜻하게 마무리 지어 눈에 잘 띄었다.

자주 가는 집 근처 수목원에 어느 날 갑자기 눈앞에 못 보던 길이 나타났다. 수목원 후문에 들어서면 오른쪽 방향으로 길이 나있어서 그쪽으로만 다녔고 왼쪽으로는 길이 없었는데, 왼쪽에 있는 동산의 숲길로 이어지는 산책로가 새로 만들어진 것이다. 건성이라면 보지 못하고 지나치기 십상인 자세로 외진 곳에 보석처럼 숨어있던 것이 나에게 그만 들키고 말았다.

숲길 초입에 '더불어 숲길'이라고 쓰여진 아담한 팻말이 조용히 서 있었다. 제목이든 모양새든 숲길 안내 팻말이라기보다는 마치 인생의 길잡이 같은 느낌이 났다. 안내문을 읽어보니 성공회대에서 교수로 오래 근무했던 故 신영복 선생을 기리기 위해 수목원에서 바로 옆 성공회대 뒤편 동산 꼭대기까지 이어지는 산책로를 조성한 것이라고 한다. 뜻이 통하는 사람들이 어깨를 맞댄 성과물인 듯싶다. 이런 일은 사람에게 유익이요 자연에게 더불어 이로운 숲이 된 것이다. 이름 또한 신 선생의 저서 ≪더불어 숲≫에서 따왔나 보다. 산책로 옆엔 신 교수가 생전에 직접 쓰고 그린 서화(書畫) 작품 31편이 운치 있는 안내판 형식으로 제작되어 늘어서 있어서, 산보를 하면서 동시에 시와 그림을 음미하고 명상을 할 수 있도록 배려가 돼 있었다. 낮은 산비탈 한 자락일망정 고마웠다. 더불어 숲길이 거대한 산에 조성돼 있다면 선생이 어울리지 않는다고 사양하실 것만 같다.

"'더불어 숲'에는 나무가 나무에게 말했습니다. 우리 더불어 숲을 지키자고."

글 내용도 좋지만 선생의 글씨체도 눈에 깊이 박힌다. 전에 《감옥으로부터의 사색》을 읽고 그 진솔함에 감동했는데, 선생이 직접 그린 서화의 시각적인 아름다움도 마음을 빼앗기에 충분했다. 뜯어볼수록 볼 맛이 나는 힘차고 개성이 강한 서체는 그분의 인품까지 아우르고 있는 듯했다. 그림 역시 자연스러움과 해학이 어깨동무하고 있는 품이 재미있고 인상적이었다.

더 오르다 보면 다리를 쉬고 싶을 때쯤 나무로 만든 의자가 놓여있다. 앉는 자리에 '배려 소통 화합'이라는 구로구청의 캐치프레이즈가 선명한 글씨로 쓰여있었다. 거기에 앉아서 가장 편한 자세로 오래 볼 수 있는 위치에 선생의 혼과 철학이 밴 글귀가 적혀 있었다. 《향 싼 종이에 향내 나고 생선 싼 종이에선 비린내 난다》는 어느 선생님의 책 제목처럼 향내가 솔솔 풍기는 글이었다. 그 후로도 올라갈 때마다 여러 번 보게 되는 글귀지만, 볼 때마다 향 싼 종이 같다. 내가 접해온 여러 사람들의 내면과 느낌을 끄집어내어 생각하게 된다.

계속해서 발걸음을 옮기면서 신 선생의 서화 30여 점을 모조리 읽으며 마음을 충만하게 채워나간다. 마지막 장은 내리막길 끝에 있는 철로에 이르렀을 때 끝이 난다. 거기에는 이런 글도 있었다. 〈함께 맞는 비〉라는 제목 하에 "돕는다는 것은 우산을 들어주는 것이 아니고 함께 비를 맞는 것입니다." 처음에는 언뜻 이해할 수 없었다. 쉬운 선심보다 고통을 함께 나누는 공감의 중요성을 강조한 의미임을 깨달은 건 한 번 더 읽어본 뒤였다.

선생께서 오래 몸담았던 대학교가 내가 사는 마을 바로 코앞에 있다는 게 반갑고 뿌듯하다. 내가 사는 빌라에는 선생을 존경하는 팬이 몇 사람 살고 있어서 우리들은 약속을 했었다. 적당한 때를 잡아 선생을 모시고 식사를 대접하고 좋은 말씀을 듣는 자리를 마련하자고. 그러나 적당한 기회는 쉽게 오지 않았다. 그렇게 한 해 두 해 미루다가 2016년 1월 15일 선생의 부음을 듣고는 망연자실했다.

오늘도 '더불어 숲길'을 걸으며 선생을 생각한다. 천천히 걸으면서 선생의 글과 대화를 나누고 있으면 그분의 진정성이 내 마음속 부족한 공간을 채워준다. 그리고 선생께서 내가 사는 곳과 바로 가까운 이 대학 뒷동산 근처를 수십 년간 거닐었으리라는 생각으로 아쉬움을 달랜다. 선생이 이 동산에서 호흡한 숨이 얼마나 될까. 오래전 과학고등학교 학생들이 '이순신 장군을 기리는 행사에 참석차 통영에 갔다가 이 장군의 숨이 지금도 공기 중에 있을까?'라는 이야기를 화제로 삼았다고 한다. 확률적으로 계산해 보면 이순신 장군이 들이마셨다가 뱉은 공기 분자 중 상당수를 현대의 우리가 지금 이 순간도 들이마신다는 이야기가 나왔단다. 수백 년 전 사람도 그럴진대, 우리 동네에서 20여 년간 근무했고 세상을 뜬 지 얼마 안 되는 신영복 선생이 마셨다 내뱉은 공기 분자는 그보다 훨씬 많이 내 근처에 있다는 얘기 아닌가. 맑은 영혼을 가진 선생의 폐부에 들어가 잠깐이나마 머물다 나온 숨결을 나도 마실 수 있다고 생각하니 기쁘고 위안이 된다.

내가 더불어 숲길 산책을 마치고 집으로 돌아올 때쯤이면 대개 해 질 녘이고 노을이 고울 때다. 그 시간이 하루 중에 햇살이 가장 곱게 빛나는 순간이기도 하다. 짧은 시간에 붉은색 빛이 산란(散亂)을 통해 강렬하게 내려오기 때문에 일출보다 일몰에 감정이 풍부해진다고도 한다. 신영복 선생의 글씨, 그림, 그리고 글 내용을 통해 눈과 마음을 정화시킨 뒤에 저녁노을이 주는 황홀경에 취해서 더 풍족해진 행복 감을 한아름 안은 채 집으로 돌아온다.

(「월간에세이」 2017. 9)

숲이 부른다

- 신영복 선생님·2

　신영복 선생의 작품은 글, 글씨, 삽화 이 셋 중에서 어느 것도 뒷자리에 세울 수 없을 만큼 우열을 가리기가 어려웠다. ≪더불어 숲≫이라는 신 선생의 저서 제목처럼 함께 있어서 서로를 더욱 돋보이게 해주나 보다. 선생의 작품마다 간단명료함 속에 진리가 들어있었다.

　신 선생께서 영어(囹圄)의 생활을 마친 뒤에 우리 마을 곁에 있는 대학에서 근무하시고 있다는 사실을 알고 기뻤다. 그처럼 맑으면서 강직한 영혼을 가진 분과 가까운 이웃에서 산다는 것이 자랑스러웠다. 20년에 가까운 억울한 옥고에도 불구하고, 선생의 책에는 어느 한 구석도 원망과 남 탓이 보이질 않는다.

　내세울 것 없는 이 고장에 선생의 함자가 붙은 공원이 생겨 더욱 뿌듯했다. 우리 동네 수목원과 선생이 근무한 대학 사이의 뒤편에 있는 뒷동산에 신영복 선생이 손수 쓰고 그림까지 그린 서화(書畵) 30여 점이 나무 안내판에 새겨져서 숲 길가에 세워졌다. 동산 숲길엔 선생의 책 제목을 딴 '더불어 숲길'이란 이름이 붙여졌다.

그 서화들 중 하나엔 "피아노의 흑과 백은 반음의 의미를 가르칩니다. 대립보다는 동반을 일깨우고 화음과 조화의 방법을 이야기해 줍니다."라고 씌어있다. 일상적인 것에서 소중한 의미를 자연스럽게 이끌어내어 공감을 주어 고개가 끄덕여진다.

"두 노인이 땅바닥을 들여다보는 그림입니다. 이들은 목수였습니다. 목수가 그린 집 그림은 순서가 주춧돌부터 그리기 시작하고 맨 나중에 지붕을 그렸습니다. 우리들과는 그 순서가 반대였습니다. 책과 교실과 학교에서 생각을 키워온 우리들과는 딴판입니다. 세상에 지붕부터 지을 수 있는 집은 없습니다." 그러고 보니 나나 친구들이나 집 그림을 그릴 때 모두 지붕부터 그렸던 기억이 떠오른다. 모두가 당연하게 생각하고 넘겨버리는 것을 놓치지 않고 거기에서 어떤 영감까지 떠올리다니…. 인간에 대한 그분의 이런 예리한 관찰력과 독창적인 상상력은 다른 작품들에서도 계속 재확인되었다.

동산 산길은 아래 부분엔 경사가 꽤 있다가 위로 오를수록 완만해져 한결 걷기에 편해진다. 그 완만해질 즈음에 나타나는 서화엔 산 그림이 있다. 아담한 동산이나 그 동산으로 이어지는 구불구불한 길은, 신기하게도 실제 이 동산을 빼닮았다. "구도(求道)는 곡선이기를 원하고 더디기를 원합니다. 구도는 도로의 논리가 아니라 길의 마음입니다. 도로는 속도와 효율성이 지배하는 자본의 논리이며, 길은 아름다움과 즐거움이 동행하는 인간의 원리입니다. 우리는 매일 직선을 달리고 있지만 동물들은 맹수에게 쫓길 때가 아니면 결코 직선으로 달리는 법이 없답니다."

나는 지금 '도로'가 아닌 '길'을 걷고 있다. 느리게 걸으면서 내 눈과 마음을 나무와 꽃과 흙, 그리고 신영복 선생의 아름다운 글과 그림으로 가득 채우고 있다.

이 산책길 정수리쯤에 정자 하나가 있다. 긴 의자 몇 개가 둘러있고 지붕이 있어 그늘도 만들어주고 비가 올 땐 비도 막아준다. 이곳에도 서화 두 점이 있다. 편하게 앉아 쉬면서 감상하는 두 편은 언제나 가장 오래 반복해서 읽게 된다. 읽어 마음에 담아 내려가면 영양가 높은 음식을 꼭꼭 씹어서 섭취한 것처럼 든든해진다. 정자를 정점으로 옆구리로 난 길을 통해 하산길로 접어든다. 걸음마다 통나무가 발을 받쳐주어 미끄럽지 않게 잘 내려올 수 있게 되어 있다. 그처럼 세심한 배려를 한 손길이 고맙게 느껴졌다.

더불어 숲길을 오르다 보면 여기저기에 폐목(廢木)이 나무를 기대고 보기 좋은 모양으로 쌓여있다. 그런 장작은 벽난로에 불을 피우기에 제격이다. 그것을 볼 때마다 예전에 읽었던 문학책이나 영화에서 보았던 장면들이 떠오른다. 난로 위에선 커피 물이 끓고 안주인은 흔들의자에 앉아 음악 감상이나 독서를 한다. 이런 장면은 어린 시절엔 상상 속의 로망이었다. 하지만 지금은 그런 것들엔 아무 감흥이 안 느껴져서 허탈함으로 다가온다. 요즘은 폐목이 여기저기 쌓였어도 누가 가져가는 사람이 없다. 내가 사는 빌라에도 페치카 설비를 갖춘 집이 많지만 그걸 실제 사용하는 집은 별로 없다. 재를 치우기 귀찮고 연기가 싫어서 그렇다고 한다.

시대에 따라 사람에 따라 가치관이 제각각 다르겠지만, 신 선생께서 지향했던 가치관은 색도 빛도 바래지 않고 오래갈 것 같다.

나는 큰일이 없는 한 매일 '더불어 숲길'을 다녀온다. 이 길을 걸을 때도, 길에서 멈춰 서서 서화를 읽고 볼 때도, 벤치에 앉아 쉬며 방금 본 서화를 곱씹어볼 때도 행복하다. 때론 서화마다 일일이 다 안 읽고 그냥 지나치더라도, 서화가 언제나처럼 든든하게 옆쪽에 서있다는 사실을 곁눈질로 인식하는 것만으로도 마음 뿌듯하다. 서화 속에 담겨있는 선생의 진정성이 숨결로 내게 뿜어져 나오는 것만 같다.

전에는 수목원 한편에 있는, 소로를 생각나게 하는 한적한 호수가 더 좋았다. 더불어 숲길이 생긴 지금은 선생께서 손수 쓴 글씨와 그림 그리고 생각을 엿볼 수 있는 글귀를 산책하며 만나는 것이 가장 큰 기쁨이다. 우리 마을에 이런 의미 있는 소중한 선물을 남긴 선생께 고마울 뿐이다. 그리고 그 숲길 공원을 조성해 준 구로구청 분들에게도 감사드린다.

뚝섬에 서울 숲 가꾸기

- 우송 김태길 선생님·1

　서울시 주최로 뚝섬에서 서울 숲 가꾸기 행사가 2005년 6월에 있었던 일 잊지 않으셨을 것입니다. 일반 시민들의 신청을 받아서 가족 단위로 나들이 삼아 많이 참가해 관이 주도한 행사에 그렇게 많은 사람이 모이기는 드문 일이었습니다. 시에서 장소와 나무를 제공하고 심은 자의 이름으로 명패를 달아 자라는 것을 보살핀다는 것은 뜻있는 일이었어요. 특히 자라는 어린이들에게는 아름다운 추억 만들기도 되었지요. 이번 행사에는 여러 단체가 참가했고, 수십 명의 구청장과 시의원, 구의원들이 대거 참여해 성황을 이룬 가운데, 원로 시인 김후란 선생과 저는 문학 단체와 '성숙한 사회' 양쪽에 관계가 있어 함께 움직였지요. 이번에 참가한 주요 인사로는 우송 선생님과 손봉호, 김후란 선생님, 문국현, 최열 씨 등이었고. 그때 나무 심는 일은 여러 면에서 의미가 있지만 다양한 사람들이 참여토록 했다는 점에서 더욱 뜻깊은 행사가 되었어요.

　특히 우송 선생께선 양동이에 가득 거름과 물을 나르며 노익장임을 보여주셨지요. 점심시간에 일반인들은 각자 준비해 온 도시락을, 우리는 시에서 제공한 점심을, 의자를 둥그렇게 놓고 둘러앉아 맛있게 먹을 때 당시 서울시장이 우리 있는 곳으로 와서 어른들 잡수시는 것을 챙기더군요.

그리고 인상적인 것은 서울 숲에서 한강으로 이어지는 보행가교 개통식이었어요. 요란하게 테이프를 끊는 등의 보여주기 위한 겉치레는 생략하고, 다리를 만든 건설회사 직원들이 다리 양편에 도열해 있는 가운데로 성숙한 사회 회원과 문학회원 환경단체 간부 몇 분 그렇게 30여 명이 보행가교를 건너갔다 건너오는 것으로 행사를 마쳤지요. 다리를 개통할 때 수많은 구청장과 시의원을 거느리고 시장이 앞장서 활보를 하는 대신 이번 행사에는 선생님을 맨 앞에 가시게 하고 그 뒤로 대여섯 걸음 떨어져 둘째 줄에 손봉호 선생, 김 후란 시인, 서울시장과 최열 환경단체 이사장과 문국현 유한 킴벌리 사장이 북한에 가서 나무를 심고 왔다는 이야기를 하며 걸었답니다. 새 길을 처음 걷는다는 것은 즐거운 일이 아닐 수 없었어요. 그리고 제가 가장 존경하고 또 여러 모로 저를 생각해 주신 우송 선생님을 그처럼 극진히 모시는 분께도 고맙지요. 생님께선 연세로나 인격으로나 역량으로 보나 많은 사람들로부터 존중과 대접을 받아 마땅하다고 생각했습니다.

선생님, 무엇보다 제 첫 수필집에 친필로 긴 서문을 써주셨음에 감사의 큰절을 올리고 영광으로 생각합니다.

우송 선생님, 참으로 죄송합니다. 그리고 면목 없습니다. 봄에 뵈었을 때, 제가 올여름에 책이 나올 것 같다고 했지요. 혹시 궁금해하실까 봐 당시의 계획을 말씀드렸어요. 하지만 문우 한 사람이 자녀 혼사 때 하객들에게 책을 주었더니 호응이 좋았다면서, 저에게도 그렇게 하길 권해서 몇 달 또 미루게 되었습니다. 늦가을쯤 아들의 혼사가 있을 예정이어서, 그때 상재할 계획이었는데 선생님께서는 그 새를 기다리지 않고, 가시는 길이 무엇이 그리 바쁘다고 훌훌 떠나셨나요.

선생님께서는 수하신 데다 병석에서 오래 신고(辛苦)하지 않아서 참 복이 많으신 어른이라고 생각했습니다. 그러나 곰곰 생각해 보니 그것은 할 일이 많지 않은 사람에게 해당되는 말이지요. 선생님께서는 앞으로 하실 일이 많고 사회에 영향을 끼칠 일들이 많아 백수도 부족하다고 생각되어 더욱 가슴이 아픕니다.

5월 27일에 제 마음을 차지했던 인격이 깃든 그 푸른 나무는 어떻게 되었는지 궁금해집니다. 선생님께서 힘에 부치는데도 거름을 날라다 묻어주고 물을 길어 나르는 등 힘겨운 노동에 앞장섰지요. 나무를 심은 사람은 떠났지만 그 나무만은 꿋꿋하게 자리를 지키고 남한과 중국과의 교류가 소통으로 발전되지 않았나 싶습니다. 당시 중국의 환경은 말이 아니었습니다. 황사가 구름처럼 덮쳐와 숨쉬기도 어려워 단안을 내린 것이 같이 사는 방법입니다. 그것은 나무를 심는 일이었어요. 우리나라에서 먼저 학생들을 중심으로 중국에 가서 많은 나무를 심었습니다.

그 보답으로 2005년 5월에 중국 학생들이 한국에 와 나무를 심어 보답을 일부나마 한 셈이지요.

나무를 심은 선생께선 이미 고인이 되신 지 오래되었지만 힘써 심은 나무만은 그동안 울울창창 자라서 산사태도 막아주고 오염된 공기도 정화시키고 물도 맑게 걸러주는 등 한몫을 잘하고 있으리라 믿어집니다. 옛 어른들의 말씀이 사람으로 태어나서 가장 바람직한 일은 나무를 심는 일이고, 사람을 많이 낳아 인류를 번창하게 만드는 일이라는 말이 실감납니다.

하지만 선생님의 부재가 마치 손길이 빈 듯 하전합니다. 선생께서 심은 나무에서 풍기는 향기만은 오래오래 간직할 것입니다.

이제 편히 쉬십시오.

(「계간수필」 2009. 여름)

회초리

– 우송 김태길 선생님·2

지난해 마지막 달 7일은 故 우송 김태길 선생님의 문학기념비를 세우는 날이었다. 겨울이었지만 크게 춥지 않아서, 선생님을 생각하며 발자취를 되돌아보기에 딱 좋은 하루가 되었다. 무엇보다 기념비가 자리한 위치가 마음에 들었다. 우선 선생님의 고향이고 아늑한 도서관 내여서 선생께서 보셨어도 편안해하셨을 것 같아 안심이 되었다.

밤에 집에 돌아와 잠자리에 들어서도 선생님의 부재가 허망하고 쓸쓸함으로 밀려왔다. 10여 년 전에 있었던 일화가 불쑥 떠올랐다. 그 당시 청소년들의 행위가 막가파식이어서 많은 사람들이 혀를 끌끌 차며 우려를 했었다. '성숙한 사회 가꾸기 모임' 주최로 세종문화회관에서 보여준 퍼포먼스로 일침을 가했으나 그 충격이 그리 오래 가지 않았다. 선생께서 그 일을 언급하시며 심기가 무척 상한 표정을 지으셨다. 갈수록 문제 청소년들이 많아지는 건 이 사회의 윤리가 붕괴되고 있다는 것이고, 거기엔 윤리 철학을 가르치는 자신의 책임도 크다며 자책하셨다. 급기야 당신의 바짓가랑이를 위로 올리고 자신의 마른 아랫도리에 회초리로 매를 가하기 시작했다. 손봉호 교수님을 비롯한 이명현 전 장관 등 다른 분들도 앞에 나가서 회초리로 스스로의 종아리를 때리며 동참했다. 그때까지 내 책임이라고 나서는 이는 한 사람도 없었다. 그때 선생님의 그러한 자성은 충격이 아닐 수 없었다. 정작 그 문제아들의 부모나 교사들도 자기들 잘못을 시인하는 사람들은 없었는데 말이다.

그날 김태길 선생님의 진솔한 행위는 나중에 생각하면 할수록 진정으로 큰 스승의 모습이었다. 하지만 당시 현장에서 그 장면을 직접 목격했던 순간엔, 강당 위에 흰옷을 입고 죄인처럼 무릎을 꿇어 엎드린 선생의 모습이 당황스럽고 안타까웠다. 내 옆에 있던 분이 크지 않은 목소리로 "정작 나와서 사죄해야 할 사람은 얼씬도 안 하는데 저 노교수님이 무슨 잘못이 있다고 자책을 하시느냐."며 걱정 어린 목소리로 중얼거렸다.

선생님의 회초리는 어떤 의미였을까. 양치는 목자의 손에 든 지팡이와 같은 게 아닐까. 지팡이의 끝이 어디를 가리키느냐에 따라, 굶주릴 때는 푸른 초원으로, 목이 마를 때는 시냇가로 인도하듯이 제자가 가는 길을 멀리서 보며 지키셨나 보다. ≪아이는 꽃으로도 때리지 말라≫는 제목의 책 생각도 난다. 그 회초리는 무리를 보호하는 울타리 같은 역할이었을 수도 있다. 맹수들의 공격을 막아주어 생명을 보호해 주는 파수꾼으로 울타리 같은 존재 말이다.

공중에서 홀로 외줄을 타는 서커스 공연을 마음 졸이고 손에 땀을

쥐며 본 적이 있었다. 외줄을 건널 때 옆으로 치우쳐 넘어지지 않게 막대기 하나를 손에 들고 중심을 잡아 균형을 맞추어 건너간다. 그리 크지도 않은 막대기가 사람의 생명을 지켜주는 중요한 역할을 하는 것이다. 그리고 작두질을 힘겹게 해도 헛바람 소리만 날 뿐 감감 무소식이었다가도 수통에 마중물을 한 바가지 부어주면 멈춰 있던 물이 시원스럽게 콸콸 쏟아지는 것도 생각났다.

선생님의 회초리도 마찬가지가 아닐까. 진정성이 담긴 회초리는 방향을 모르는 자에게 나침판이 되기도 하고 길을 모르는 이에게는 이정표 노릇이 되어주기도 하는가 보다.

감정에 치우쳐 지나친 체벌을 가하거나, 상대를 화풀이의 대상으로 삼는 선생들도 있다고 한다. 예전 스승들은 매를 남발하는 대신, 쓴 약처럼 적절히 사용한 까닭에 효과적이었는지도 모르겠다. 참고 기다려도 자신의 잘못을 깨닫지 못할 때 따끔한 매맛을 보여주는 것이 옳지 않을까. 혹은 잘못을 매로 다스리기보다 칭찬으로 부추기는 것이 더 효과적이라고 하는 사람도 있다. 그럴 수도 있겠으나 과보호는 자칫 분별력이 없어 병들게 하기도 한다. 식물에도 목이 마를 때 물을 주어야 하고 영양이 부족한 메마른 땅에 거름을 주어야 하듯 회초리도 사랑도 적절해야지 무엇이든 지나치면 부족함만 못한 듯싶다.

선생께선 철학을 너무 높고 멀리 생각하지 말고 사회 속에 또 생활 속으로 쉽게 받아들이라고 누누이 강조하셨다. 그것을 실천하려고 '성숙한 사회 가꾸기' 모임을 만드셨다. 국내에서 기라성 같은 선생들을 초청해 무료 강의를 빠짐없이 했다. 우송 선생이기에 가능한 일이었다.

그때 나는 세종문화회관에서 선생님이 쓰고 남은 회초리 두 개를 우리 집으로 가져왔다. 그 회초리에 선생님의 책임감과 진정성이 함께했다. 지금도 우리 집 현관 쪽에 그 회초리 두 개가 있다. 유치원에 다니는 손주 남매가 그걸 보고 마치 신기한 물건을 본 듯이 호기심을 보였다. 무엇할 때 쓰는 거냐고 묻기에, 너희가 착한 일 대신 나쁜 짓을 하거나 못되게 굴면 회초리 맛을 보여주려고 둔 거라고 답변해 주었다. 그러자 꼬치꼬치 따지며 묻는다. 회초리 맛이 어떤 것인지 궁금한 모양이다. 손주를 상대로 내 말은 이어졌다. "맛은 쓰지만 사람도 병에 걸리면 쓴 약을 먹어야 병이 낫듯이 사람도 잘못을 하고도 잘못인지 아닌지 몰라 잘못을 또 저지를 수 있으니까 그 잘못을 깨달을 만큼만 살짝 때린단다."라고 말해 주었다. 재윤이의 누이 하윤이가 귀를 쫑긋하고 듣더니 회초리로 우리 아빠도 때려보았느냐고 묻는다. 안 때렸다고 하니 그럼 사용해 본 적이 없느냐고 한다. 맞을 만큼 잘못을 한 적이 없어서 실제로 써본 적은 없다고 하자, 그때까지 흥미진진해하던 아이들이 좀 김이 빠져서 실망하는 눈치다. 매는 남발하기보다 잘못을 깨달을 만큼 만 맛을 보여주는 것이 더 효과적이지 않을까.

고 김태길 선생님으로부터 받아온 회초리는 현관 앞에 놓여있을 뿐 한 번도 사용한 일이 없다. 그 존재만으로도 우리 집에 올 때마다 그걸 볼 손주들에게는 나쁜 유혹을 이겨내고 자신을 지켜내는 등대가 되었으면 하고 바란다.

(「계간수필」 2017)

큰 그릇의 선생님

– 월당 조경희 선생님

예총회관의 건물을 볼 때면 조경희 선생님이 생각난다.

문학예술 단체가 사무실 하나 없이 여기저기 흩어져 있는 처지였다. 선생께서 예총 회장일 때 번듯한 건물을 지어서 분과별로 한 칸씩 몫을 주어 자리 잡게 한 것이다. 예총회장실 벽에는 역대 회장님의 사진이 담긴 액자가 걸려있다. 그 가운데 홍일점이 조 회장님이시다.

여장부답다. 남자가 못한 일을 당당하게 해내신 분이 아닌가. 그릇이 워낙 크고 용기 있고 대범한 분이기에 시대를 초월하고 사회 통념을 깨면서 앞설 수 있었으리라.

선생님을 뵙게 된 지는 25년쯤 되었지만 일정한 거리를 두고 지냈다. 선생의 활동 영역이 워낙 넓은 데다 소탈한 성품으로 인해 따르는 사람이 많아 나는 비켜있었다. 그런데도 어떤 행사나 모임이 있을 때 뵈면 언제나 반갑게 맞아주셨다. 그만큼 포용력이 남다른 분이다.

선생님께서 회장으로 계시는 한국수필가협회에서 세미나를 열기 위해 갔던 지방마다 도지사가 만찬을 베풀고 이튿날은 시장이 오찬을 베푸는 성대한 대접을 받게 된 것도 선생님의 역량을 말해 주고 있다. 어디 그뿐인가. 조 회장님이 주관하는 ≪한국수필≫ 지는 발표 지면이 귀했던 시절에 목마른 필자들에게 샘물 같은 존재였고, 읽을거리가 풍부하지 못했던 때에 쉽게 접할 수 있는 독서의 장이 되어주었다. 또한 그 지면을 통해 많은 글쟁이들이 배출되어 수필의 활성화를 가져오는 데 기여를 한 셈이다.

선생님의 은덕을 알게 모르게 입었음에도 나는 그동안 무엇 하나 챙겨드리지 못했고 차 한 잔도 대접하지 않았다. 하지만 마음속으로는 담아두었다. 사람 노릇은 저버리지 말아야지 하는 다짐을. 앞으로 선생님께서 더 늙고 외롭고 찾아오는 사람도 드물어 심심하게 되었을 때 가면 더 반가워하실 것이고 그때는 지금처럼 바쁘시지도 않을 것이라는 생각이었다. 하지만 선생께선 그때까지 기다리지 않으셨다.

선생님께는 이미 중병이 깊어져 고생을 한다고 들었다. 그 후에도 행사에는 나오셨는데 몸이 많이 축나 있었다. 더 이상 미루다가 후회할 듯싶었다. 선생님께 가장 알맞은 시간에 좋아하는 음식을 잘하는 집을 골라 알려주십사 하는 소식을 이숙 선생을 통해 알려드렸다. 가까이 있는 호텔 뷔페식을 원하셨다. 세 분이 점심에 맞추어 나오셨다. 아직 입맛은 괜찮으신지 맛있게 잡수셨다. 나는 비로소 안도할 수 있었다. 백두산에서 난 자연산 상황버섯을 그날 드렸다. 그것을 자셨더니 효과가 있다고 하셨다. 나는 기뻐하며 그 버섯 한 곽을 들고 정릉에 있는 자택을 어렵게 찾아갔다. 오래된 개인주택이었다. 장관을 지낸 분의 명성에 걸맞지 않게 좁고 허술하다고 할 만큼 소박한 집이었다. 욕심 없이 사신 삶이 엿보였다. 댁엔 선생님의 여동생 분과 도우미 아줌마 그렇게 세 사람이 있었다. 점심 초대에 동행하셨던 바깥 선생님은 그 사이에 돌아가신 것이다. 우리 집과 선생님 댁과는 멀어서 일찌감치 나오려는데 저녁 먹고 가라고 붙잡으신다. 두 분 자매님과 나랑 셋이 겸상한 조촐한 식탁 앞에 앉았다. 그것이 최후의 만찬이었다. 선생님 생전의 모습을 뵙기는 그날이 마지막이었다. 오랫동안 격조했던 선생님과의 관계가 갑자기 가까워진 느낌이 들었다. 끝이 중요하다는 생각도 했다. 맞은편에서 이정림 선생님이 정중하게 의식에 따라 행하고 있음이 보였다.

고려대학교 안암 병원 영안실에서 성공회식 성례에 따라 염을 했다. 고인의 마지막 모습을 뵙고 한 사람씩 돌아가며 이마에 손을 얹어 묵도를 올렸다. 흰 천으로 머리끝에서 발끝까지 돌돌 말아 끈으로 칭칭 감아 묶을 때는 인간의 존엄이 구체적으로 종료되는 순간인 것 같았다. 하나의 물체나 다름없었다. 전에는 그렇지 않았는데 지금은 다 그렇게 한단다. 선생님께선 세계를 누비며 자유로움을 누린 분이다. 본인의 뜻이 전혀 개입되지 못한 채 자유가 결박되는 것이야말로 죽음이 가져다주는 생생한 공포라는 생각이 들었다. 그렇게 여걸은 묶이고 말았다.

≪무서록≫을 음미하며

상허 이태준 선생님

칼은 갈아야 한다. 아무리 좋은 칼이라도 사용하지 않거나 갈지 않으면 녹이 슬기 마련이다. 비단 칼뿐이겠는가. 사람의 머리도 독서와 생각하기를 오랫동안 멈추면 막히기 마련이다. 고인 물이 썩듯이 정체되어 있는 것은 죽어갈 뿐이다. 내가 시력이 안 좋아져서 독서를 점점 게을리했다.

오래전 매원 선생의 생존 시에 있었던 일. 故 박연구 선생으로부터 내 은행 계좌번호를 알려달라는 전화가 왔었다. 범우사에서 출간하는 ≪역사 산책≫과 ≪책과 인생≫이라는 책에 내 글이 실렸으니 원고료를 보내겠다고 하셔서 원고료 대신 범우사 출간 도서들을 보내달라고 했다. 책 목록을 살펴보다가 이번엔 문학 쪽보다는 이제까지 잘 접해 보지 않았던 종류의 책들을 주문하기로 했다. 그래서 고른 게 아담 스미스가 쓴 ≪국부론≫ ≪제3의 물결≫ ≪권력이동≫ ≪미래의 충격≫ ≪꿈의 해석≫ ≪역사의 연구≫ ≪갈리아 전기≫ 등이었다.

이 책들이 잘 포장되어 왔는데 그 속에 주문하지 않은 책 두 권도 들어 있었다. 이태준의 ≪무서록(無序錄)≫과 김용준의 ≪근원수필(近園隨筆)≫이었다. 두 분 다 월북 작가라 금서여서 그분들의 명성만 들었지 한 줄도 읽지 못했던 책들인데 드디어 해금이 되어 갈증을 풀 수 있게 되었다. 읽지 마라, 보지 마라 하면 더 마음이 당기고 관심이 쏠리는 법이다. 어떤 글이어서 제일가는 문필가로 인정받았던 걸까 하는 궁금증이 오랫동안 있었는데 드디어 읽을 수 있게 돼서 감격스러웠다. 수필 쓰는 사람들에게 이런 좋은 보물들을 널리 알려 주고픈 마음에 주문도 안 한 책들까지 보내주실 정도로 지극정성이셨던 매원 선생께 고마움을 느끼지 않을 수 없었다.

떨리는 마음으로 ≪무서록≫을 읽는 동안 참으로 행복했다. 1930년대 전 후로 쓴 글이라고 믿기지 않을 만큼 문체가 세련되고 자연스럽게 읽혔다. 글들에서 드러나는 사고방식에서도 구태의연한 구석은 찾아 볼 수 없었다. 그 까마득한 시절엔 사람들이나 사회가 지금과는 많이 달랐을 것 같지만, 현대의 우리가 느끼고 웃고 고민하는 것들과 별반 차이가 없었다는 것에 새삼 놀랐다.

예를 들어 〈추억(중학시대)〉이란 글은 용어 몇 개만 현대에 맞게 고친다면 요즘에 쓴 '학창 추억록'이라고 해도 통할 것이다. 입학시험 날의 떨리는 감정, 시험장 지각 등의 초조한 광경, 수업 중에 몰래 학교 담을 넘어가서 간식을 사먹거나 시험 커닝을 하는 등의 일탈행위와 그런 것에서 당시 학생들이 느꼈던 조그만 해방감 등….

〈소〉라는 글도 놀라웠다. 아스팔트 길 위를 뚜벅뚜벅 걷고 있는 황소들이라는 부조화스러운 광경을 목격한 후 그것을 치열한 경쟁이 펼쳐지는 도시 사회에 잘 적응하지 못하는 예스러운 순박한 사람들에 비유하며 글을 풀어간다. 극히 짧은 글임에도 불구하고 생각할 거리를 많이 주는 글이고, 옛날 글임에도 요즘 사람들이 읽어도 공감이 갈 만한 글이다.

사람들이 느끼는 보편적인 감정이야 그때나 지금이나 비슷하겠지만, 그 시대의 작가들 중에서도 특히 상허의 글에서 마치 동시대 사람이 쓴 글이라는 착각이 들 만큼 생생한 공감이 잘 느껴지는 것은, 현상들을 케케묵은 고정관념 없이 투명하게 관찰하고 자기감정을 가식 없이 솔직하게 드러낼 줄 알았기 때문이 아닐까. 물론 내용뿐 아니라 매끄러운 문체도 큰 몫을 했음은 물론이다.

선생이 남한에서 오래 살며 문학 활동을 했더라면 빛나는 글을 많이 남겨 후세의 문학이 얼마나 풍부해졌을까 생각하면 아깝고 안타깝다.

상허 선생은 너무 어린 나이에 고아가 되어 극심한 가난과 모진 고생을 견디며 살아내었다. 음악가 출신의 여인과 혼인해 오 남매 자녀를 두고 본인이 구상한 한옥을 성북동에 지어서 '수연산방(壽硯山房)'이라는 당호를 지어 걸고 작품 활동을 왕성히 했다. 하지만 운명은 선생을 순탄하게 그냥 놔두지 않았다. 북한으로 월북했지만 정작 거기에선 꿈꾸던 이상과는 거리가 먼 환멸과 실망을 마주하게 된다. 그곳에서 환영을 받지 못한 것이다. 자기 생각을 고수하는 예술가 기질이 몸에 밴 선생은 당이 시키는 대로 고분고분 따르지 않아 미움을 받고 탄광 노동자로 추방된다. 그 뒤론 고철을 주우며 산다는 소문이 돌았을 뿐 정확한 종적은 알려지지 않고 풍문만 들어 알고 있을 뿐이다.

2014년 늦봄에 서울시가 지원하고 국제 펜클럽의 주선으로 서울 인근에 있는 문인 작가들의 고택이나 묘소를 탐방하는 계획에 나도 참여하게 되었다. 책임자인 펜클럽 사무국장님이 미리 사전답사를 했고 자료준비도 완벽하게 마련한 상태에서 비용도 들지 않고 편리한 나들이를 한 셈이다. 고인들이 머물렀거나 묻힌 곳을 개인이 각자 찾아가자면 힘들고 실천에 옮기기도 어려웠을 텐데 말이다. 그중에서도 이태준 선생의 고택을 찾아뵌 것은 의미가 깊었다. 그 당시에 뜻이 통하는 문우들이 모여 구인회를 만든 우리 문학의 산실이요 역사 속의 소중한 현장을 보는 감회가 깊었다.

(「에세이문학」 2016. 가을호)

말의 씨, 사람의 씨

– 한국의 여인, 나의 외숙모님

5월 18일 아침 외사촌이 외숙모님의 부음을 알려왔다. 누구나 그
런 것처럼 고인도 오래 앓지 않고 큰 고통 없이 세상을 마칠 수 있기
를 간절히 소망하셨다. 특별히 고인께선 자존심이 강한 데다 누구에
게 폐 끼치는 것을 가장 싫어하셨다. 하지만 본의 아니게 그렇게 될
까봐 염려하셨는데 바람대로 입원한 지 며칠 지나지 않아 운명하셨
다니 안도할 수 있었다. 환자의 입에 산소 호흡기가 물려있어 말을
할 수 없자 눈짓, 손짓으로 필기구를 요구해 유언을 필답으로 남기셨
다고 한다. 생의 마지막 말인 유서의 내용은 뜻밖에도 당신 혈육인
2남 4녀에게도 아니고, 노후에 늦게 본 결손 가정의 손녀, 애면글면
손수 키운 그 손녀에게 남긴 것도 아니었다.

"그동안 나를 돌봐준 간호사들이 정성을 다해 힘쓰고 친절하게 대해
주어 너무 고맙다. 감사하다고 꼭 말하고 제과점에서 맛 좋은 빵을
사와 대접해라." 하는 당부를 자손에게 전하고 다음 날 임종을 하셨다.

마지막 두어 줄은 힘겨운 듯 희미한 글씨가 겨우 알아볼 정도였다.

실은 이 병원에 계신 지가 불과 사나흘에 지나지 않았는데 간호사들에게 그토록 감사할 일이 얼마나 있기에 유서로까지 남기셨을까 그 점이 궁금했다. 아마 감사함을 말의 씨로 심어 자손들에게 전하려는 뜻이 아니었을까.

또 한 가지는 병실 침상에 드리운 커튼 사이로 당신 속살이 드나드는 이에게 보일까봐 간병을 하는 손녀 '백미연'을 시켜 커튼을 여미게 하셨단다. "요즘 젊은 여자들 노출이 너무 심해 남자들이 죄를 짓기 쉽다."는 할머니 말씀이 생각나서 눈짓만 보고도 알아채고 벌어진 커튼을 여미어 가리자, 고개를 끄덕이셨다니 과연 그 어른답다는 생각이 든다.

외숙모님의 이렇게 단정한 마음가짐과 몸가짐의 흔적은 이 세상에서 사라졌지만, 고인을 닮은 자손을 통해 이어져 가리라는 생각으로 위안을 삼는다.

지방 도시에 있는 외가(外家)에는 오가며 들르거나 신세를 지면서 학교를 다녔던 사람들로 객식구가 끊길 날이 없었다. 그 사람들이 상가에 모여 밤이 이슥토록 고인의 미담과 덕담을 나누었다. 아흔일곱까지 몸져눕지 않고 살면서 사람들로부터 인정받고 존경 받다가 가셨으니 참으로 복 받은 분이라고 한 목소리로 칭송하고 애도했다.

대개 완벽하고 깔끔한 사람은 성격이 생선 가시처럼 날카로운데 고인은 자신에게는 엄격하고 타인에게 너그러워 사람 꼴을 잘 본다고 소문이 났었다. 마음에 들지 않는 사람도 있었겠지만 차별 없이 대해주신 것을 고마워했다.

이런 일도 있었다. 외숙부님께서 60년도 어느 날 귀갓길에 대문 밖에서 현금 뭉치를 줍게 되었다. 파출소에 신고하자 이튿날 주인이 돈을 찾아가면서 와이셔츠를 사가지고 와 감사인사를 할 때 외숙부님이 자랑스러웠다고 고인께선 그 일을 기쁨으로 회상하였다.

외할아버지 형제분 중에 형인 외할아버지는 아들이 없어서 동생이 독자 아들을 형에게 양자(養子)로 세웠다. 외며느리인 외숙모님께선 두 시어머니를 모시게 되었다. 이런 관계에선 불협화음이 따를 수 있겠으나 며느리가 조율을 잘한 덕에 세 분 여인들이 아름답게 조화를 이루며 화목하게 사셨단다. 두 동서분이 마주앉아 우리가 복이 많아서 하늘 아래 둘도 없는 사람을 며느리로 맞았다고 매우 만족해 하셨다니 고운 무늬를 새긴 분들이 아닌가.

고인에게 시누가 되는 내 어머니는 올케를 일컬어 동생 댁은 맘씨, 말씨, 솜씨, 맵시를 다 갖추었으며 살림은 맑은 물이 돌게 하는 사람이라고 칭찬을 아끼지 않았다. 그처럼 손이 쉴 새 없이 바삐 움직인 까닭에 당신 바람대로 병석에 머물지 않고 가신 복 받은 분이라고 노인들은 부러워했다. 또 인간관계를 잘해서 외아들인 지아비를 외롭지 않게 하고 외국 유학을 시켜 앞길을 열었다. 하지만 과시나 내색 없이 남편을 내세워 받들었다. 시어머니께서 앞을 볼 수 없게 되었는데도 타박하지 않고 말없이 모셨으니 그 자취가 어찌 향기롭지 않으랴.

"누가 현숙한 여인을 아내로 맞겠느냐. 그 값은 진주보다 더하니라."는 성경 잠언에 나온 구절에 딱 들어맞는 분이 외숙모님이시다.

고인이 하신 일 중에 으뜸은 사람을 반듯하게 키워낸 일이다. 어머니가 없어서 빗나가기 쉬운 어린 손녀를 떠맡게 되었다. 그때 고인의 연세가 이미 고희가 넘었고 아이는 겨우 걸음마를 시작한 때였으나 할머니 곁에서 보고 배워 칭찬이 자자했다. 할머니 다리 아프니 자기가 설거지하겠다고 아이는 발돋움을 한다. 남을 배려하는 마음도 할머니를 닮았다. 늦게 본 손녀를 키우면서 뒷바라지를 잘해주지 못한다고 애잔해하셨다. 그래도 돈 귀한 줄 알고 불평 없는 손녀를 기특해하셨다. 하지만 '미연'이는 자기 형편에 맞는 방식으로 최선을 다해 청주에 있는 교원대학을 졸업하고 현재 발령을 받아 교사 임무를 잘 감당하고 있다.

춥지도 덥지도 않은 계절에 꽃을 좋아하는 분답게 꽃이 만발한 시절 쾌청한 날씨를 잡아 아무에게도 거리낌 없는 날 세상을 아름답게 수놓고 장손의 배웅을 받으며 홀연히 가셨다. 사람이 어떻게 살았는가의 평가는 관 뚜껑을 덮을 때 알게 된다던가. 입관식에 장남이 "어머니, 고마워요." 한마디로 요약한 그 속에는 수많은 자손들이 고질병이 없는 건강한 유전자와 총명함을 물려받았고 사람답게 길러준 감사함을 포함한 말이었을 것이다.

남에게 감사하는 말의 씨와, 우수한 유전자를 사람의 씨로 남기었으니 번창하기를 바란다.

'나는 이렇게 살아왔고 이렇게 죽었다.'는 떳떳한 마침표를 그분을 아는 모든 이들의 가슴속에 새겨 놓고서.

박애와
편애

박애와 편애

나의 친정 집안에는 독특한 삶을 산 여성이 두 분 계셨다. 두 분다 결혼 전에는 남부러울 것 없는 삶이었으나 혼인과 함께 기구한 운명으로 바뀌고 말았다. 한 분은 내게 대고모님이 되는 분인데 삼남일녀의 고명딸로 태어나 온갖 호강을 누리었지만 혼례를 올리고 신행도 가기 전에 새신랑의 급사로 인해 어린 나이에 그만 홀로 되고만 것이다. 또 한 분은 나의 넷째 숙모님이시고 내게 가장 큰 영향을 끼친 분이다.

청상이 된 대고모님께선 흰 옷 입고 흰 가마 타고 일 할 사람 여자하나 데리고 전남 장성에 있는 하서(河西) 자손 시댁으로 신행을 했다고 한다. 그러나 신랑 없는 시댁에서 반겨주는 사람은 아무도 없었다. 팔자 센 여자로 백안시당하는 수모를 견디다 못해 되돌아와 평생친정살이를 한 분이다. 이 어른은 장성으로 시집을 갔다 하여 '장성할머니'라고 했고 숙모님은 하동에서 시집왔다고 '하동 작은어머니'

라고 불렀다. 하지만 남들은 임남희 집사님이라고 칭했다.

두 분의 공통점은 아기를 낳지 못한 점이다. 장성 할머니는 혼례만 올린 상태에서 어린 새신랑이 요절하는 바람에 청상이 되었고 , 하동 작은어머니는 부부가 해로하였으나 숙부님이 부실하여 애당초 임신을 한 번도 못한 셈이었다. 그러나 두 분은 글재주가 뛰어났으며 읽고 쓰는 일을 좋아하셨다. 그것은 참으로 다행이었다. 외롭고 허전한 마음을 서로 이해하고 글로 소통하면서 한을 달랠 수 있었다고 한다. 한 울안에 살면서도 서로 편지를 써 주고받는다. '사랑채 옆에 있는 오동나무에서 부엉이가 왜 저렇게 우는지요. 구슬픈 울음소리에 잠이 깨셨는지 고모님 방에 불이 켜져 있네요. 지금 구운몽을 읽으시는지 화씨 충효록을 읽고 계시는지요?' 그런 사연을 써서 보내면 그 답장은 이랬다 한다. "질부 방에서 다듬이 소리가 청아하게 들리는데 낭군 두루마기를 다듬이질하고 있는가. 낮에 보니 질부 손에 옥색물이 들어 있었거든." 이렇게 아래채에서 건너채로 편지가 오고갈 때 편지 배달은 어린 소녀였던 큰댁 큰언니가 했고 배달료는 비단 헝겊 조각이었단다. 색 고운 비단 조각을 모으는 재미로 자다가도 깨우면 일어나 편지 심부름을 했고 꾸벅꾸벅 졸면서 기다려 그 답장을 받아 왔다고 한다.

달 밝은 밤에는 두 분이 팔짱을 끼고 뒤뜰을 거닐며 시조를 읊거나 귀글을 소리 내어 한 소절 읊으면 편지 심부름 하던 사촌언니와 같은 또래인 당고모가 어깨동무하고 뒤따라가며 다음 소절을 읊어 소리도 모습도 참 아름다웠다고 들었다.

장성 할머니께선 명필에 시문(時文)이 뛰어나고 바느질 솜씨와 음식 솜씨를 당할 자가 없었다. 반면 하동 숙모님은 자랄 때 남자 옷을 입고 독서당을 앉혀 공부하고 신문을 읽는 등 남자로 길러져 시집오신 분이라 솜씨가 없었다. 밥상을 열 개가 넘게 차리는데 당신이 하는 일은 고작 간장종지와 물김치 보시기와 수저 저붐만 놓으면 끝이다. 그래도 사통하고 총명해서 시어른들로부터 사랑을 받았다고 한다. 이 숙모님께선 여섯 동서 중에 가장 똑똑한 반면 하동 숙부님께선 말도 더듬고 생각도 짧아 제일 빠지는 분이다. 그렇게 된 것은 할머니의 잘못 때문이었다,

할머니께서 젊을 때 위로 세 아들을 두고 네 번째 임신을 했는데 축복 받아야 할 태중의 아기가 저주덩어리가 되었다. 그때가 하필이면 증조부님 상중(喪中)이었다. 할머니께는 시아버지 되는 분이 이른 연세에 돌아가셨다. 삼년상을 다 치르기 전인데 임신을 한 것을 매우 수치스럽게 여기셨다. 어른들 뵐 면목도 없고 아랫사람들한테는 체면이 안 서는 일이어서 몇 날을 두고 고민 끝에 결론을 내렸다. 떳떳치 못한 행위를 흔적 없이 지우려면 낙태를 시킬 수밖에 없다고 독한 약 뿌리를 달여 먹는 등 학대를 하였지만 아기가 명이 길었던지 살아서 태어났다. 겉보기에 멀쩡하고 속병도 없었으나 자라면서 말을 더듬고 공부를 싫어하며 조잔하게 굴었다. 즉 지능이 부족한 사람이었다. 작은아버지의 부인으로 하동 숙모님이 아깝다는 생각이 어린 나에게도 들었다.

상을 당한 지 한 달도 아니고 일 년도 아닌 삼 년 동안을 한창 나이

에 금욕 생활을 하지 않으면 불효라고 한 생각은 얼마나 불합리한가. 장성 할머니도 그렇다. 철없는 아이들 소꿉장난같이 열서너 살짜리 남녀가 혼례를 올렸다. 얼굴도 익지 않았고 살도 섞지 않았는데 신랑의 급사로 청상(靑孀)이 된 것이다. 시댁과 친정 두 가문의 명예를 지키기 위해 일생을 수절하기를 바라는 것은 잔인한 일이 아닐 수 없다. 본인들의 희생을 딛고 지킨 수절의 가치가 무엇일까. 회의가 인다. 그렇게 나쁜 관습에 분노가 일기도 했다. 하지만 그것은 돌아올 일이 아니고 지난 옛 이야기여서 안도의 숨을 쉴 수가 있었다.

숙모님이 큰댁 가까이에 교회를 세워 관리하고 뒷바라지를 세상 뜨실 때까지 수십 년간 혼자 감당하셨다. 그럼으로 임남희 집사님 하면 멀리까지 소문이 나 모르는 이가 없었다. 똑똑하고 낭랑한 음성에 기도나 설교도 뛰어나게 잘하시는 데다 정도 두텁고 사랑도 많아 남에게 베풀기를 큰 낙으로 알고 사신 분이다. 뿐만 아니라 6·25 전쟁 때와 흉년이 들었을 때도 버려진 아이 굶주리는 아이들을 데려와 거두어 살려낸 것이 한둘이 아니었다. 임남희 집사님의 신앙이야말로 참 믿음을 실천하는 분이라고 입을 모아 일컬었다.

두 분이 서로 다른 점도 있었는데 그것은 사랑의 방법이었다. 장성 할머니는 친정 조카나 종손자(從孫子)들 중에도 잘나고 똑똑한 자만 골라서 챙기고 칭찬을 아끼지 않는 등 유별난 사랑을 쏟았다. 물론 종손녀 중에도 곱고 예쁘고 얌전한 여식한테만 사랑과 정성을 기울였다.

반면 숙모님은 달랐다. 누구나 가리지 않고 사랑을 베풀었고 오히려 소외된 자에게 관심을 기울였다. 길을 지나다 코 흘리는 애를 보면 비록 모르는 애라 해도 닦아주고 등을 토닥이며 힘을 실어주거나 격려의 말씀을 던져주셨다. "요놈 힘이 센 걸 보니 장군감이다." 또는 "발발거리고 잘 돌아다니며 노는 게 부지런하여 부자로 살겠구나." "너는 눈에 빛이 난다. 재주가 있어 공부를 열심히 하면 한자리 하겠는걸." 또 다른 아이한테는 "너는 심성이 고와 착한 사람이 되어서 다른 사람을 행복하게 해 줄 수 있겠다." 등등. 그 애들은 대부분 관심을 받지 못하고 칭찬을 듣지 못한 아이들이어서 모처럼 듣는 숙모님의 부추김을 보석으로 받아들였다고 한다. 자기 집에서 야단만 맞는 지청구만 듣다가 처음 듣는 칭찬을 꿈나무의 씨앗으로 마음에 심었다고 한다. 그들이 세상을 살면서 어려운 일을 당해 좌절감으로 포기하고 싶을 때도 많았다. 그럴 때마다 임남희 집사님이 해준 격려의 한마디 말을 붙잡고 견디어냈다고 들었을 때 숙모님께서는 가장 큰 보람을 느꼈다고 하셨다.

어느 날 늦은 밤에 건장한 청년 하나가 작은어머니를 찾아왔더란다. 모자에 어깨에 계급장이 반짝이는 멋진 관복을 차려입고 인사를 올리며 "제가 오늘에 이르기는 집사님 덕분입니다. 열두 살짜리 말썽꾸러기인 저에게 장군감이라고 하셨지요. 집에서나 밖에서나 욕만 진창 먹던 저에게 장군감이라는 말을 들려주셨을 때 제 가슴에 무엇이 쿵하고 떨어졌어요. 이제 와 생각하니 꿈나무의 씨앗이었어요. 그 후로 장군 되는 길을 찾아갔더니 여기에 이르렀습니다. 앞으로 집사님 말씀대로 장군이 될 것입니다. 그때 집사님 모시고 좋은 곳으로 여행을 가겠으니 부디 건강하시고 오래 사십시오."라는 인사를 남기고 갔다고 기뻐하셨다.

하동 작은어머니가 상기된 표정으로 내게 그 말씀을 하시던 것이 어제 일 같다.

해남에서 개성까지

아침 일곱 시 전에 수목원에 갈 때는 수목원 근처에 있는 철로 쪽으로 방향을 잡고 그곳을 향하여 걸음을 서두른다. 그리고 동행자를 찾기에 바쁘다. 그때쯤에 철로 언저리에서 매일 만나기로 선약이 된 동행자를 찾느라고 자동적으로 발길이 그렇게 움직인다. 나와 동행하는 데 적임자인 그 권사님과는 나이도 엇비슷하고 두 집 사이의 거리도 적당해서 동행인으로 알맞은 대상이다. 뿐만 아니라 권사님은 건강을 위하는 일에 철두철미하기 때문에 곁에서 바라보는 것만으로도 자극이 되고 모범이 된다.

이 철로는 기차나 전철이 다닌 적은 없고 며칠 만에 한 번씩 낡은 기차가 어떤 물품을 몇 개 칸에 싣고 지나는 것을 보았을 뿐이다. 일제강점기 시절부터 산업 화물과 군용 화물을 나르던 화물열차용 철길이라고 한다. 사람 운반과는 상관없는 철도지만 옛 정서를 실어 나르는 듯 그리움이 아련해진다. 이 철로와 주변 환경이 어우러져 풍기는 복고적인 느낌 때문에 다른 지역 사람들도 이곳을 방문하여 기념사진을 찍기도 하고, 옛 시절을 배경으로 하는 영화 촬영 장소로도 애용된다.

지자체에서 이곳을 일종의 관광명소로 가꾸고 싶었는지 수년 전엔 재밌는 기념물도 몇 개 만들어놓았다. 타고 내리는 사람이 없는데도 '항동 철길 역'이라는 간판도 그럴싸하게 세워놓았다. 출발지는 남쪽 '해남'이고 도착지는 북한 '개성'이라고 쓰여있다. 남북통일이 된 세상이 연상되도록 제작한 것이리라. 실제가 아니라는 걸 아는데도 그 글자를 보는 것만으로도 가슴이 뛰었다. 간단한 간판 하나를 세워놓은 것만으로도 미래의 꿈이 약간이나마 실현된 듯한 착각을 불러일으키며 가슴 설레게 하는 것이다.

개성 공단이 남북한의 경직관계에서 화해의 물꼬를 터준 것처럼 남북한이 손잡고 산업의 물길을 만들어갈 때 이 나라가 세계 속에 우뚝 세운 위상을 보는 것 같다.

권사님과 나는 이곳에 수목원이 생기기 전에는 성공회 대학 뒷산에 자주 오르내리며 맨손 체조를 했다. 그러던 어느 날 약속의 손가락을 걸었다. 10년 후에도 이 자리에서 만나자고…. 앞으로 무슨 일이 일어날지는 아무도 모른다. 일이 년도 아니고 10년 후까지 살아있기나 할지, 중병에 걸리지는 않을지, 이사나 가지 않고 제자리에서 살게 될지 장담할 수 있는 것은 아무것도 없었다. 하지만 나는 통도 크게 덜컥 제안을 했고 의기투합해 동의를 얻어냈다. 그날이 2자가 세 번 겹치는 2월 22일이라는 건 쉽게 기억하고 있지만, 연도는 잊어

버리고 말았다. 정확한 연도는 모르지만 10년이 넘어버린 건 확실하다. 두 사람이 마찬가지로 연도를 잊은 채 십 년이 훌쩍 지나치게 되었으니 판을 새로 짜야 할지 모르겠다. 난감할 뿐이다. 꿈결처럼 잊고 지나쳐버린 지난 십 년처럼 앞으로 올 십 년도 얼마나 빨리 지나갈지 모른다. 아무튼 지난 10여 년 동안 우리와 권사님 가족들이 모두 별 큰일 없이 건강함을 유지하고 있다는 것은 다행스럽다. 그동안 이 땅에 전쟁이 없었다는 것 또한 그렇다. 평화에 이미 익숙해져서 그냥 당연하다고 생각할지 모르지만, 지금 이 순간에도 세계 곳곳에서 참혹한 전쟁과 테러 등 무력충돌이 끊임없이 벌어지고 핵무기가 여기저기 숨겨있어 불안에 떨게 하는 것을 보면 평화의 소중함은 아무리 강조해도 지나치지 않을 것이다. 또한 주님의 손길은 협력하여 선을 이루리라.

그 약속이 있었던 십여 년 동안 한마을에 살면서 정이 들었던 이웃들도 벌써 몇 분과 이별을 나누었다. 기세가 청청하던 사람들도 유명을 달리했는데 우리는 앞으로 십 년 후를 몇 번이나 약속할 수 있을지…. 그리고 남과 북이 통일되는 그날을 생전에 볼 수 있다면 하는 간절한 바람이다.

같이 어울리다 보면 사소하고 섭섭한 감정도 생기겠지만, 두 마음을 한 데 붙잡아 어깨동무하고 계속 같이 간다면 살 만한 세상이 아닐까. 같이 걷는 느린 걸음 속에는 통합을 이루고 사색과 우정과 꿈이 천천히 꽃필 것이 아닌가.

며느리의 웃음소리

며느리는 잘 웃는 사람이다. 그것도 옥구슬 구르는 소리로 까르르 웃기부터 시작해 상대를 유쾌하게 만드는 재주가 있다. 저렇게 웃음소리를 내는 명랑한 성품이라면 짜증을 내거나 제 남편을 들들 볶지는 않을 듯싶다. 만약 같이 사는 사람이 잔소리하고 잘못만 들추어내고 신경질을 부린다면 그 이상 불행한 일은 없으리라. 그래서 인연을 맺을 때 성품을 중요시하는가 보다. 아들애 또한 이해심이 넓은 데다 포용력이 있고, 상대의 인격을 존중해 주어 누구에게나 말 한 마디도 함부로 하지 않는다. 그래서일까, 결혼생활 몇 년이 넘도록 한 번도 다투지 않았다고 한다. 그것은 아들 본인의 의사를 피력하거나 의견을 설득할 생각은 애당초 포기하고 무조건 처의 뜻을 따르는 것만이 상책으로 아는 것 같아 아들의 주관이 물러 보여 섭섭했다. 하지만 그래야 집안이 편하다고 하니 역시 장점으로 받아들이기로 했다.

그런데 어쩌다 한 번쯤은 부딪침도 있어야 탱탱한 긴장감으로 새로운 활력소가 생기지 않을까. 혹시 바람 빠진 공처럼 탄력도 변화도 느끼지 못하고 그날이 그날같이 재미없게 사는 것은 아닐까 하고 쓸데없는 걱정도 했다. 하지만 그것은 나의 기우에 지나지 않았다. 아들 부부는 짬만 나면 음악회다, 전시관이다, 영화관이다, 여행이다 하며 삶의 질을 높이는 데 관심을 갖는다. 아들 직장이 수원에 있는데도 문화생활을 누리고자 예술의 전당이 가까이 있는 방배동에 집을 구해 살 만큼 문화예술에 우선순위를 두고 부부가 기쁨을 나누며 지내고 있어 다행이다 싶으면서도, 이젠 앞으로 살아갈 창창한 날을 위해 계획을 세우고 준비하는 데에도 시간과 돈을 투자했으면 하는 바람도 있다. 애들이 너무 당장 즐기는 데 치중하는 것은 아닐까 하고 조금은 염려가 된다.

얼마 전에 며느리한테서 전화가 왔다. 까르르 밝은 웃음을 앞세우고 "어머니, 이제 할머니 되시겠어요. 오늘 병원에 다녀왔는데 아기래요." 하고는 까르르 또 웃는다. 할머니가 된다는 소식이 이렇게 반가울지 몰랐다.

고부 갈등에 대해 귀가 무르게 들어서, 고부 관계는 사랑의 대상이 아니라 미움의 대상으로 알았었다. 그런데 며느리를 맞아들이고 보니, 알고 있던 것과는 달랐다. 어디서 아름다운 곳을 보아도 새아기와 같이 보았으면 싶고 예쁜 옷을 보면 입히고 싶고 맛있는 음식을 대할 때도 먼저 생각이 났다. 거기에다 나를 할머니가 되게 해준 사람이니 어찌 소중하지 않을까. 남편도 한마디 거든다. 옆에서 며느리 험담이나 하고 미워하면 내 마음도 불편할 텐데 다행이라고 하면서

"혹시 당신 혼자 짝사랑 하는 거 아니야? 새아기가 속으론 당신을 싫어할지도 모르잖아." 나는 정색을 하면서 그처럼 맑은 웃음소리로 선물 보따리를 풀어놓는 며느리가 그럴 리 없다고 도리질을 했다.

우리와 한마을에 살면서 함께 공유하며 소통하는 이웃이 있다. 그 내외분 생일과 선조님 제삿날 그리고 설날 추석에는 하나뿐인 며느리 집에서 차린 생일상을 그리고 명절 밥상을 받는다고 했다. 그 댁 바깥어른이 외식이 잦아 사먹는 밥은 신물이 나고 명절과 생일만이라도 며느리가 해주는 밥을 원해 그렇게 한단다. 물론 손이 많이 가는 복잡한 음식보다 가짓수는 적게 하는 단순한 밥상이지만 성의가 들어있는 음식을 원했다. 지금까지 어느 상황에서도 빼놓지 않고 그렇게 하고 있다니 나는 그 점이 부러웠다.

우리 며느리도 그렇게 할 수 있을까. 그 말을 꺼냈을 때, "저도 그렇게 하겠어요." 서슴없는 대답이었다. 몇 달 후 내 생일이 돌아왔다. 며느리는 인터넷을 뒤적여 새로운 요리를 시도하느라 골몰해 있었다. 그 모습이 사랑스럽다. 남남이 가족이라는 구성원으로 맺어져 가족을 위해 힘쓸 때 왜 아름답지 않을까. 모처럼 몸도 맘도 편하게 사랑이 담긴 밥상을 달게 받았다.

둘째가 혼인 전에 직장 근처에서 방을 얻어 자취를 하게 되었다. 회사에서 삼시 세 끼니가 해결이 되지만 혹시나 하고 취사도구 일습을 새것으로 마련해 주었다. 아들애 친구가 와서 같이 살았다. 그때 험하게 사용한 가스레인지며 전기밥솥과 냉장고는 못 쓰게 되었지만, 거금으로 산 피아노와 목돈이 든 오디오는 본인이 챙길 것이다.

하지만 다른 살림은 어떻게 할 것인가.

혼사를 정하고 자취 살림을 실어왔다. 우리 시대처럼 물자가 귀한 때라면 새사람 몸만 와도 아쉬운 대로 세간을 꾸려갈 수 있을 것 같았다. 하지만 흔해 빠진 물건 때문에 숨이 막힐 지경인데, 요즘 젊은 새 각시가 그렇게 할까.

드럼세탁기며 전기청소기, 선풍기는 아들애가 자취할 때 쓰던 걸 가져다 썼으면 싶지만 말은 못하고 눈치만 살피는데, 사용하겠다니 반갑고 기특했다. 과연 내 집 며느릿감이라는 생각이 확고해졌다.

물론 상견례에서 혼수나 예단 등의 비용을 양가에서 최대한 줄여 살림 밑천이 될 씨앗을 마련해 주었으면 하는 의사표시를 했다. 하지만 새아기 본인이 검소하고 눈에 거스르는 모습이 보이지 않아 가정교육이 반듯해 보였다. 무엇보다 그 점에 안도하며 마음에 들었다.

지난달에 내 부주의로 새로 산 마의를 잃어버리게 되었다. 알아서 기분 좋지 않을 일은 모르는 것이 났다 싶어 참고 있었는데 누구에게라도 털어내야 속이 후련할 듯싶었다. 그 대상을 며느리로 삼았다. 자랑인 양 수화기에 대고 털어놓자 새애기는 걱정되는 시어미를 위로하듯 풀죽은 목소리로 내가 하는 이야기마다 네네 대답뿐이었다. "이 일은 너만 알고 있어라." 새애기는 곧 목소리에 생기가 돌더니 그 특유의 목소리로 까르르 웃고는 "네, 어머니. 걱정 마세요. 비밀을 꼭 지키겠어요. 태형이 오빠한테도 안 할게요."라며 한 술 더 떠 제 짝에게도 그 말을 않겠다고 한다. 가장 가깝고 은밀한 상대에게 하고 싶은 말을 참으려면 얼마나 힘이 들까. 또 얼마나 입이 간지러울까 생각하며 웃음이 나왔다. 그 말을 이웃 친구에게 했더니 "약점을 잡히는 일인데 안 해도 될 말을 왜 했어요. 그리고 제 짝에게도 숨기겠다는 말은, 그에게만 하겠다는 말이나 같다고요." 해서 같이 웃었다.

어쨌거나 이번 일로 우리 고부 사이가 한편이라는 친밀감을 갖게 된 점이 소득인 셈이다. 너도 나처럼 자기 약점을 털어놔 한 편을 삼듯 이송희, 너도 그렇게 다가오면 좋겠다.

요전에 며느리한테서 온 전화에 아기의 태동을 확실하게 느꼈다는 소식이다. 그것도 부부가 함께 있을 때여서 같이 경험했단다. 애가 조용히 있으려니 조부모가 하도 궁금하게 여겨 자기 존재감을 알리려 용을 쓴 모양이구나. 아무튼 '행복'이하고 사이좋게 놀아라. 했더니 또 까르르 웃으며 "어머니, 배안에 있는 손자 하나인데 이름도 잊으셨어요? 앞으로 몇 되면 헷갈리시겠어요." 하며 까르르 웃는다. 요즘은 태 안의 아기 이름(태명)을 지어 세상에 태어날 때까지 부른다고 한다. 태명이 '축복'인 것을 잊고 그만….

이처럼 허점이 많은 시어미가 되어서 며느리에게 웃음을 주었고, 시어미 또한 며느리의 명랑한 웃음소리에 마음이 밝아진다.

(「한국수필」)

진옥이의 노을

해 질 녘 놀이 곱다. 사랑하는 조카딸 진옥이가 살다 간 자취를 보는 듯하다. 낮 동안 태양이 강하게 작열할수록 그날 노을빛이 더욱 황홀한 빛으로 수놓는다는 말을 들은 적이 있다. 마치 진옥이의 삶처럼 열성적으로 살았다는 것을 증명하는 것처럼 유난스레 진한 색깔이 눈길을 끈다.

내 사랑하는 조카를 몇 시간 전에 딴 세상으로 보내고 홀로 집으로 돌아오는 길이다. 죽은 자와 산 자의 갈림길이 이렇게 짧고 간단하다는 것이 새삼 놀라워서 실감이 나지 않았다.

진옥이는 짧은 인생을 치열하게 그리고 성실하게 살아내었다. 암 투병을 몇 년 동안 하면서 마침내 학교 음악 교사라는 자리를 내려놓고 일상을 건강 회복에 매달렸다. 병을 너무 늦게 발견했지만, 신앙 생활로 마음속 희망을 되살리며 버텼기 때문인지 한동안은 입맛도 좋아져서 생기에 차 보이기도 했다.

하지만 결국 병세가 급격히 악화되어서 더 이상 치료가 소용없다는 판정을 받은 후 대구에 있는 숲속의 요양병원으로 옮겨졌다. 그 마지막 병실에 들어갔을 때 진옥이는 고요히 잠들어 있었다. 예전의 건강한 모습을 찾아보기 힘들 정도로 야윈 몸을 보니 그동안 얼마나 고통스러웠을까 하는 생각에 안쓰러워서 눈물이 왈칵 쏟아졌다. 하지만 미동도 없이 고요히 잠들어 있는 모습은 마치 평온한 천사의 자태 같다는 생각이 들었다. 그렇게 생각하고 싶었다. 그리고 마지막 생을 마칠 때 저런 화평한 모습으로 떠날 수만 있다면 죽음이 두렵지 않을 것만 같았다.

깊은 잠에 빠져있는 듯한 진옥이를 보면서 희망이 담긴 상상을 해 보았다. 진옥이가 예수님 뒤를 따르며 "제가 예수님을 알게 된 것은 큰 은혜이고 행운이었어요." 생을 마치고 주님 나라에 건너기가 그렇게 어렵고 고통스럽다는데 진옥이는 선택 받은 믿음으로 행복한 모습을 남기고 홀연히 떠났다 .

본인이 일찌감치 예수님과의 관계를 예견한 것일까. 사랑하는 사람들과의 이별도 육체의 아픔으로 오는 고통도 다 털어내니 죽음이 한결 홀가분하단다. 등불을 미리 준비하고 예수님 맞이할 예비를 한 부지런한 다섯 처녀들처럼 불안해하지 않고 평안한 마음으로 주님을 영접할 수만 있다면 죽음이 그처럼 두렵지 않은가 보다.

조카가 그처럼 사랑했던 남편 '심진후'가 혈압을 보더니 수치가 뚝뚝 떨어지고 있다며 겁먹은 표정으로 의사를 급히 호출했지만 거기까지였다. 이미 진옥이의 생명은 인간의 영역에서 떠나 주님의 뜻안에 들어간 것이었다.

외아들인 경표가 엄마 품에서 울부짖으며 "나는 엄마의 자식으로 태어나 참으로 행복했어요. 또 음악을 하는 엄마가 자랑스러웠고요. 아빠하고 잘살 테니, 너무 걱정하지 마세요. 엄마 사랑해요. 아름다운 기억을 오래 간직하겠습니다."라고 작별인사를 한 뒤 마지막 키스를 남겼다. 심 서방이 "여보, 사랑했어."란 말을 되풀이하며 이별의 키스를 하는데, 눈물이 진옥이의 얼굴에 뚝뚝 떨어졌다. 진옥이가 성가대에서 연주도 하면서 섬기던 교회의 목사님이 먼저 소식을 듣고 달려왔고, 교우들도 연달아 와서 식어가고 있는 시신을 안고 당신을 알게 되어 행복했다고 고백을 했다.

또한 진옥이는 자타가 인정하는 변함없는 친구 몇 사람이 있어 자랑스럽게 여기고 교류의 사랑 끈을 이어갔다. 아무리 친한 친구라도 자기 가족이 생기고 자식 뒷바라지하다 보면 멀어지기 마련인데 이 친구들만은 딴 세상 사람처럼 달랐다. 수년 동안 암투병하는 진옥이에게 세심한 관심과 사랑을 기울여준 고마운 친구들이다. 길 설고 낯설어 나는 엄두도 못 내고 망설이고 있을 때, 그 친구들은 두 번씩이나 서울에서 먼 대구에 있는 요양소까지 다녀온 사실을 듣고 나는 부끄럽고 염치없었다. 환자가 입맛이 없어 못 먹고 쇠약해 있을 때 친구들이 마련해 간 음식을 함께 요양 중인 환우들에게 대접할 수 있어 기분 좋았다고 했다. 그 친구들의 인간성을 자랑삼아 논하며 하나같이 다 신랑도 잘 만났다고 좋아했다. 그렇다고 세상이 보는 잣대로 비교하거나 시샘하지 않고 나름대로 가치를 인정하며 행복을 만들어갔다고 했다. "이모, 이 친구 좀 봐. 아나운서 '신은경'같이 생겼지. 뿐만 아니라 마음은 더 예뻐. 인생관도 생활 태도도 반듯해서 인색하지도 헤프지도 않고 많은 사람의 귀감이 될 만해. 이 친구들 다 신랑도 잘 만났어." 내가 나서서 "너도 심 서방같이 좋은 사람 만나기도 쉽지 않다." 자기 친구들처럼 신랑이 재벌이거나 의사가 아니어도 과학 선생인 심 서방과 음악 선생인 자신이 조화를 이루면 멋진 한 쌍이 될 수 있다고 꿈을 키웠다. 그렇게 배우고 싶었던 첼로를 배우고 악기도 사 연주하게 된 것도 큰 기쁨이고 감사로 받아들였다. 그리고 조카는 암이라는 존재와 사이좋게 놀다가 순하게 달랜 덕이었을까. 고통으로 시달리지 않고 잘 견디었다. 조카에게 죽음이 두려운 것은 인연을 끊는 일이었다. 아픈 아내 먹을 것을 준비하는 남편을 물끄러미 바라보며 '저 사람과 얼마나 더 같이 살 수 있을까, 아까운 사람' 하며, 속울음을 울었다는 말에 나도 울었다. 그 친구들과의 아름다운 우정을 이어갈 수 없어 슬프고 큰 사랑을 보답할 수 없어 안타까워했다. 죽음을 며칠 앞둔 어느 날 하얀 면사포를 천사처럼 쓰고 〈시인과 나〉라는 곡을 첼로 연주와 피아노 독주회를 갖는 등 떠나는 날까지 아름다운 모습을 남기려고 예술혼을 불태우며 최선을 다한 애틋함에 가슴이 저려온다.

진옥이 친구들과의 우정을 되살려 귀에 익은 이름들. '김미경' 씨 그는 남편이 금융업계에서 한자리하는 사람인데 그분처럼 정직하고 양심적인 사람이 돈을 많이 벌어야 살 만한 사회가 된다는 말을 조카로부터 많이 들어 알고 있다. '조광희' 씨와는 신앙 안에서 교감하고 믿음 생활에 활력을 준 친구다. '유여경'은 멀리 고흥에서 바지락 감태 낙지 등, 뿐만 아니라 유기농 야채를 수시로 구해 보내오는 적극성을 놓지 않았다. '이은혜' 씨는 초중고의 동창이어서 마음이 늘 통하는 친구라고 했다.

이 친구들이 마지막 남긴 선물은 뜻밖의 항암 주사였다. 부모 자식 사이에도 돈 문제로 정이 떨어지기도 하고 원수가 되기도 한다. 있는 사람은 있는 대로 모자라는 구석이 있기 마련이고 없는 사람은 더욱 부족하게 느낄 것이다.

이들은 여러 모로 사정과 형편을 개의치 않고 죽어가고 있는 친구를 살리려는 일념뿐이었나 보다. 양희정, 김재경, 김미경, 유여경, 이은혜, 조광희. 이처럼 참된 우정이 모여 대구까지 내려가 쉽지 않은 액수의 금일봉을 전하고 돌아올 때 이 감동의 소용돌이를 조카는 어떻게 다스렸을지. 파도처럼 밀려오는 벅찬 사랑과 고마움을 어떻게 삭였을지 가늠이 안 된다.

조카가 대구 요양 생활을 접고 몇 달 전에 귀가해 쉬고 있을 때 입맛을 찾을 만한 반찬 몇 가지를 만들어가자 명랑한 목소리로 나를 맞으며 "이모, 나 다 나았어." 했다. 친구들의 변함없는 사랑을 받고 다 나았다는 말에 생기가 있었다. 진옥이는 본래 명랑한 성품이고 씩씩해서 주변을 밝게 이끌어갔다. 그리고 무슨 일이나 철저해서 대충 넘기는 일이 없는 선생이었다.

진옥이가 마지막 남긴 글은 하나님께 드리는 고백서다.

하나님 감사합니다. 저에게 평안을 주심도 감사.

첫째, 전에는 천국에 대한 확신이 없었고 둘째, 가족들과 친구들과도 헤어지는 슬픔이 너무 컸고 셋째, 통증에 대한 두려움 때문이었습니다. 이제 천국에 대한 확실한 소망이 생겼고 너무나 좋은 남편과 착한 아들 그들의 앞날은 주님께서 책임져 주실 것이니 걱정 없고, 앞으로 한 순간이라도 주님을 부인하거나 누구를 원망하는 일 없도록 사랑이 많으신 하나님 제 손을 꼭 잡아주세요.

지금은 아쉽지만 하늘나라에서 반갑게 만나 얼싸안을 것을 기대합니다.

5월 8일, 나의 생명은 나의 것이 아니라 하나님의 것입니다.

진옥이는 언제부터인가 이별을 준비하고 있었나 보다. 그것도 세심하게 사랑을 곁들여서.

봄에 보았을 때는 볼에 살이 오르고 생기도 되살아나는 것 같아 "인제 되었다, 이 정도면." 하고 회생을 장담하며 나는 걱정의 끈을 놓고 말았다. 그 사이에 원고 청탁이 몇 군데서 와 있어 원고 마감에 몰두하다 보니 그만 내 사랑하는 조카가 그 시간에도 중병에 시달릴지도 모른다는 사실을 까맣게 잊고 말았다. 인간은 그렇게 이기적인 동물인가 보다. 괴롭고 가슴 아픈 일은 생각하지 않으려는 심리가 작용한 것일까. 그렇게 한 달이 지나서야 정신이 번쩍 들어 전화를 해보니 입맛이 떨어져 먹지를 못한다고 했다. 그 말을 듣자마자 조카가 무엇이 입에 당길까 알아보고 당장 마련해서 조카 곁으로 달려갔어야 옳았다. 제대로 된 이모였다면 말이다. 그러나 그런 생각만 했을 뿐 행동으로 옮기는 일은 뒤로 미루기만 했다.

이번에는 원고 청탁이 다섯 곳에서 밀려와 정신이 없었다. 글 욕심이 많은 나는 단 한 편도 거절하지 못하고 다 끌어안고 주물렀으니 좋은 글이 나올 리 없었을 것이다.

그러는 사이 진옥이가 경주에 내려가 있다는 소식을 들었다. 공기 맑은 숲속에 있는 요양원에서 효모와 채식 위주로 섭취하고 심신의 안정을 찾아 지낸다니 안도감이 들었다. 하지만 꺼림칙한 면도 있었다. 내가 아는 상식으로는 단백질 섭취를 충분히 하고 모든 음식을 잘 먹어야 암세포를 이길 수 있다는데 조카는 거꾸로 가고 있으니 어쩌면 좋을지 혼란스럽다. 지난번에 음식 몇 가지 해갔을 때 나는 조카의 눈치를 보며 조심히 말을 꺼내었다. 고기를 먹으라고. 본인의 반응은 완강했다. 단백질이 고기에만 있지 않고 모든 곡류나 식물에도 다 들어 있다고 자기주장을 굽히지 않았다. 내 사랑하는 조카는 원래 합리적이고 이성적인 사람이었으나 일단 내린 판단에는 고집이 센 사람이었다.

진옥이를 멀리 보내고 돌아오는 길에 보는 해 질 녘 노을은 곱기만 하다. 주황색 푸른색이 버무린 노을을 바라보며 진옥이의 노을이다 싶었다. 환자 곁에 있는 본인이 좋아하는 음악 〈시인과 나〉라는 음률이 고운 음색으로 잔잔하게 흐르는데 진옥이는 미동도 없이 잠에 취한 듯 음악에 빠진 듯 알 수가 없었다.

진옥이는 본인의 바람대로 음악을 전공해 지방에서 서울로 진출한 음악 선생이 되었다. 하지만 이렇게 쉽게 떠나니 허망하기 이를 데 없다.

진옥이는 내 조카이다. 즉 언니의 딸이니까 이질녀인 셈이다. 내게는 여러 명의 이질녀가 있지만 진옥이가 각별히 다가왔다. 딸이 없는 우리 부부의 생일을 챙겨주고 하다 못하면 전화로 잊지 않고 일깨워 주었다.

내 휴대 전화기의 주소록엔 아직도 '박진옥'이란 이름과 번호가 남아있다. 이젠 필요 없는 번호지만, 내게 남아있는 진옥이의 마지막 흔적 같아서 지우고 싶지가 않다.

새해의 문턱에서

한 해를 보내고 맞는 매듭 앞에서 내 발목을 붙잡고 있는 것이 있다. 사라진 것을 향한 그리움과 새로 태어나고 등장할 것에 대한 기대감은 아니다. 지난 일의 아픔과 불확실한 내일의 두려움만도 아니다. 흘러간 것의 기억은 시간의 두께와 함께 퇴색하기 마련이다. 그러나 수십 년 전 섣달에 있었던 얘기를 어머니로부터 듣고, 마치 내가 본 듯 선명한 색채로 몇 장면이 남아있다. 어느 구석에 숨어있다가 이때만 되면 되살아나는지 기이할 뿐이다.

내가 어렸을 때 우리 집에는 부엌일을 거드는 노파가 있었다. 환갑도 안 된 그를 노인이라고 불렀다. 누가 우리 집에서 연모를 빌려가는 것도 싫어하고 남이 와서 밥 먹는 것도 무엇을 얻어가는 것도 언짢아했다. 그는 앉을 때 다리 하나를 뻗고 앉았으며 걸을 때는 그 발을 절었다. 그가 나이 어린 새 각시 때 시어머니와 마주앉아 바느질을 하다가 발이 저려서 다리를 뻗었다. 시어머니가 어른 앞에서 버릇없이 군다고 가위로 다리를 찔렀다고 한다. 그 후로는 그 다리를 오그리지 못하는 신세가 되었다고 했다.

그 노파가 우리 집에 살았을 때 자주 드나드는 또 다른 노인이 있었다. 전주 노인이라고 불리던 그는 흰옷을 항상 깨끗이 입고 작은 보퉁이 하나를 끼고 다녔다. 전주 노인은 어느 집에 가나 손가락 하나 까딱 않고 안방 아랫목을 차지하고 안주인과 겸상으로 밥상을 받았다.

그는 짬만 나면 자기가 호강했던 옛 이야기, 이를테면 고관 부인들과 어울렸던 일과 유명한 요릿집에서 먹었던 음식 이야기를 입에 달곤 했다. 하지만 그 이야기는 모두 신물이 나서 아무도 귀담아 듣는 이가 없었다. 그래도 그 이야기만을 되뇌어 미움을 더 산 셈이다. 전주 노인의 신분에 대해서 아는 사람은 없고 돈깨나 있는 사람의 첩이었거나 기생이었을 것이라고 수군거렸다. 한 점 혈육이 없고 젊었을 적에 모은 돈을 수양아들에게 뺏겼다는 말도 있었다.

우리 마을과는 동떨어진 동네에 그의 거처가 있었는데 우리 집안에 사흘이 멀다 하고 왔었다. 그가 오면 부엌 노인은 또 야살 까려고 왔다고 구시렁대며 눈을 흘기곤 하였다. 그가 부엌 노인에게 국이나 숭늉을 더 달라고 하면 작은 소리로 지가 뭔데 날 부려먹느냐고 투덜댔다. 너무 퉁명스럽게 굴자 어머니는 부엌 노인에게, 둘이 원진살이 들었는지 왜 그리 꼴을 못 보느냐고 하시며, 전주 노인도 혈혈단신으로 노인과 같은 처지인데 그렇게 야박하게 굴지 말라고 타일렀다. 어머니의 충고 뒤에도 그를 대하는 노파의 태도는 달라져 보이지 않았다. 그처럼 싫은 기색을 우리 식구 듣는 데서만 할 뿐, 전주 노인을 맞대고 하지는 않았다.

어느 해, 전주 노인이 우리 집에서 며칠 묵다 보니 섣달그믐이 되었다. 식구들이 이제 그만 가주기를 바랐으나 차마 입을 떼지 못하고 있었다. 집 모퉁이에서 말소리가 나서 어머니께서 내어다 보니 부엌 노인이 그에게 음식 싼 꾸러미를 건네주며, "설을 남의 집에서 쇨 작정이오. 사람이 체면을 알아야지. 이것 자시고 설 지나서 오구려. 딴 사람 눈에 안 띄게 어서 가지고 가오." 하며 옷섶을 여며주고 혀를 끌끌 차더라는 것이다.

그 모습을 엿본 어머니는 부엌 노인이 겉보기엔 풀쐐기 같아도 속은 따뜻한 사람이라고 하셨다. 그날 밤 어머니가 모르는 척 전주 노인을 찾자 부엌 노인은 "금방 갔구먼요. 날도 저문데 자고 가라고 했더니만 염치없이 남의 집에서 설을 쇠겠냐고 하며 가대요."라기에, 어머니가 웃음을 참으면서 설음식이라도 좀 싸주지 그랬느냐고 하니까, 떡 부스러기와 전 부친 것을 좀 싸주었다고 하며 얼버무리더란다.

그 후에도 전주 노인은 자주 우리 집에 들락거렸고 밥을 남기는 때가 많아 왜 남기느냐고 하면, 무슨 밥이 그렇게 찹찹한지 먹어도 줄지 않는다고 했다. 물론 부엌 노인이 퍼준 밥이었다.

나는 그 일들을 생각하면 흥미롭다. 전주 노인이 얻어먹는 입장에 안방에서 안주인과 겸상으로 밥상을 받을 수 있었던 것은 무엇 때문이었을까. 부엌 노인은 왜 식구들 보는 데서는 전주 노인을 미워하는 척했을까. 무뚝뚝하고 인색해 보이는 그 노파가 그런 인정이 있었음을 생각하면 한겨울 추위에도 훈훈함을 느낀다,

일 년을 마무리하는 길목에서 발을 멈추고 그 모습을 더듬어본다. 섣달에는 또 한 컷의 장면이 슬프게 다가온다. 오빠가 제대하고 장가를 들자 전주 노인의 발걸음도 뜸해졌다. 대신 작은댁에서 그를 가끔 볼 수 있었다. 그 몇 년 후 정초에 전주 노인이 자기 집에서 혼자 얼어 죽었다는 소식을 들었다. 죽기 이틀 전에 작은댁에서 자기 집에 간다고 나갔다는 것이다. 아무도 없는 빈집의 썰렁함에다가 겨울 추위까지 겹친 때였다. 땔 나무도 먹을 것도 없었는지 모른다. 설을 앞두고 기름 냄새 풍기며 갖가지 별미를 장만하는 집에서 기다리는 이도 아무것도 없는 냉랭한 자기 거처로 가는 발걸음이 어떠했을까. 얼굴에 철판 깔고라도 작은집에서 설을 보내고 싶었을 테지만, 그런 마음의 유혹을 물리치고 찬바람 맞서며 나오게 된 것은 부엌 노인의 "체면을 알아야지." 하는 말 때문이었을까. 허드렛일이나 하는 노파도 아는 체면을 내가 몰라서야. 이렇게 자존심을 세우고 나선 길이 죽음에 이르는 길일 줄 본인도 몰랐을까.

아무튼 전주 노인이 얼어 죽었다는 소식이 전해지자 우리 집안사람들은 난색을 감추지 못했다. 할아버지나 큰아버지, 아버지가 생존해 계셨다면 그런 일은 없었을 것이고, 그가 우리 집안과 상관은 없다 해도 자주 드나들던 사람이 그렇게 됐으니 얼굴 들지 못하겠다고 쓴 입맛을 다셨다. 더구나 작은댁에 다녀간 이틀 후에 그렇게 되었으니 그를 붙잡지 않은 사촌오빠에게 나무람의 화살이 쏟아졌다. 또

그 노인 형편에 무심했던 자신들을 탓하며 죄라도 진 듯 부끄러워했다.

오십 몇 년 전에 있었던 전주 노인의 죽음이 가는 해의 끄트머리에서 상흔처럼 도지는 것은 왜일까. 내가 직접 본 것은 많이 잊었는데 정작 보지도 못한 두 장면, 집 모퉁이에서 음식 꾸러미를 건네주는 노인의 모습과 섣달 막바지에 찬바람 쐬며 노구를 끌고 죽음을 향해 터벅터벅 걸어가는 전주 노인의 모습이 눈에 밟혀 아픔으로 나를 사로잡는다.

(「월간불교」)

한솥밥

몇 걸음 또 몇 걸음 오르다가 이제 다리쉼이 필요할 때쯤이면 거기 나무 의자가 놓여있다. 이 동산에 '더불어 숲길' 산책로를 만들 때 잘라내고 남은 여분의 목재 중에 골라서 앉을 자리를 만든 것이다. 재질이 나무여서 그런지 거기 앉으면 여름엔 덥지 않고 추운 날에도 차지 않다. 바로 눈앞에 고 신영복 선생님의 얼이 스민 시화가 보인다. 올 때마다 읽었지만, 내용도 곱씹어 볼수록 새로운 데다가 선생이 직접 그린 그림과 글씨이기 때문에 정이 들어서 어김없이 다시 눈이 간다. 눈으로 시화를 감상하고 있으면 새가 지저귀고 솔향기가 솔솔 풍긴다. 실내나 도심지에서 감상할 때는 느낄 수 없는 운치가 가득하다. 여기 동산 숲길에선 눈과 코와 귀가 모두 행복해진다. 그 자리엔 '소통·배려·화합'이라고 다른 솜씨로 써 있다.

이곳의 시화들 중에 〈한솥밥〉이라는 제목의 그림이 있다. 그림에 음식이 구체적으로 그려져 있진 않지만 콩알 같은 얼굴의 아이들 스무 명이 두레상에 둘러앉아 있는 정겨운 분위기만으로도 보는 이의 배까지 든든해지는 듯하다. 독일의 음악가 바흐가 자식의 수가 스무 명이나 되어 그들이 다 악보 그리는 일을 도와서 생계를 꾸리는 데 보탬이 되었다고 한다. 두레상에 모여있는 아이들 또한 존재만으로 도 가치가 있다고 본다.

언젠가 텔레비전에서 보았던 장면이 불현듯 생각난다. 어느 시골 초등학교에서 학생이 점점 줄어들다가 결국 학생 한 사람만 남았는 데 그가 졸업하자 학교가 폐교될 수밖에 없었던 이야기다. 두레상에 둘러앉아 있는 저 아이들을 그림 밖으로 꺼내서 어린 생명이 없는 요즘의 시골에다 풀어놓으면 생기가 돌고 활기찬 고장으로 되살아날 것만 같다.

그 〈한솥밥〉 시화엔 이런 대목이 있다. "대문을 열어놓고 두레상에 둘러앉아 한솥밥을 나누는 정경은 삶의 근본입니다. 평화는 밥을 골 고루 나누어 먹는 것이 평화의 뜻이기 때문입니다." 정겨운 옛 시골 풍경을 떠오르게 하는 내용이지만, 더 나아가 선생이 가지고 있었던 의미심장한 사회적 메시지도 유추해 볼 수 있었다.

〈서삼독(書三讀)〉에는 크고 작은 책 몇 권이 포개 있는 그림 옆에 이런 글이 있다. "진정한 독서는 삼독입니다. 책은 반드시 세 번 읽어 야 합니다." "책은 먼저 텍스트를 읽고 다음 그 필자를 읽고 최종적으 로 그것을 읽고 있는 독자 자신을 읽어야 합니다. 모든 필자는 당대 의 사회 역사적 토대에 발 딛고 있습니다. 독서는 새로운 탄생이고 필자의 죽음과 독자의 탄생으로 이어지는 끊임없는 탈주입니다."

아, 이분은 독서를 해도 이렇게 치열하게 하셨구나. 뭐 하나도 대충 대충 넘기는 게 아니라, 마치 마음속으로 글의 저자와 토론을 하듯이 독서를 하신 것 같다. 대략 그런가 보다 하고 적당히 타협하며 넘어가지 않고, 자신의 두뇌로 온전히 납득될 때까지 집요하게 따져 보고 고민했을 선생의 모습이 그려진다. 이런 진지한 자세는 무엇보다 인간과 사회에 대한 열정적인 문제의식을 많이 갖고 있기 때문일 것이다.

〈토끼와 거북이〉에는 거북이가 잠자는 토끼를 깨우고 있는 그림과 함께 "잠자는 토끼도 잘못이지만 발소리 죽이고 몰래 지나가는 거북이도 떳떳하지 못합니다. 토끼를 깨워 함께 가야 합니다."라고 쓰여 있다. 토끼와 거북이의 원래 우화는 느리지만 성실한 거북이가 교만한 토끼를 이긴다는 내용이지만, 저 이야기도 선생의 깨끗한 가슴엔 쉽게 소화할 수 없는 가시처럼 걸렸나 보다. 저 유명한 우화에서도 선생은 승부에 대한 집착과 결과 우선주의보단 더불어 함께 사는 도덕과 양심이라는 일관된 신념을 투영시킨다. 혹자는 '뭐 그런 것에서까지 도덕을 찾나. 재미없는 양반일세.'라고 불평할지도 모른다. 하지만 그런 이들도 글 옆에 있는 토끼와 거북이의 귀여운 그림을 보면 미소가 지어질 것이다. 물론 다 선생이 직접 그린 그림이다. 기존 고정관념을 뒤집는 비판적인 시각을 가지고 있으면서도 근본적으론 인간에 대해 따뜻한 시선을 가진 분이라는 게 글 내용뿐 아니라 그림들에도 나타난다.

〈겨울 독방〉에는 "신문지 크기의 햇볕 한 장 무릎에 올려놓고 무척 행복했습니다. 그 시간의 햇볕 한 장은 생명의 양지였습니다. 그것만으로도 인생은 결코 손해가 아니었습니다."는 글이 쓰여있다. 선생이 갇힌 몸이었을 때의 이야기리라. 오랫동안 햇빛도 잘 안 비치는 차가운 곳에 갇혀있었지만, 이젠 선생의 글과 그림이 이렇게 햇빛 속에서 많은 이들에게 감동을 주며 영원히 사람들과 같이 호흡하고 있다.

　선생을 기념하여 조성된 이 '더불어 숲길' 산책로에 깔린 야자 매트를 밟고 오르는 첫걸음엔 묘한 떨림이 전해져 온다. 야자껍질로 엮어 짜서 잘 망가지지 않고 미끄럽거나 걸려 넘어질 염려도 없는 재질이다. 이 산책길을 만든 분들의 세심한 배려가 곳곳에 엿보인다. 그래서인지 오르내리면서 서로 갈 길을 양보하는 이 기념 산책길도 신 선생을 닮은 느낌이다.

(「계간수필」 2017. 가을호)

깊은 잠

지난 2월 초부터 10일 동안, 시아주버님께서 길고 깊은 잠에 드셨습니다. 주무시는 동안 다시 깨어나지 못할 것 같은 불안감에 얼마나 초조했는지 모릅니다. 깨어나신다는 의사의 명쾌한 답변이 없었으니까요. 그러나 그 시간은 참으로 소중한 시간이었습니다. 아주버님 본인께는 모처럼 누적된 피로를 풀 수 있는 휴식의 시간이었고, 가족들이나 동생들에게는 자성의 시간이 되었습니다. 자녀들은 그동안 다하지 못한 효성을 안타까워했을 것이고, 형님은 그간 마음 편하게 못 해 드린 것을 후회했을 것입니다. 그리고 형제들은 동생 노릇과 책임을 다하지 못한 것을 부끄러워했겠지요.

그리고 저 역시 아주버님의 역할이 얼마나 중요했던가를, 그 자리가 얼마나 컸던가를 절실히 깨닫게 되었습니다. 하지만 하나님의 오묘한 섭리로 인해 남은 이들에게 못다 한 것을 할 수 있는 기회를 주신 것입니다. 참으로 놀라운 주님의 은혜입니다.

누구나 예상치 못한 때에 예고도 없이 말 한마디 못하고 떠날 수도 있겠다는 것을 느꼈습니다. 효도나 도리나 갚을 빚도 뒤로 미루지 말고, 내일 떠난다 해도 홀가분하게 주변 정리를 하면서 마지막 할 말도 준비하라는 깨달음의 기회를 주시고, 다시 회복하게 해주신 하나님께 감사할 뿐입니다.

십 년 넘게 지병으로 하루 걸러 통원 치료를 하는 형님의 동행자가 되어주시고, 부부라지만 긴 세월 타박 한 번 하지 않고 짜증을 내본 적 없이 지극 정성으로 간병을 한 분이 아주버님 말고 누가 또 있을까요. 환자는 이기주의자가 된다고 합니다. 본인 몸 아픈 것만 생각할 뿐, 다른 사람의 입장을 헤아릴 수 없게 되나 봅니다. 시중드는 것이 못 마땅하거나 성에 차지 않을 때 신경질을 내도, '몸이 아프니 그렇겠지. 오죽 고통스러우면 그러랴.' 이렇게 처지를 이해하며 뜻을 다 받아주시는 분. 한 달도 아니고 일 년도 아니고 십 년 하고도 몇 년을 한결같은 마음으로 성심껏 수발을 하시는 모습을 대할 때 성자 같아 보였습니다.

큰아주버님께 존경심이 드는 까닭이 어찌 그뿐이겠습니까. 지구를 품어 안을 만큼 큰마음에 정직하고 좋은 성품이며 머리도 뛰어난 분이고 포용력도 남다르다고 알고 있습니다. 그러기에 가정경제나 전반적인 모든 사항의 주도권을 형님 뜻대로 할 수 있게 양보하시고 밀어주셨지요.

아주버님의 입지를 더욱 좁게 한 요인은 유산 문제이지 싶습니다. 큰아주버님 당신은 통역관으로 외국에 자주 드나들고 형님은 친정에서 교편생활을 하는 입장이어서 모든 재산을 둘째 동생에게 물려주고, 대신 어머님 봉양과 동생들 교육이며 결혼을 책임지기로 했다지요. 하지만 약속을 지키지 않아 결국 목돈 드는 어머님 병원비며 동생들 뒷바라지도 큰아주버님이 감당하셨으니, 처자식 앞에서는 떳떳하지 못한 약점이 되어 얼마나 속 많이 상하셨는지요. 하지만 그 동생에게 내색 한 번 하시지 않은 것으로 알고 있습니다.

오래전 형님의 병환을 처음 알았을 때 충격이 컸습니다. 흰머리 한 올, 주름살 하나 없이 당당한 모습이 연세보다 십 년은 더 젊어 보였고, 날씬한 키며 몸매를 젊은이도 부러워할 미인이셨는데 갑자기 중환자가 된 것이 억울하고 안타까웠습니다.

아주버님의 가장 역할이 형님께도 큰 부담이 되었기에 그 보답을 다소라도 할 기회다 싶어 처음에는 일주일에도 몇 번씩 음식을 해 나르다가 나중에는 일주일에 한 번 보름에 한번 해가 거듭할수록 간격이 뜸했지요. 큰댁 질녀가 영국에서 살게 되고 조카 가족 또한 중국으로 출장 가 있는 공백 기간 동안 몇 해는 내 나름대로 신경을 썼지만, 이들이 돌아오자 홀가분한 데다 긴장이 풀려 그만 달을 넘길 때도 많았답니다. 형님이 입맛 없다면 죽 쑤고 입에 당기는 게 무엇일까 하고 염두에 두었을 뿐 아주버님을 챙기지 못했습니다. 성품만큼이나 식성도 소탈하시고 잔병치레 없이 무엇이나 잘 잡수어 늘 그러시려니 성실한 모습으로 우리 곁에 계실 분으로 알고 마음을 기울이지 못한 것입니다. 옆에서 고통에 시달리는 형님 보살피느라 당신 자신은 돌아볼 여력 없이 만신창이가 되어, 견디다 못해 쓰러지셨을 때 주님이 일으켜 세우신 것입니다.

어느 날 갑자기 예고도 없이 의식을 잃고 중환자실에 계실 때 기가 막혔습니다. 형님 또한 자신의 몸도 지탱하기 힘든 상태가 아닙니까. 그런 분이 상황이 바뀌어 날마다 병원을 찾아와 눈 좀 떠보라고 울부짖는 애석함이 눈물겨웠습니다. 곁을 지켜줄 때는 고마움보다 불평이 많았고 그 힘이 얼마나 컸나를 느끼지 못하다가, 비로소 아주버님의 부재가 두려움과 불편과 절망임을 알게 되고 아주버님이 얼마나 소중한 존재인가를 깨달은 것이지요.

아주버님께서 병원에 계시는 동안 슬하의 삼 남매가 최선을 다하는 모습이 아름다웠고, 형제자매들이 가슴 아파하는 것도 애달팠습니다. 특히 아주버님의 셋째 동생인 제 남편은 감기에 걸린 마지막 사흘을 빼고는 매일 병원에 출근하다시피 해 곁에서 지내는 돈독한 형제애를 보여주어 참 흐뭇했습니다.

모든 것이 죽은 듯 정지된 겨울을 보내고, 만물이 다시 태어나는 이 봄과 함께 소생하신 아주버님. 80세, 산수(傘壽)를 맞이한 날, 가까운 친구 분들과 친척들, 가족들과 한자리에 모여 웃고 노래하며 담소를 나누고 즐거운 시간을 누리시는 걸 보니 벅찬 감동이 몰려왔습니다. 정말 꿈만 같았습니다.

사람이 일생을 살자면 몇 번의 큰 장애물을 만난다고 합니다. 아주버님의 첫 고비는 아버님의 별세일 것입니다. 청운의 꿈을 안고 서울로 유학 오신 지 얼마 되지 않아 퍼렇게 젊은 아버님을 잃었을 때 하늘과 땅이 맞닿는 절망감에 얼마나 앞이 캄캄하셨습니까. 졸지에 연약하신 어머니와 여러 동생을 거느린 소년 가장이 되셔서 얼마나 어깨가 무거우셨는지요.

　그러나 그 고난과 책임을 회피하지 않고 다 감당해내셨습니다. 어디 그뿐입니까. 부부간이나 형제간이나 못마땅한 일이 있어도 한 번도 화를 내거나 짜증을 낸 적이 없었던 것으로 압니다. 원래 낙천적이고 긍정적인 성품이어서 상대를 배려하는 아주버님은 누가 뭐래도 군자이십니다. 병원에서 아주버님께서 의식이 없으셨을 때 '저는 아주버님의 인격을 존경합니다.' 하는 그 말을 진작 하지 못한 것이 못내 안타까웠습니다. 사람의 오관 중에 청각이 가장 늦게까지 살아있다는 말을 들었기에 행여나 하고 귀에 대고 간절한 마음도 실어 "아주버님, 참 훌륭하신 분입니다. 고매한 인격자의 제수가 된 것을 저는 행운으로 생각합니다. 존경합니다." 하고 속삭였습니다.

　이번에 중환자실에서 마지막 고비를 넘긴 것으로 압니다. 이 땅에서 건강한 모습으로 수하시고 여생은 자신을 위한 삶을 누리시길 바랍니다. 지금 봄이 발밑에 와 있습니다. 생기 왕성한 봄처럼 활기찬 하루하루가 되십시오.

　　　　　　　　　　　　　　　　　　제수 류동림 올림

이불 집

골목 시장에 갈 때마다 '이브자리'라고 쓴 간판이 눈에 거슬린다. 이부자리보다 이브자리가 신세대의 감각으로 비치고 국제화에 걸맞다고 생각한 것일까. 이불 집 앞을 지날 때 무심히 지나치지 못하는 것은 비단 상호(商號) 때문만은 아니고 그 가게 사람들에게 마음이 쏠려서 그렇다.

언젠가 이불 집 주인여자를 병원에서 만났다. 나는 반색을 하고 "좋은 소식이 있나 보죠?" 아는 체를 했다. 내가 반가워하는 것과는 달리 그는 냉랭했다. 친한 사이도 아닌데 저렇게 호들갑을 떠나, 그런 눈으로 바라본다. 그제야 나는 정신이 번쩍 들었다. 그곳은 산부인과가 아닌 내과가 아닌가.

삼십 대 중반인 그녀는 140cm도 안 되어 보이는 키에 곱사등을 가리고 있는 긴 머리며 높은 굽의 신발이 부자연스러운 데다 깡마른 얼굴도 붙임성이 없어 보인다.

한번은 야채 가게 아주머니가 그 앞을 지나가는 건장한 남자를 눈짓으로 가리키며 그가 이불 집 여자의 남편이라고 알려주었다. 건강하고 잘생겼을 뿐만 아니라 근면 성실하며 정상이 아닌 아내를 참으로 사랑하는 기특한 사람이라고 했다. 그 남자는 직장 출근길에 가게 문을 열어주고 퇴근길에 들러 같이 있다가 가게 문 닫고 다정하게 손잡고 집으로 간다는 것이다. 그는 홀어머니를 모시고 사는데 시어머니가 매일 며느리 점심을 해 나른단다. 따뜻한 밥을 해서 쟁반에다 차려 보자기에 싸들고 가는 것을 나도 가끔 보았다. 그 모자가 땅에 발을 딛고 사는 사람 같지 않아 보인다.

어머니와 아들이 몸이 성치 않은 여자를 맞아들여 위해주며 사는 것이 눈물겹게 고맙고, 그 여자가 마치 내 피붙이라도 되는 양 그 모자에게 미안한 생각도 들었다. 그럴 때마다 어서 건강한 아기를 낳아 그들에게 덥석 안겨주었으면 하고 바라게 된 것이다.

여러 해 전에 휠체어 없이는 몸을 조금도 가누지 못하는 여자가 높은 학식과 좋은 체격을 갖춘 남자와 결혼을 해서 아기를 낳았다는 기사를 읽었다. 생물학적으로 판단할 때 전신마비의 아주 작은 신체 구조로 보아 아기를 낳는다는 것은 불가능한데 기적이라고 했다. 그 남자는 부조리한 사회에 대한 분노의 발산으로 불구의 여자와 결혼했다고 한다. 그 여자에 비하면 이불 집 여자는 퍽 양호한 편이니 나의 기대가 무리는 아닐 것이다. 이불 가게 앞을 지나거나 그 집 식구들을 볼 때마다 아기가 있었으면 좋겠다는 바람은 짙어만 갔다.

그 가족들은 기독교 신자들이다. 내가 새벽 기도회에 가고 오면서 성당에 오가는 그 시어머니와 마주치게 된다. 저 노인은 어떤 기도를 올릴까. 자기가 며느리를 끝까지 사랑할 수 있게 해달라는 기도, 아니면 불쌍한 여자를 아내로 맞아 정답게 살도록 아들에게 큰 사랑을 주신 것을 감사하는 기도를, 어쩌면 가엾은 며느리가 아기를 갖고 더 자신 있게 살아가게 해주십사 하는 기도를 드릴지도 모른다.

나는 골목 시장을 지나다가 이불 집에서 아기가 떼쓰고 우는 소리나 깔깔대며 웃는 소리를 환청으로 들을 때도 있다. 아기의 조모가 손자를 업고 가게에 나오면 물건을 사러 온 사람들도 아기의 재롱에 웃음이 가득하고 가게는 활기에 찰 것이다. 그 가게 고객은 모두 이 마을 사람들이다. 오랫동안 자리 잡고 장사를 했던 이 집 사정을 속속들이 알기에, 아기 소리가 시끄럽다고 짜증낼 사람은 없으리라. 나는 그 집에서 애 울음소리가 나기를 고대한 터여서 그날 병원에서 만났을 때 내과인 것도 잊고 그만 주책을 떤 꼴이 되었다.

이불 집 남자는 착하게 생겼지만 물러 보이지 않는데 어떤 계기로 그 여자와 인연을 맺었을까! 예수님의 희생적인 사랑을 본받아서 결혼을 한 건 아닌지. 몸의 불구보다 건강한 정신을 높이 사고, 단점은 보지 않고 장점만 보며, 나타난 부분보다 숨겨진 면에서 아름다움을 찾았는지 모른다. 하긴 단점까지도 사랑할 수 있어야 진정한 사랑이라던가.

주일이면 그 남자의 한 손은 찬송 성경책을 들고 또 한 손은 아내의 손을 잡고 성당에 간다. 남자는 팔을 내리고 여자는 팔을 올려서 잡은 손이다. 키가 남자 허리에 닿는 여자, 멀리서 보면 마치 어린 딸이 아버지의 손을 잡고 가는 것 같다. 둘이 손잡고 가는 모습을 볼 땐 가슴이 뭉클해지며 '참 보기 좋다.'라는 생각까지 들었다. 남자의 당당한 용기, 여자의 행복한 표정. 값진 한 폭의 그림 같다.

언젠가 버스 속에서도 그런 보기 좋은 모습을 대한 적이 있다. 버스에 사람이 꽉 차있어 서서 갔는데 내 앞에 한 소녀가 자기 엄마의 꼽추 등을 연방 쓰다듬으며 여러 가지 이야기를 재미나게 조잘거렸다. 엄마는 그러는 딸을 흐뭇한 듯 바라보며 고개를 끄덕이기도 하고 미소를 짓기도 하였다. 딸이 없는 나는 다정한 모녀 사이가 부러웠다. 문득 내가 그 소녀만 했을 때의 일이 생각났다. 나의 어머니가 다른 애들 엄마보다 늙었다는 것이 부끄러웠다. 마흔다섯에 나를 낳으셨으니 다른 애들 할머니뻘로 보였다. 그래서 학예회나 운동회에 학교에 오시도록 어머니께 요구하지 않았다. 외로웠지만 어쩔 수 없었다. 그때 어머니와 함께 있었다면 어머니와 더불어 생긴 추억 몇 가지를 더 간직할 수 있었을 게 아닌가. 내 철없음이 부끄러울 따름이다.

어린 마음에 꼽추 등을 가진 엄마를 많은 사람들 앞에서 모른 척할 수도 있으련만, 그런 기미는 전혀 보이지 않고 구김살 없이 명랑하고 떳떳한 소녀의 태도가 꽃보다 아름다웠다.

주일 아침이면 이불 집 부부의 다정한 모습을 보게 되겠지 기대하며 집을 나선다.

(1996. 가을)

고뿔과 씨름

봄이라고는 해도 날카로운 바람 끝이 몸을 움츠리게 하던 초봄의 일이다. 어느 종교 지도자로부터 초대를 받아 몇몇 선배님들과 함께 가서 융숭한 대접을 받고 오는 길이었다. 우리 일행은 헤어지기가 아쉬워 찻집을 찾아갔다. 그때 갑자기 으스스 한기가 들어 진저리가 쳐졌다. 내 몸의 리듬이 심상치 않음을 느낄 수 있었다. 나이 육십 이후로는 가끔 찾아와서 이제는 익숙해진 반갑잖은 고뿔이 다시 접근해 온 모양이다. 짜증이 났지만 태연한 척 "자네 왔나." 하고 손을 내밀어 악수를 청했다.

날씨 때문인지 모두들 따뜻한 차를 주문하는데 나만 오렌지 주스를 시켰다. 이렇게 배짱 좋게 역으로 맞서면 감기가 지레 겁을 먹고 도망칠 거라는 생각으로 치기를 부려본 것이다. 얼음조각을 반이나 채운 주스를 단숨에 들이켜고 얼음까지 깨물어 먹었다. 순간 한 줄기 찡한 자극이 머리 정수리를 휘젓더니 이내 한기가 덮쳐왔다.

그날 밤 이불을 둘러쓰고 깊은 늪으로 밀려들어갔다. 찬바람이 등줄기를 타고 빠져나가기가 바쁘게 등허리로 치닫는 오한에, 위아래 이가 맞부딪치는 소리가 마치 철과 철이 마찰하는 소리 같았다. 그런가 하면 금세 열이 나서 식은땀으로 멱을 감았다. 식구들이 약을 사오겠다고 했지만 무릇 감기는 싸워서 이기는 것이라며 버티었다. 전에도 감기가 불청객으로 찾아올 때마다 건강엔 자신만만해서 '고뿔쯤이야' 하고 물리치곤 했다. 그래서 이번에도 왼눈도 깜짝이지 않으려고 했다. 한데 이럴 수가! 머리가 지끈거리더니 뼈마디마다 쑤시었다. 몸살을 동반한 독감이 여러 가지 형태로 공격해 왔다. 적군의 동시다발적인 공격에 나는 항전을 포기한 채 속수무책이었다. 중병도 아닌 감기쯤에 이렇듯 허망하게 무너지다니, 그렇다고 쉽게 백기를 들 내가 아니라고 객기를 부려보았다.

나는 어려서부터 약이라면 질색이었다. 학질에 걸려 하루 걸러 으슬으슬 드는 한기에 마당이 노랗게 보이고 입맛을 잃어 시들어가면서도 그 쓰디쓴 금계랍만은 먹지 않고 버텨냈다.

어찌된 일인지 그동안 나는 머리 아픈 것을 겪어보지 못하고 살았다. 그런데 내 또래인 사촌언니는 사흘이 멀다 하고 두통을 앓아 집안사람들의 관심을 독차지하는 것이 아닌가.

내가 어렸을 적에 작은댁 쪽에서 징소리가 나면 사촌이 아프다는 신호였다. 그럼 나는 걱정보다 호기심을 앞세우고 작은댁으로 내달렸다. 벌써 대문 밖에는 빨간 황토를 길 양쪽으로 세 모둠씩 놓았고, 백지 오라기를 새끼줄에 끼워 만든 인줄이 대문 머리에 쳐있었다.

그래도 나는 아랑곳없이 드나들었다.

마당에는 쌀 사발 물 사발이 놓인 상 곁에서 무당이 징을 울리며 주술을 읊고 있는가 하면, 살아있는 닭을 묶어 그런 상 곁에 놓거나 상 위에 부엌칼을 놓고 주술을 외우기도 하였다. 그 모든 것이 신기할 뿐이었다. 사촌이 있는 방에서는 숙모님께서 대얏물에 수건을 적셔 사촌언니 이마에 연신 번갈아 얹어주면서 "마실 것 주랴. 갖은 죽 주랴." 물어가며 찹쌀에 밤과 대추를 넣어 끓인 죽을 떠먹여 주었다. 눈을 살포시 감고 있는 사촌언니의 창백한 낯빛이 고와 보였다. 나는 부러운 듯 바라보며 입맛을 다시면서 나도 머리가 아파 봤으면 했다.

어느 땐 또 작은댁 길목에 쌀밥과 몇 가지 나물무침이 정갈하게 깔아놓은 짚 위에 놓여있고, 대문 앞에는 짚불 피운 흔적도 남아 있었다. 사촌언니 방에서는 단골어미(단골무당)가 잠 밥 먹이를 하고 있었는데 그 구경이 흥미로웠다.

내 고장에서는 머리 아플 때, 무속과 민간요법이 혼합된 듯한 '잠 밥 먹이'라는 것을 했다. 쌀이나 콩 같은 곡식을 됫박에 수북이 담고 치마 안자락으로 감싸 팽팽하게 당겨 꼭 쥐고는 환자의 머리와 이마에 꾹꾹 눌렀다 떼었다 반복하면서 주문을 외운다. "잠 밥 각시님, 잠 밥 각시님, 잠 밥 많이 먹고 썩 물러가시오. 우리 아기씨 아픈 머리 찬물로 씻은 듯 시원하게 씻어가시오." 대충 이런 식으로 외우며 잠 밥 먹이를 한참 동안 한다. 그리고 곡식 싸맨 치맛자락을 가만히 펼치면 수북한 곡식이 움푹 들어갔다. 단골어미는 이걸 보라며,

잠 밥 각시가 실컷 먹었으니 아기씨 병이 뚝 떨어질 거라고 수다를 떨고, 그 곡식은 단골어미 차지가 되는 것이다.

그런 광경이 재미있고 나도 그러한 경험을 당해보고 싶었다. 하지만 그 후에도 몇 십 년간 머리 아픈 적은 없었다. 그런데 이번 독감으로 인해 '두통이 바로 이런 것이다.'라는 것을 톡톡히 실감하게 된 셈이다.

일어서면 어질어질 흔들흔들 종잡을 수 없어, 투명한 의식이 갖고 싶었다. 이런 때 잠 밥 먹이를 하면 머리가 상쾌할 것 같았다. 콩을 싸서 머리를 꾹꾹 눌러주면 주문을 외우지 않더라도 오돌토돌한 것이 지압효과가 있을 것이라는 생각이 들었다.

밤에 식구들이 귀가해 내게서 앓는 소리를 듣고는 약도 먹지 않고 생고생을 한다며 탓만 무성했다. 이튿날은 더욱 몸이 꺼져 들어가는 것 같고 몽롱해진 정신은 아득한 나락으로 떨어지는 듯하였다. 옥죄어오는 고통으로 인하여 이런 땐 무상 허무감 이런 사치스런 생각은 비집고 들어갈 틈 없이, 오직 상하이 독감과 일대일로 대결할 뿐이었다.

그 경황에도 내 입에서 흘러나오는 앓는 소리가 가락도 구성지게 들리고, 그 소리에 남편은 잠을 설치고 있음을 어렴풋이 느낄 수 있었다.

사흘째는 더 강한 기세로 덤벼드는데 집안은 괴괴한 적막감만 감돌았다. 그런데 이상한 일이었다. 간밤에 방이 들썩하게 앓던 소리가 뚝 멈추었다. 그러고 보니 집안에는 나 혼자뿐, 앓는 소리를 들어줄 사람은 없었다. 일부러 앓는 소리를 낸 것은 아닌데 묘한 노릇이 아닐 수 없었다.

문단 선배인 이 선생님이 전화를 해왔다. 빨리 약 먹고 일어나라고 하기에 이만큼 앓고 약 먹기는 억울하다고 했다. 이번 상하이 독감은 그냥 못 넘길 것이니 병원에 가라고 했다. 전화를 끊고 나서 속으로 "두고 보아요. 기어이 이겨낼 테니까." 하고 장담했다. 다음에는 약국을 하는 맏동서님의 전화다. "아니, 며칠째 앓고 있다고? 애들도 아니면서 약 먹기 싫어서라고? 어리석게 호미로 막을 것을 가래로 막지 말고 어서 서둘러. 가깝다면 약 지어 보내겠는데 참 답답하네."

나는 일주일 동안 고뿔과 씨름하면서 우군인 병원도 지원병인 약도 거부하고 사촌언니가 애용하던 잠 밥 먹이를 상상하고 있었다. 주술을 외워 환자에게 정신적인 위안을 주고, 곡식을 싸서 꾹꾹 눌러 줌으로 지압효과를 낼 수 있었음이 아닐지 엉뚱한 생각을 해본 것이었다.

그 무엇보다 내게 특효약은 나를 사랑해 주시는 작은어머니 임남희 집사님이 내 이마에 손을 얹고 기도해 주시면 새 힘이 솟아날 듯싶었다. 하지만 숙모님은 이 세상에 계시지 않으니 어찌하랴. 그분이 그립다.

(국제펜클럽 2016)

걷기

집 근처 푸른 수목원이 나를 부른다. 아니 우리들을 부른다. 저녁 밥을 일찍 먹고 밖에 나가면 여명이 발걸음을 인도한다. 수목원에 가는 사람들이 길을 메운다. 이들은 서로 모르는 사이라 해도 모두 건강관리와 즐거운 산책이라는 같은 목표를 가지고 몸과 마음이 한 방향으로 움직이고 있는 강줄기 같은 모습이다.

수목원 입구에 다다르면 주변의 사람들의 걸음걸이가 모두 바쁘다. 느린 걸음이 이치를 일깨워 주겠지만, 다들 경보하듯 힘차게 걷고 있는 여기서는 그런 나태한 발걸음은 용납되지 않는다. 다들 별말도 없이 걷는 데만 열심히 집중하고 있다.

이 수목원이 처음에 조성되고 있을 때 나는 소로의 ≪월든≫을 연상하며 꿈을 키웠다. 호수와 숲이 있는 산책길을 천천히 거닐며 명상을 한다면 소로처럼 좋은 생각이 떠올라 독특한 글감이 나오지 않을까 하고 기대를 했던 것이다. 그러나 막상 문을 연 실제의 수목원은 그런 기대와는 많이 다른 분위기였다. 예상했던 고요함과 차분함은 없었지만 대신 활기와 생명력이 넘실대는 곳이었다.

많이 걷는 것이 건강 향상의 지름길이라는 건 모든 의사들의 일치된 견해이다. 삶에서 존재하는 많은 가치관 중에서도 건강이 제일이라는 말에 나도 동의하는 입장이다. 많은 사람들이 다들 빠른 걸음으로 행진하고 있는 이 수목원에서 걸을 때는 나도 폐 안 끼치게 바삐 걸어야 하므로 명상과 사색은 포기한다. 대신 허벅지의 근육과 폐활량을 늘리는 이익을 얻을 수 있으니 오히려 고마운 일이 아닌가 싶다.

전에는 학문과 사상이 깊은 고고한 사람은 공기나 이슬만 마시는 사람으로 알고 우러러 보았다. 그런 사람을 일컬어 땅에 발을 딛지 않는 사람 같다며 동경했다. 반대로 땅에 발을 딛고 있는 사람은 생활인으로 현실적인 사람 같아서 든든한 느낌이 들기도 하지만 마음 한구석이 빈 사람 같다는 인식도 있었다.

걸을 때는 한 발은 땅을 딛고 한 발은 허공을 향해 나아간다. 이렇게 두 발이 교차하면서 앞으로 간다. 특히 빠르게 걷는 행위는 놀이도 아니고 쉼도 아니다. 생각 따윈 발붙일 곳이 없는 노동일뿐이다. 이 수목원에서의 걷기는 바로 뒤에도 많은 사람들이 빨리 쫓아오고 있기 때문에 앞으로만 부지런히 내디딜 뿐 멈출 수 없고 뒤돌아설 수도 없다. 오직 전진뿐이다. 수목원에 가득 찬 생명들은 다 건강을 내뿜는다. 수목이나 사람이나 생기에 찬 걸음마다 휙휙 바람을 일으키며 느린 사람들을 추월해 지나간다. 발바닥이 땅에 닿을 땐 육체의 것이지만 허공을 향해 발을 뗀 순간이나마 영혼의 세계를 향한 것이 아닐까. 이상과 현실의 균형이 맞아 건강해지는 성하다.

"빨리 가려면 혼자 가고 멀리 가려면 둘이 가라."는 아프리카 속담에 공감이 간다. 이곳에서도 가족, 연인, 친구 등과 같이 걷는 이들이 많다. 걷는 데 열중하느라 대화는 없어도 옆에서 같이 걷고 있다는 것만으로도 위안이 되고 힘이 되나 보다.

이제 막 또박또박 걸음마를 시작한 아이들을 앞세우고 가족끼리 나들이 삼아 바람 쐬러 나온 이들도 가끔 눈에 띈다. 이들에게서는 건강을 위해 걷는다는 의무감에서 벗어난 삶의 여유와 기쁨을 엿본다. 내게도 그만한 손녀, 손자가 있어 바쁜 걸음을 멈추고 지나쳐 간 그 애들을 뒤돌아본다. 아파트에 사는 손주들을 이곳에 데려다 놓으면 매우 즐거워하며 자기들끼리 잘 논다. 손주들의 모습을 잠깐 떠올리는 사이에 동행한 친구가 몇 발 앞서 가고 있다. 앞에 가는 사람이 기다려주기보단 뒤따르는 사람이 달려가 따라잡아야 한다. 그래야 앞 사람도 리듬이 깨지지 않고 맥도 풀리지 않기 때문이다. 이 수목원이 없다면 이 많은 사람들은 어떻게 시간을 보내고 있을까 생각하면 여기에 수목원이 조성된 것이 참으로 잘된 일이라고 여겨진다.

다들 빨리 걷고 있는 이곳에서 느리게 걷는 이는 대열에서 쉽게 낙오자가 된다. 지팡이를 짚은 노인은 눈 씻고 보아도 없다. 모두들 팔을 휘휘 내저으며 힘차게 걷는 품이 마치 전투에 나가는 용사 같다. 여기서도 속도가 능력의 유무를 가름하는 척도 같다. 내 뒤에 오던 이들이 나를 앞지를 땐 기가 꺾인다. 하지만 그냥 나 혼자 걷는다고 생각하며 편히 걷기 시작하니 남을 의식하는 생각의 무게와 욕심이 벗어져서 홀가분하고 걸음도 가벼워진다.

푸른 수목원에는 여러 갈래로 길이 나있다. 뿐만 아니라 바닥에 깔린 재질에 따라 느낌도 다르다. 시멘트로 깔린 길이 가장 길고 호숫가에는 데크 목으로 된 나무다리가 요리조리 갈대 사이를 누비듯 놓여있다. 흙바닥 길도 있고 모래 길도 있다. 고운 모래 길을 지날 때는 백사장에서처럼 맨발이 되고 싶다. 집에 가까운 마지막 코스여서 유유자적 해변을 거닐듯 숨결을 돌리며 쉬엄쉬엄 거닐고 있다.

한마을에 사는 친구와는 말도 통하고 뜻도 통해서 걷기 동행이 되었다. 알맞은 산책 친구의 존재가 감사하고 또 집 옆에 수목원이 생긴 것이 새삼 고맙다.

(「에세이21」 2015. 가을호)

착한 사마리아인 법

내게 오는 책 우편물 봉투가 집에 쌓여있다. 이 봉투에 군고구마를 담기에 적당할 것 같아 모아놓았다. 그동안에 군고구마나 군밤장수에게 주었지만 지금은 군고구마 파는 장수가 보이지 않아 밀려있다.

그런 봉투를 볼 때마다 생각나는 이가 또 있다. 이십 몇 년 전에 우성아파트에 살 때다. 집에서 신도림역까지 가는 사이 어두컴컴한 길가에서 밤중까지 팔리지 않는 채소를 벌여놓고 있는 노파가 있었다. 주변에 인가도 상가도 없고 차만 달리는 그곳에서 시들거나 상하기 직전의 채소를 비닐봉지에 담아 맨땅에 벌여놓았으나 드물게 지나는 사람도 아무도 거들떠보지 않았다. 보기에 딱해 그나마 좀 낫다 싶은 것을 골라서 사오곤 했다. 그런데 아는 권사님 한 분이 오히려 제일 먼저 버릴 것들을 사온다는 말을 들었다. 먹으려고 사는 게 아니라서 집에 가면 곧바로 쓰레기통에 버렸다고 한다.

그 무렵 ≪수필공원≫에서 주최하는 세미나가 수유리 아카데미 하우스에서 있었다. 이정림 선생이 주제발표를 했고 내가 그에 대한 질의자로 정해졌다. 질의 내용을 박연구 선생께서 팩스로 보내달라고 하셨는데, 미루다가 발표 전날 밤에야 급하게 써서 보내게 되었다. 일단 보낸 뒤에, 세미나일인 다음 날 오전, 원고를 다듬어서 출발하기 전에 다시 보내려고 하다가 그만 딴 일이 생기고 말았다. 유난히 추운 날이라 거리에서 떨고 있을 그 노인이 맘에 걸렸다. 그냥 놔두면 얼어죽을 것 같았다. 그래서 원고 정서를 포기하고 아욱을 사서 국을 끓이고 밥을 해서 보온병 두 개에 각각 담아서 주며 속 풀리게 어서 먹으라고 권했다. 그러자 그 노인은 대뜸 누가 보내서 왔냐고 물었다. 나는 생각 없이 "보내긴 누가 보내요. 내가 그냥 왔죠."라고 대답했다.

아쉬움을 안고 서둘러 세미나 행사장에 갔다. 다른 선생님의 발표에 질의자인 故 장돈식 선생님의 질의서는 수많은 참가인이 앉은 책상에 놓여있었다. 연세 많으신 분인데도 이렇게 정성껏 준비를 했는데 나는 정서도 못하고 대충 써서 냈으니 낯 뜨거웠다. 미리 준비하지 못하고 뒤로 미루는 내 버릇을 탓할 수밖에 없었다. 하지만 그 노인을 챙기느라 세미나 준비에 소홀한 것이라고 자위할 수 있어 다행이었다. 추위에 떨고 있는 그 노인을 못 본 척 그냥 지나쳤다면 무슨 일이 일어났을 것 같아 마음이 편치 않았으리라.

성경 누가복음에 나오는 에피소드에서 유래된 '착한 사마리아인의 법'이 떠오른다. 어떤 유대인이 길을 가다 강도를 만나서 위급한 상황에 처했는데 다른 이들은 그냥 지나쳤지만 어느 사마리아인이 그를 구해주었던 이야기다. 거기서 명칭을 따와서 곤경에 처한 사람을 구해줄 수 있음에도 외면한 사람에게 구조 거부 행위를 처벌하는 법이 착한 사마리아인의 법이다. 하지만 한국에서는 그런 사람을 도덕적으로 비난할 수는 있어도 법으로 처벌할 수는 없다고 한다.

돌아오는 길에 노인 곁으로 가보았다. 그는 나를 보자 보온병 두 개와 수저를 말없이 건네줄 뿐이었다. 급한 나머지 김치도 챙기지 못했는데 잘 먹었을까. 그 뒤로 그 노인에게 더 관심이 쏠렸다. 늙고 병든 몸인데도 추운 거리에 나와 돈도 안 되는 장사에 집착하는 까닭이 무엇일까. 어떤 개인사를 가지고 있는 것일까.

대학에 다니던 아들들이 늦게 귀가할 때면 나는 그 노인 안부가 궁금해서 물었다. 노인은 희미한 가로등 불빛 아래 밤 10시가 넘은 그 시간까지 바람막이 하나 없는 자리를 지키고 있단다. 그 할머니 아무래도 정신이 이상한 사람 같다는 아들의 말에 식구들도 고개를 끄덕였다. 둘째 애는 할머니가 들어가 잘 곳도 없는 것 같다며 그대로 두면 추위와 굶주림으로 죽을지도 모르니 우리 집에 데려와 재우자고 했다. 나는 그 대답은 선뜻 나오지 않았다. 그런 불상사가 날만큼 우리나라 복지정책이 허술하겠느냐, 경찰이 안내하리라는 큰아이 말에 남편도 동조를 했다.

내 딴엔 좋은 생각이 났다. 그에겐 군고구마 장사가 제격일거라고. 우선 불 곁이니 따뜻해서 좋고 고구마로 끼니를 하고, 밑천도 거의 들지 않는다. 땔감은 폐자재에서 쉽게 구할 수 있고 군고구마 담을 봉지는 내게 보내온 책 봉투가 수백 장이 된다. 시작할 때 고구마

두 박스와 굽는 장비 값만 있으면 된다. 직장이 멀어 주말에만 오는 남편이 내 말을 다 듣고 하는 말이 아무리 생각이 좋아도 실천에 옮기지 않으면 소용없단다. 장비 값은 자기가 내겠으니 서두르란다. 한가한 날 나가서 장비를 어디서 구하는지 알아보고 미적거리는 동안 며칠이 지나버렸다. 현장에 갔을 때 그는 흔적도 없이 사라졌다. 힘이 쭉 빠졌다. 그 일을 계획하고 생각하는 동안 얼마나 행복했던가. 하지만 그 정도의 굼뜬 성의만으로는 보람된 일을 할 수 없나 보았다.

그런데 이사 온 지 얼마 안 됐을 때였다. 그 노인에 대한 얘길 나눈 적이 있는 가게 주인에게 노인의 근황을 들을 수 있었다. "그 노인을 애경 백화점 후문에서 보았어요. 후진 야채를 벌여놓고 있대요." 그는 다행히 살아있었다.

사랑의 쌀독

내가 다니고 있는 개봉교회 이층에서 삼층으로 오르면서 꺾어지는 곳에 큼지막한 쌀독 하나가 놓여있다. 첫눈에 보기에도 부잣집 맏며느리다운 풍모여서 이곳에 드나드는 사람은 밥은 굶지 않겠다는 선입감이 들었다.

예전에는 부의 척도가 쌀이어서 천석꾼 만석꾼으로 가름했다. 뿐만 아니라 쌀독에서 인심난다고도 하였다. 베풀고 싶은 마음이 있어도 곁에 쌀이 없으면 도울 수 없음을 뜻함일 것이다. 쌀이 있고 없고 또 일 년에 얼마나 생산되느냐에 따라 부자와 가난을 나누어 말했었다. 그리고 가장 슬픈 소리는 쌀독을 긁는 소리였단다.

뿐만 아니라 예전에는 혼담이 오갈 때도 밥술이나 먹고 글줄이나 하는 집 자제이고 총각이 밥은 굶기지 않겠다는 말은 신랑감의 장래성과 가능성을 집약한 능력의 평가여서 그만하면 무던하다고 했던 것이다. 그만큼 쌀과 밥의 비중이 컸다.

개봉교회는 일찍이 창립 초부터 선교에 초점을 맞추어 매진하면서 없는 사람의 손을 잡아주며 따뜻함을 지향하는 모범적인 교회이다. 그런 원로 목사님이신 '오세철' 목사님의 뜻을 받들어 현재 담임 목사인 '노창영' 목사님도 그 기조를 잘 유지하고 있다.

개봉교회에 있는 쌀독의 쌀은 누가 갖다 부어놓는지 누가 퍼가는지 아무도 모른다. 공급자나 사용자에 대해 누가 알려고도 상관하지도 않는다. 교인이든 아니든 그것도 따지지 않는다. 쌀 살 돈이 없거나 쌀독이 빈 집에서 가져가기를 바랄 뿐이다. 한동안은 쌀독에 쌀이 가득한 채로 있었다. 필요한 사람이 없어서가 아니고 더 어려운 사람이 가져가길 바라는 양보와 배려의 마음에서 비롯된 것이다. 그러다가 나중에는 쌀독을 채우는 사람과 비우는 사람의 균형이 맞아 조화롭게 나눔의 소통이 이루어지고 있었다.

우리나라가 식량은 자급자족으로 부족하지만 쌀만은 남아돌아 여기저기 무료급식소도 많이 생겨서 굶주리는 사람은 거의 없다고 한다. 뿐만 아니라 언제부터였는지 쌀의 가치가 추락하여 거저 주어도 그리 달가워하지 않게 되었다. 해마다 쌓여가는 쌀을 보관 관리하는 비용만 해도 엄청난 액수라고 한다. 그런 소식을 접할 때마다 굶주리는 북한주민 생각이 나서 안타깝다.

1990년대에 개봉교회에서 예배가 끝나고 나면 노숙자들 줄이 길게 늘어서 있었다. 500원짜리 동전을 받아가기 위해서다. 그 시절 오백 원이 있으면 빵 하나나 라면 한 봉지로 한 끼는 때울 수 있었으니까. IMF를 당한 후로는 줄이 더 길어졌다. 이들은 동전 한 닢 쥐고 이제는 배식 줄로 옮겨간다. 퍼주는 밥보다 더 많이 달라고 원하는 사람도 있다. 거르게 될지도 모를 불안한 다음 끼니를 위해 이런 기회에 미리 많이 먹어두기 위함인 듯싶다. 가까이 있는 성당에서 제공해주는 밥을 먹은 후에 바로 이 교회로 자리를 옮겨 배식을 또 받아먹는 경우도 많단다.

배식이 다 끝나고 봉사하는 성도들의 설거지까지 끝났는데도 뒤늦게 와서 당당하게 밥을 요구하는 사람들도 종종 있었다. 그럴 때는 미안해하거나 고마워하는 것이 마땅할 텐데도 감사인사 한마디 없는 뻔뻔한 태도를 자주 보게 된다. 그 사람들도 처음부터 그런 것은 아니었다. 멀쩡한 직장에 다니다가 갑자기 구조조정을 당하거나 아예 회사가 문을 닫아서 아무 준비도 없이 하루아침에 길거리로 쫓겨나게 된 사람들이 대부분이었고, 처음엔 무료급식을 받는 것도 부끄럽고 어색해하는 모습이 많았다. 하지만 그런 생활이 하루 이틀 쌓이고 나중에는 만성이 되어 부끄러움을 잊고 만다. 재기할 꿈을 적극적으로 찾기보다 그날그날 배나 곯지 않고 지내는 안일함에만 점점 익숙해지는 경우도 많은 것 같았다. 특이한 것은 남자 노숙자는 많아도 여자 노숙자는 보지 못했다. 여자들이 생활력이 강하거나 부끄럼을 많이 타서일까. 그 답은 아직도 모르겠다.

꼬부랑 할머니 한 분이 손수레에 폐지며 빈 박스를 가득 싣고 힘겹게 가는데 그 곁을 젊은 노숙자들이 떼 지어 뛰어가고 있었다. 개봉교회에 배식 받으려고 바삐 가는 중이었다. 그들 중에 누구 한 사람이라도 그 할머니의 수레를 밀어주는 사람이 있다면 얼마나 보기에 좋을까, 생각했다. 당장 자기의 삶이 궁핍해지면 마음도 메말라지나 보다.

북한이 핵실험과 미사일 공격에만 몰두하며 위협의 수위를 높이고 있다. 북한에서는 아직도 식량이 많이 부족한 것으로 알고 있다. 남한에서는 넘쳐나는 쌀을 주체할 수 없어 골머리가 아픈데 동족이 발치에 있어도 줄 수 없는 입장이니 얼마나 딱한 일인가. 하지만 북한 정권은 모든 것을 끌어들여 살상 무기를 개발하는 데 돈과 국력을 쏟아 붓고 있으니 어쩌겠는가. 남한을 향해 적대감을 갖고 총부리를 겨누면서 우리의 화해정책을 악용한 적이 어디 한두 번인가. 때문에 주고 싶어도 줄 수 없는 심정을 그들은 알까 모를까. 너도 죽고 나도 죽는 막가파식은 이제 그만 하고, 너도 살고 나도 사는 상생의 방법을 북한 정권이 생각해 봤으면 하는 간절한 바람이다. 그렇게 될 때 긴장과 불안, 공포에서 벗어나 평화로운 한반도의 길이 열리리라 믿는다.

(「한국수필」 2016. 12)

작은
목소리

잡초

초봄부터 잡초와의 싸움이 시작되었다. 새순 딛고 수줍게 오는 봄날, 목련꽃 피는 4월 한복판 아침 시간에 목련꽃 그늘 아래서 삼삼오오 옹기종기 둘러앉아 풀을 뽑고 있다. 겨우내 갇혀 지내던 이웃들이 모여 도란도란 사는 이야기도 하고 정보도 나누고 정도 나눈다.

그린 빌라 단지가 동산에 자리하고, 이 마을 중심의 수영장 둘레에 있는 잔디밭에서 매주 화요일마다 풀을 맨다. 수영장 주변에는 수령이 30년에 가까운 목련이 둘러싸인 꽃 대궐에서 목련화에 묻힐 적마다 느끼는 일이지만, 이처럼 황홀하고 아름다움의 한가운데에 있는 색임을 느끼며 새삼스레 탄복한다.

목련꽃이 우아함을 한껏 뽐낼 때 잡다한 집안일에서 벗어나 꽃잔치에 초대된 것을 행운이라고 자위해서일까, 호미질이 힘들지 않다. 여기서는 잔디가 주인공이어서 그 밖의 것들을 모지락스럽게 호미 날로 찍어낸다. 그 고결한 순백이 말갛게 고여 있는 순간에, 벌써

꽃이 질 운명의 아련한 슬픔이 깃든다. 그것을 내가 눈치채지 못한 사이 추한 뒷모습이 보인다. 필 때만 보고 질 때는 보지 말아야 할 꽃이다. 곧 이어 뭉게구름으로 피어나는 그 몽환적인 벚꽃이 뒤따른다. 눈꽃으로 지는 벚꽃, 이어달리기라도 하듯 숨 돌릴 새 없이 선홍이 진저리를 치는 철쭉으로 절정을 이루면서 꽃 멀미를 일으킨다. 이때까지도 잡초와의 실랑이는 끝나지 않았다. 여름이 다가와 수영장 정비를 할 때야 비로소 연례행사인 풀매기 작업에 마침표를 찍는다.

텃밭에 무엇을 심을까 하고 나가 보았다. 씨앗을 뿌리기도 전에 잡풀이 자기가 주인인 양 앞장서 돋아나 떡하니 버티고 있다. '이놈의 풀 부지런도 하네. 누가 기다린다고 벌써 나왔어.' 이것들과 여름내내 실랑이를 해야 할 걸 생각하니 미운 마음이 든다. 생각하면 잡초가 무슨 죄인가. 사람이 가꾸지 않으니 생명력이 강해졌고 본능에 의해 번식하는 것을 어떻게 탓할 수 있으랴만 좁은 소견에다 이기심 덩어리 인간들이기에 어쩔 수 없나 보다.

집안일에 바깥일이 겹쳐 여러 날 만에 밭에 나갔더니 이쪽저쪽에서 내 손길을 부른다. 어디서부터 손을 대야 할지 망연히 바라보고 있는데 31호 아저씨가 지나가면서 오늘 수영장 풀 뽑으러 안 가느냐고 한다.

참 오늘이 화요일, 풀 복이 터지는 날이다. 며칠 새에 풀이 이렇게 많이 났다고 하자 그는 "잡초와 싸워서 이긴 장사 없다."는 대꾸다. 그는 풀이 조금씩 나기 시작할 때 미리 매야 일이 훨씬 쉽고 곡식

뿌리에 공기가 들어가 좋은 것이라고 알려준다. 일손이 빠른 사람에게나 통하지 나는 무슨 일이나 미루기 좋아하는 데다 일손도 더디어 늘 쫓기듯 헉헉대며 산다. 그런 터에 미리 할 여유가 있겠는가.

풀이 난 밭을 보기만 할 때는 심난하지만 일단 손을 대면 재미도 있다. 시간이 아까워 그렇지 잡초를 뽑아낸 자리는 개운하고 풀 틈서리에서 답답했을 채소들도 숨통이 트여 살랑살랑 바람결이 스칠 때마다 살맛이 날 것이다. 앞을 보면 걱정스러운데 뒤돌아보면 참 보기 좋아 자꾸 뒤돌아보게 된다. '눈은 게으르고 손은 부지런하다.'는 말이 실감난다. 눈은 아무리 써도 진전이 없는데 손길이 머문 자리는 표가 난다. 손놀림을 할 때마다 잡초 밭은 한 뼘 한 뼘 줄고 반비례로 맨 자리는 한 뼘 한 뼘 늘어나 힘이 난다.

4월 18일, 서울시와 전남도가 교류를 맺음에 따라 내가 사는 구로구와 연결된 전남 구례군에 그날 가게 되었다. 차에서 내리자마자 우리를 반겨주는 것은 노랗게 핀 유채꽃 밭이었다. 우리 일행을 맞아 군수님과 직원들이 안내한 곳에는 색다른 볼거리가 있었다. '잠자리 부화장과 압화 전시장' 등. 하지만 내 관심은 무엇보다 들꽃에 있었다. 그것들은 내 가까이 있으면서 농장에서나 꽃밭 잔디밭에서까지 배척을 당하고, 존재만으로 적개심을 불러일으키는 풀에 지나지 않던 것들이었다. 어디서나 구박받던 잡초가 이곳에서는 야생화라는 이름으로 각각 화분 하나씩을 차지한 데다 명패를 달고 보살핌을 받고 있었다.

평소에는 화려하고 진한 향기의 꽃에 현혹되어 관심 밖이었던 풀

꽃이 여기서는 각기 주인공이 되어 달리 보였다. 하나하나 마음을 기울여 들여다보자 잔잔한 아름다움이 숨어있었다. 자세히 볼수록 애잔하고 질리지 않는 소박한 아름다움을 느낄 수 있는 기회였다. 전에는 이름을 알려고도 하지 않은 채 한 번도 불러주지 않았던 미미한 존재, 아니 잡초라는 이름으로 뭉뚱그려 무시하던 대상에서 그날 처음으로 마음을 열어주었다. 재미있는 이름이 많았다. '자주꽃방망이'라는 꽃은 다섯 개 꽃잎이 별모양으로 생겼고 나리꽃 비슷한 '얼레지' 꽃잎 사이마다 꽃을 피우는 '조개나물', 보라색 꽃잎 네 개로 피는 '개불알풀'이며 '노루오줌' '쥐꼬리풀' '개망초' '며느리 밑씻개'가 한 자리씩을 차지했다. 들과 산, 밭두렁에 흔해 빠져 짓밟히기 일쑤인 쑥부쟁이, 꽃다지, 달개비까지도 에헴 하고 버티고 있다.

사람은 물론 어떤 생물이나 사물까지도 그 자체보다 선입감만 가지고 매도한 적이 얼마나 많았던가. 무엇에나 선입감을 지우고 다가가는 것, 그래서 관심을 가질 때 이해와 애정이 간다는 것, 따라서 전과 다르게 보이고 다르게 인식된다는 것을 풀꽃을 통하여 깨닫는다.

그나저나 이 자잘한 꽃들은 어떻게 수정이 되고 씨를 맺을까. 벌이나 나비가 앉을 수도 없는 잔 것의 매개 역할은 바람이겠지 싶다.

우리 집에서 한 집 건너 옆집에는 집주인이 바뀌어 이사 오면서 옆 뜰도 확 바뀌었다. 전에 살던 이는 한동네 사는 친정어머니가 봄이 되면 몇 가지 모종을 해주어 옆 뜰을 풍성하게 했다. 가지며 풋고추며 오이가 열매를 맺어 무럭무럭 자라는 모양이 탐스러웠다. 시장에서 파는 것과는 그 가치가 딴 세상 먹을거리로 보여 그 집 뜰이 부러웠다. 하지만 새 주인은 다른 것은 일체 발부치지 못하게 잔디 일색으로 만들었다. 처음에 언뜻 보기에는 푸른색이 시원해 보였으나 그뿐 뜯어볼 것이 없어 싱거웠다. 그 댁 부부는 틈만 나면 구부리고 앉아 잔디 보호를 위해 잡초 뽑는 것이 일이다. 그 일에 매어 잔디를 제대로 바라볼 여유도 없을 것 같다. 사람을 위해 잔디가 있는지 잔디를 위해 사람이 있는지 모르겠다. 잔디가 사람을 노예로 만드는 힘은 어디서 나왔을까.

오늘은 화요일, 잔디밭에 나가 풀을 뽑는데 예전과 같지 않은 마음이다. 언제부터 잔디가 그렇게 대접받는 존재였던가. 회의가 인다. 잔디밭에 끼어 앙증맞게 핀 제비꽃을 뽑아내기가 아까웠다. 곁에 있는 우리 반 반장에게 잔디보다 이 꽃이 얼마나 더 보기 좋으냐고 하니 그도 참 귀엽다고 한다. 우리는 의기투합해 제비꽃 무더기를 살리기로 하였다.

한글 선생님

　예전에 나의 친정 집안에는 시집온 사람들의 혼수를 말할 때 책 몇 권을 필사해왔다고 소문이 돈다. 어떤 책을 써왔는가에 따라 평가도 달라지는데, 《화씨 팔대록》이라고 불렸던 《화씨 충효록》이 여성이 필사하는 목록 중에 수준 높은 책으로 간주되었다. 중국에서 있었던 화씨 가문의 일인데 팔대에 걸쳐 충성과 효도와 사랑 이야기를 흥미롭게 펼쳐낸 책이라고 한다. 붓글씨로 필사한 책 몇 권에다가 잘 쓴 편지들을 베껴 쓴 간독(簡牘)을 모은 책 한 두 권을 간수해 시집갈 때 가지고 간다. 우리 집안 딸들은 혼수로 처녀 때 필사해 온 책을 두고 자부심을 가질 수 있었다고 한다. 설사 혼수가 조금 빠져도 시어머니 되는 분이 앞에 나서서 새아기가 "화씨 팔 록" 몇 권을 다 써왔다고 하시며 그것을 앞가림으로 내세워 감싸주었다고 들었다.

　나의 친정어머께서도 자랄 때 잘사는 집안 친척 댁에 또래들이 모여 글공부를 할 때마다 그 댁 아주머니께서 간식을 차려 내왔단다.

그 즐거움이 쏠쏠했단다. 하지만 덕스러운 아주머니와는 달리 며느리 되는 분은 사람을 싫어하더니 바깥 아저씨가 외로워지다가 결국 사람들 발길이 끊기자 망하게 되었다고 하시며 사람이 사람을 싫어하면 주변 사람이 다 불행하게 된다고 하셨다. 그런데 어머니의 하나뿐인 며느리가 사람을 싫어하지 않아 다행이라고 만족하게 생각하셨다.

내 사촌 큰언니는 젊은 각시 시절 한글을 모르는 아낙들을 모아놓고 글을 가르치는데 아낙들이 낮에 일하고 밤에 모이면 졸려서 공부를 시킬 수가 없었다고 한다. 하다못해 꾀를 내어 현대판 천일야화로 연속극 이야기가 되었다.

텔레비전도 라디오도 없던 시절에 밀려오는 졸음을 물리치는 방법이 떠오르자 언니는 무릎을 쳤다고 한다. 긴 이야기 중등 자르기다. ≪화씨 팔대록≫이 훈계조로 엮어진 다른 책들과 달리 소설식으로 쓴 재미있고 흥미진진한 이야기다. 그 긴 이야기를 매일 밤 조금씩 나누어서 하다가 아슬아슬하고 재미있고 궁금한 뒷얘기는 다음 날로 연기한다. 다음 이야기가 머릿속에 가득 차있어 다른 일은 손에 잡히지 않는 여인들은 글공부를 배우는 회당에 안 나가고 못 견딘다. 언니에게 그 이야기를 듣고 마치 자신이 ≪아라비안나이트≫를 읽는 느낌이었다고 한다.

밤만 새면 새로 맞은 아내를 죽이는 왕이었으나 입담 좋고 얘기 잘하는 왕비를 만나 클라이맥스에서 끊긴 이야기를 다음 날 밤에 이어서 듣고 싶어 죽일 수가 없었다. 그런 일이 한 달이 가고 천일이 될 때까지 이야기는 계속 이어지고 왕비도 살아남게 되었다. 그러는 동안 왕의 인격이 변화되어 사람을 살생하는 끔직한 일은 영영 일어나지 않게 된 것이다.

언니가 가르친 야학반 아낙들은 언니로부터 ≪화씨 충효록≫ 듣는 재미로 출석률이 높아 글을 다 알게 되었고 애국가 가사 쓰기 시험을 치렀을 때 언니한테 배운 야학에서 단채로 전국 1등을 해 문교부장관으로부터 언니가 상장을 받게 되었다. 그때 자유당 시절 이선근 문교부장관이 부상으로 준 보리쌀 한 가마니를 받아 양식이 귀한 시절에 도움이 되었다고 한다. 지금 살아계시다면 백 살이 훨씬 넘었을 언니의 이야기보따리를 풀게 하고 싶다.

웃음을 만드는 사람

　내가 어릴 적에 이야기 잘하는 숙모님으로부터 들은 잊히지 않는 이야기가 있다.

　텔레비전을 보다가 개그맨들이 출현해서 웃길 때 숙모님의 그 이야기가 생각났다. 친정 큰댁에 많은 식구들이 북적이며 살 때의 일이다. 머슴 중에 허우대도 건장하고 입심이 빳빳한 재승이라는 일꾼이 있었다. 그는 못마땅한 일이라도 생기면 가끔 밉지 않은 심통을 부려 자기 권리를 챙기곤 했다. 그와 서로 대응하는 이는 방귀쟁이 동열 어미다. 그는 부엌 일손뿐 아니라 바깥 일손까지도 좌지우지 하는 입장에 있었다. 한번은 동열 어미가 재승이를 불러 마당에 널어놓은 보리를 앞뒤 고루 말리기 위해 발로 고랑을 타라고 일렀다. 그러자 재승이의 대답이 "보리도 등짝이 뜨거우면 돌아눌 테니 기다리쇼. 시키는 대로 하다간 발이 뜨거워 내가 뒤집어지겠소."하더란다.

　또 한번은 그가 부엌에 장작더미를 들여놓아 쌓으며 부엌에 나무가 없어 밥에 든 돌이 무르지 않았다고 혼잣말로 구시렁대더란다. 이가 부러지기 전에 땔나무를 잔뜩 들여놓는 것이 상책이라며…. 예전엔 많은 밥을 하다 보면 밥에 돌이 들어있어서 그걸 깨물기가 다반사였다. 게다가 돌은 무거워 가라앉기 때문에 솥 바닥에서 푼 밥에 돌이 들어있을 확률이 높았다. 재승이의 그런 핀잔을 들은 동열 어미는 그 뒤론 재승이 몫의 밥을 풀 때마다 돌이 있나 특히 신경을 썼다고 한다. 몽니를 부리더라도 애교 있는 유머감각으로 의사표시를 해서 서로 부딪치지 않고 성과를 거둔 셈이다. 만일 그가 받아주지 못할 생떼를 썼다간 화날 때마다 거침없이 터져 나오는 동열 어미의 방귀 소리에 보복 당했을 것이다. 하지만 타당성이 있을 땐 모르는 척 재승이의 투정을 받아준다. 동열 어미는 마음만 먹으면 아무 때나 어디서나 요란한 방귀 소리를 질러댔다. 무언가 못마땅해 까탈을 부리려고 부엌문 안으로 들어오려던 재승이가 방귀 폭탄을 맞고는 쿡쿡 웃음보를 터트리며 도망쳤단다.

집안 오빠들도 그를 보면 "가죽피리 악사가 등장했습니다. 곧 연주가 시작되겠습니다."하며 쿡쿡 웃음을 못 참았다. 어떤 생리 현상인지 냄새도 안 나고 소리만 요란한 방귀 소리가 연달아 터졌는데 그것이 재승이의 재치 있는 기개에 맞서 소통의 연결 고리가 되어준 셈이었다. 지금은 웃기려고 머리를 굴리고 갖가지 짓을 다하지만 내가 어릴 때만 해도 방귀 소리만으로도 배꼽을 잡게 하였다.

이런 일도 있었다. 밥을 먹으려던 그가 부엌으로 생선찌개 그릇을 갖고 오더니 대뜸 생선 대가리와 꼬리를 물이 채워진 물 항아리에 넣으며 "몸뚱어리도 없는 이 병신아, 이 물속에서 몸이 생겨나라."
하고는 시치미 딱 떼고 나오더란다. 처음에는 부엌 일손들이 놀라
질겁했고 나중에는 웃음으로 바뀌고 그 말이 돌고 돌아 마침내 사랑
어른들께도 알려졌을 때는 근엄하신 할아버지께서도 "허 그놈 참!"
하고는 웃으셨다고 한다.

　그도 그럴 수밖에 없는 사정을 알 것이다. 수없이 드나드는 손님에
다 어른들을 모시고 식구는 많은 터에 어떻게 생선 토막이 자기 차지
가 되겠는가. 그렇다고 가운데 토막 욕심이 어찌 나지 않을까. 참다
가 자기 존재감을 알리고 싶을 때 그렇게 투정을 부리는가 보다. 그
뒤로 손님이 없고 생선이 많을 때는 그에게 생선토막을 챙기게 되었
음은 물론이다.

　내 조부님의 웃음을 만들어낸 그가 이 시대에 살았다면 인기 개그
맨이 되었을 성 싶다. 아니면 노동조합의 우두머리가 되어 큰 소리
치고 있거나.

　그런 일들을 내가 직접 보지 못하고 이야기를 들었을 뿐이지만 어
릴 적에 재승이라는 사람을 보기는 했다. 비록 오랫동안 남의 집에
얹혀살았어도 비굴하지 않고 당당한 모습이 기억에 남는다. 같은 처
지에 있던 다른 머슴들과는 달라 보였다.

(「계간수필」 2014. 여름호)

마음에 심은 나무

어느 해이던가, 봄이 되자 심지 않은 화분에서 웬 싹이 돋아났다. 영문을 몰라 조심스레 흙을 헤집어보고 놀라지 않을 수 없었다. 그것은 밤이었다.

오래전 젊은 날 당시 군인으로 전방에 다녀온 남편의 손에 두 되쯤 되는 밤이 든 봉투가 들려 있었다. 지금처럼 밤이 흔하지 않은 때 선물로 받은 알밤은 보기만 해도 소담스러웠다. 어린 두 아이에게 좋은 간식거리였다. 그중에서 굵은 것으로 열 개를 골라 화분 모래 속에 묻어둔 것을 잊고 지냈다. 어머니는 무엇이 생기면 다 없애지 않고 요긴하게 쓰일 때를 대비해 조금 아껴두셨다. 보면서 배운다고 나도 모르게 따르게 된 셈이다.

나는 보관해 두었을 뿐인데 밤은 자기가 자라나라고 심겨진 것으로 착각한 모양이다. 물 한 모금도 얻어먹지 못하고 안간힘을 다해 싹을 틔웠을 것을 생각하니 대견해 보였다. 하나의 생명으로 태어나는 몸부림 속에 온 우주가 담겨 있는지도 모른다. 마른 모래 속에서 고요히 생명의 꿈을 키우며 나름대로 역사를 이루고 있음을 눈치채고 가끔 물도 주고 마음도 주며 보살폈더라면 싹이 트고 자라기가 훨씬 쉬웠을 것이 아닌가. 싹이 한 뼘이 더 되게 컸을 때 아파트 앞뜰에 두 그루를 심어놓고 오며 가며 들여다보고 자주 물을 주며 관심을 쏟았다. 하나는 아이들이 그랬는지 부러지고 한 그루는 탈 없이 자라 몇 년 후 밤 몇 개가 열리던 해에 이사를 왔다. 떠나온 뒤에도 거기 살고 있는 옛 이웃들에게 밤나무 안부를 묻곤 하였다. 밤이 꽤 열려서, 밤나무가 심겨진 뜰에서 가까운 일층에 사는 이들이 밤을 까며 내 얘기를 했다고 들었다.

30여 년 전에 지어진 두 동뿐인 아파트는 진작 헐리고 새 아파트단지가 생겼으며 그곳 이웃들도 흩어져 밤나무의 행방을 알 길이 없다. 그 나무는 어떻게 되었을까. 누군가에 의해 다른 곳으로 옮겨져 심어졌으면 그동안 많은 열매를 사람들에게 제공했을 것이 아닌가. 거기서 여러 해를 사는 동안 둘째 애를 낳고 두 아이의 어린 날을 보내면서 많은 추억거리가 있을 테지만 가장 오롯한 기억으로 그 밤나무가 자리 잡고 있음은 어쩐 일일까. 내 손에 의해 한자리를 차지하고 있는 생명이어서일까. 어쩌면 그 나무를 심을 때 내 마음에도 심었나 보다.

그 밤나무가 어디에 있는지 알면 한번 찾아가 그 나무에 열린 밤도 몇 톨 가지고 와 식구들에게 맛보이며 이렇게 이야기해주고 싶다. '부평에 있는 아파트에서 살 때 밤 간수를 잘못해 싹이 났고 그게 오히려 복이 되어 나무로 자라 수십 년 동안 좋은 열매를 맺었을 것이고, 그때 밤으로 먹었으면 그것으로 끝나고 말았을 텐데 땅에 심어 이런 결과를 가져온 것이라고, 뿐만 아니라 나무를 심는 일은 가장 바람직한 흔적을 남기는 일이라고.'

처음 광명에 내 집으로 개인 주택을 마련했을 때 손바닥만 한 마당을 파고 포도나무를 사다 심었다. 식목일에 다섯, 여섯 살 난 두 아이를 앞세우고 꽤 큰 포도나무를 사서 리어카에 싣고 우리 네 식구가 보슬비를 맞으며 뒤에서 밀고 앞에서 끌고 와 심었던 일은 아주 아름다운 그림으로 새겨져 있다. 광명에서 멀지 않은 개봉동 원풍아파트에 이사 와 살 때 아이들은 초등학생이었다. 하루는 전에 살던 집에 가보겠다고 나갔다 오더니 어깨가 축 처져 있었다. 포도나무가 잘 있는지, 포도는 얼마나 달렸는지 그것이 보고 싶었는데 포도나무는 물론 예전 집이 깡그리 없어지고 그 자리에 연립이 들어서 있다고 퍽이나 애석한 표정이었다. 포도나무를 사올 때나 심을 때 동참을 해서 그처럼 관심과 애착이 가는 모양이었다.

고향집에 있던 나무들이 꿈에도 등장하고 고향을 생각할 때 옛 나무들도 가끔 딸려와 향수의 여행길에 끼어든다. 그 나무들은 내가 태어나기 전부터 있었고 매일 보고 함께 자라며 살았던 것이어서 가슴속 깊이 새겨져 있나 보다. 여름날 잠에서 깨면 감나무 밑에 쫙 깔려있던 별 같은 노란 꽃을 치마폭에 주워 담던 일, 집 모퉁이에 있던 무화과나무에 올라가 익은 무화과를 따다가 벌레에 쏘여 살이 붓고 아파서 괴로웠던 일까지도 고운 색채의 자국으로 남아있다. 무화과나무 옆에 있던 석류나무에 매달린 석류, 늦가을 벌겋게 익다 지쳐 껍질이 터진 주먹만 한 열매. 그 속에 알알이 박힌 빛나는 홍보석들이 보기만 해도 군침이 돌던 일들이 시간을 접고 공간을 뛰어넘어 이 먼 곳까지 따라와 메마른 정서를 적셔준다.

　제자리에서 묵묵히 우리의 삶을 지켜보던 나무들, 사랑방 앞에 있던 키 큰 두 그루의 호두나무, 추자 겉 껍질을 벗길 때 은행처럼 손이 간지러워 애먹은 일까지도 잊지 않았다. 양자로 온 오빠는 나무가 울안에 있는 것을 싫어했다. 잎이 떨어져 어질러진다는 이유에서였다. 제대하자마자 추자나무 두 그루가 베어졌다. 기둥이 빠진 집처럼 허전하고 균형이 깨어졌다. 다음에 뒤꼍에 있던 똬리 감나무 두 그루도 맥도 못 추고 무너졌다. 그 감나무는 많은 가지와 풍성한 잎으로 여름날 넓은 그늘을 만들어주었다. 그 나무에서 웬 매미와 쓰르라미가 그렇게 울어대었는지, 대청에서 낮잠을 잘 때 오케스트라로 하모니를 이루어주었다. 거기에서 열린 감은 모조리 홍시 용이었다. 곳간에 있는 항아리에 짚 한 켜 깔고 감 한 켜 놓고 채워놓으면 홍시가 되었다. 한겨울에 혀가 얼얼하게 차게 먹던 홍시 맛. 할아버지께서 하루에 한 번씩 집에 들르셨는데, 겨울에는 그 홍시를 두 개씩 꺼내어 이가 시리지 않게 그릇에 담아 화롯불에 덥혔다. 찬기만 가시게 하여 드리면 수저로 떠 잡수시고 한 개는 남기셨다. 그것은 내 차지였다. 그 맛도 나무가 베어진 다음부터는 볼 수 없게 되었다. 앞마당 귀퉁이에 있던 큰 감나무에는 얼마나 많이 열리던지 샘 옆이어서 동네 사람들이 많이 따먹어도 우리 차지가 더 많았다. 그 나무에 열린 감은 추석에 떫은 맛을 우려내어 먹고 나머지는 곶감을 만들었다. 늦가을 밤에 감을 담은 광주리를 방 가운데 놓고 둘러앉아 감을 깎았다. 밤 마실 온 이웃이나 친척들이 합세해 방안이 감과 사람으로 그득하여 풍요로웠다. 분위기가 화기롭게 무르익어갈 때 야참이 나왔다. 무떡과 생 호박 떡이 한 쟁반 나오면 누가 깎은 감 껍질이 길까, 누가 많이 깎았나 견주며 자기 것이 길다고 서로 우기던 말도 손에 든 칼도 모두 놓고 떡 쟁반에 손놀림이 바빠졌다. 그 감나무에 열린 감에서 딴맛을 느끼게도 했는데, 첫서리 내린 뒤에 땡감으로 먹는 맛은 단 맛과 떫은 맛이 어우러진 야릇한 맛, 입 안 가득 차는 듯한 떫은 맛 또한 별미였다. 그 나무가 세 번째로 베어지고 이어서 석류나무 무화과나무가 차례로 없어졌다. 드디어 우리 집은 나뭇잎 하나도 없는 말끔한 집이 되었다. 없어진 그 나무들은 꿈길로 찾아오고 추억으로 찾아온다. 나무들과 함께 살아갈 때 밥을 같이 먹지 않아도 한식구나 진배 없이 마음을 차지했었다. 마음에 심겨진 나무여서 그럴까.

살아있는 울타리

어머니는 딴살림을 나가 단란하게 사는 동서들이 그렇게 부러울 수가 없었단다. 아버지께서 중국으로 유학을 가서 몇 해를 보내는 동안 어머닌 하루에도 수십 명의 식구들이 북적이는 큰댁에서 함께 살며 밥상을 차려야 하니 오죽했겠는가. 드디어 아버지가 귀국을 해 마을 한복판에 새 집을 지어 제금을 나가게 되었다. 울타리를 만들 때 뒤로 돌아가며 생나무를 심고 친척이 살고 있는 앞집과는 나지막한 흙담이 있어 경계가 되었다. 사람만 다니지 못할 뿐 음식 그릇은 늘 들락거려 담을 덮은 용마루가 그 자리는 쉽게 망가졌다. 담에 박 넝쿨을 올려도 음식이 넘나드는 자리는 피해서 뻗고 하얗게 핀 박꽃도 피해서 폈다. 낮은 담장 위로 애호박이 열려도 쉽게 따지를 않고 서로 상대방이 먼저 따다가 반찬이라도 하길 바라며 미루다가 연하고 단맛이 나 맛있을 시기를 놓치고 말았단다. 나중에는 서로 따가지 않고 쇠게 만들었다고 상대를 탓했다니 진짜 시골 인심이고 울타리 사이의 인정이었다.

앞집 친척 댁에는 형편이 어려워 음식 그릇이 자연히 넘어가는 것이 넘어오는 것보다 많았다. 그럴 때마다 친척 아주머니는 민망해하며 "또 빈 그릇이어서 어쩐대요." 그러면 "우리는 식구가 적으니까 괜찮아요."라는 어머니의 말이 위안이 되는 듯했다.

울타리는 과일나무가 몇 그루 버티고 있는 사이로 참죽나무가 빈 틈을 메워주었다.

실과나무로는 사랑방 앞에 추자나무 두 그루가 있고, 감나무 두 그루가 뒤안에서 널찍한 자리를 차지하고 있었다. 그 곁에는 석류나무 두 그루도 색 맞추어 열리고 또한 많이 열리는 무화과나무가 꺾인 구석자리를 차지하고 있었다. 앞마당 구석에 있는 감나무는 가지가 찢어지게 많이 열려 옆에 있는 샘에 오는 이마다 감을 따먹을 수 있게 되었다.

할아버지께서는 아드님 여섯을 한마을에 살도록 마련해 주고 날마다 아들 집을 한 바퀴 돌아보는 것이 일과였다. 며느리들이 할아버지께서 다녀가기 전에는 일이 손에 잡히지 않는다고 하셨다. 오실 때마다 며느리들이 대접할 간식을 챙기는 데 신경을 많이 썼다. 한번은 댓돌에 벗어놓은 할아버지 신발을 내가 넘어갔다가 어머니로부터 혼찌검을 당한 적이 있다.

지금도 고향 꿈을 꿀 때 과일나무가 따라온다. 그래서 사람은 모름지기 나무를 심어야 한다고 가르쳤나 보다. 나무에 영혼이라도 있는 것처럼….

나는 할아버지께서 문밖에 나가는 걸 보기가 바쁘게 남은 다과상 자리로 다가갔다. 할아버지께선 내가 침을 삼키며 쳐다본 사실을 아신다는 듯 군것질거리를 남기셨다. 겨울에는 잘 익은 시자 두 개를 항아리에서 꺼내어 놋그릇 뚜껑에 담아 화롯불 위에 데우면 찬기가 가시어 노인이 먹어도 이가 시리지 않는다는 사실을 그때서야 알게 되었다. 따뜻해진 홍시를 수저로 떠먹는 맛도 내 몫으로 남겨준 할아버지의 사랑인 셈이었다.

이 글은 묵은 냄새가 날 만큼 오래된 글입니다. 1968년쯤 ≪여성동아≫에 〈문장〉이라는 산문을 싣겠다는 공모가 있어 투고를 했습니다. 그때 글을 뽑고 심사평을 하는 안수길 선생님 눈에 띄어 운 좋게 호평을 들었습니다. 산문 두 편과 시 두 편을 뽑아 실었고 번번이 내 글이 앞에 나와서 자부심을 갖기도 했습니다. 그것은 철부지 같은 생각임을 나중에야 깨달았지요.

이 봄에는 사랑의 씨를

어머니는 봄이 저 산 너머에서 아직 고개도 넘기 전부터 마음이 들떠 부산해진다. 어디다 무엇을 심을까 궁리하며 씨앗을 챙기는 손길에 생기가 넘친다. 심고 가꾸고 거두는 재미에 푹 빠져. 집 곁에 있는 자투리 땅이 어머니의 작업장이고 놀이터가 된다. 거기서 머무는 시간이 너무 많아서 다른 중요한 것을 놓친다. 하지만 씨앗을 때맞추어 심는 것보다 더 중요한 것은 없다는 어머니다.

지난해 11월에 뚝섬에서 있었던 '서울 숲 시민 가족 나무심기' 행사에 다녀와 퍽 상기된 모습으로 "얘야 오늘 나무 심는데 어린애들과 같이 온 가족이 많더라. 젊은 부부가 아이와 함께 추억 만들기, 또는 조부모님들이 손주들에게 아름다운 기억의 유산을 남기기 위해 동행한 사람들이 부러웠다. 나도 어서 손주를 보아 그 귀여운 것들이 나무 심을 때 동참하게 해야지." 하며 눈앞에 애가 있는 듯 눈빛을 삼삼하게 빛내셨다. 씨를 심을 엄두도 못 내는 아들 앞에서 면구스럽다.

어머니는 갑자기 생각난 듯 "야 네가 세 살 때인가 화분에서 밤 싹이 돋아나 뜰에 옮겨 심었던 일 생각나지, 지금도 살아서 열매를 맺을까?" 오래전에 선물로 받았다며 알밤 한 봉지를 내놓으셨다. 당시엔 밤이 귀한 때여서 오랜만에 보는 밤 맛이었다. 아끼는 데 선수인 어머니는 몇 개를 골라 더 요긴하게 쓸까 하고 화분 모래 속에 묻어놓고 잊으셨던 모양이다. 밤이 이처럼 싹이 나서 자란 것이라고 신기해하였다. 그때 밤을 더 달라고 하자 없다던 밤을 요술쟁이처럼 밤나무로 만들어낸 것이다. 어머니는 그것을 아파트 앞뜰에 옮겨 심었다. 어머니 생각은 보관할 셈이었는데 밤은 자기가 심겨진 것으로 착각한 모양이다. 그때 밤으로 먹었다면 그것으로 끝인데 심었기에 해마다 밤이 열리게 된 것이다. 사람이 하는 일중에 심는 일이 가장 바람직한 흔적을 남기는 일이라는 어머니의 말씀이다. 내가 초등학교 입학하던 해 마련한 우리 집 보자기만 한 마당 한쪽을 파고 꽤 큰 포도나무 한 그루를 심었다. 봄비 오는 날 포도나무를 손수레에 싣고 아버지는 앞에서 끌고 어머니와 동생 나 셋이 뒤에서 밀며 사올 때, 내 입학기념 식수라고 해 신이 났었다. 삼 년째 되던 해부터 청포도가 알알이 박힌 송아리가 주저리주저리 열려 먹음직도 하고 보암직도 했다.

이사를 온 뒤에도 그 나무 생각이 종종 나는 것을 보면 심는 일이 보람 있는 일이라는 말이 맞는가 보다. 아버지께서 한 말씀 거든다. 일 년 농사는 곡식을 심는 일이고 나무를 심는 것은 십 년 농사, 백 년을 바라는 것은 자식농사라고….

어머니는 '애야 때 놓치지 말고 사랑의 씨를 심거라. 한창 때 낳은 자식이 튼튼하고 머리도 좋단다. 이 봄이 가기 전에 사랑을 심고 사람의 씨를 심어야 아기가 태어날 것 아니냐.' 나는 속으로만 대꾸한다. 밭이 있어야 씨를 심지요. 내 말을 들으셨다면 '네가 땀 흘려 처녀지를 일구어라. 네 노력으로 일군 땅이 확실한 네 것이니라.' 하실 것이 뻔하다.

예전에 며느릿감을 고를 때 밥 잘 먹고 애 잘 낳게 생긴 색싯감이 최고였다고 한다. 그 말이 구시대의 산물이라고 웃지 말자. 쌀은 남아돌고 출산율은 줄어 걱정이라니 밥 펑펑 먹고 아기 쑥쑥 잘 낳는 것이 효자 효부요 애국자가 아니겠는가. 옛 사람들 가치관이 오늘에도 유효한 셈이다.

이 봄에 아기씨를 깊이 심읍시다. 중요한 백 년 농사를 지읍시다.

그사이에 아들이 결혼을 해서 남매를 두었다. 그 손주들이 얼마나 사랑스럽고 귀여운지 사람 사는 재미가 이런 것이고 보람찬 일이 이보다 더한 것이 또 있을까. 자다가도 손주 둘을 생각하면 웃음이 절로 나온다. 그때마다 암 예방 주사를 맞는다는 생각에 행복해진다.

빼앗긴 자리

　내가 사는 마을 가까이 있는 수목원에서 제일가는 명물은 무엇일까. 몇 그루씩 모여서 묵묵히 내려다보며 아랫것들을 지키는 낙락장송을 꼽는 이도 있다. 걷다가 다리쉼을 하고 싶다 할 때 나타나는 반들반들하고 새까만 오석으로 된 앉을 자리가 있는 쉼터를 으뜸으로 치기도 한다. 걷다 힘겨우면 몸은 쉬면서 머리 운동 삼아 책 한 권을 뽑아들게 하는 여유를 제공하는 수목원 내 북 카페를 내세우기도 한다. 한겨울에도 안에 들어가면 훈훈한 공기가 몸을 녹여주고 때를 잊은 꽃을 볼 수 있는 미니 식물원이 제일이라고 하는 이도 있다.

　하지만 나는 뭐니 뭐니 해도 수목원 한쪽에 앉아있는 호수를 으뜸으로 친다. 소로의 ≪월든≫을 연상시키는 호숫가를 거닐 때 행복감을 느낀다. 그 책을 읽으면서 소로의 사상과 인생을 동경해 왔다. 호숫가에 통나무집을 짓고 자신이 손수 심어 가꾼 식물을 먹으며 지내는 단순한 생활, 여유로움을 만끽하는 삶, 틈틈이 일기 쓰고 책 읽고 주변의 자연을 바라보며 숲길을 산책하는 멋….

하지만 그런 생활도 오래 지속하다 보면 외로워질 것 같다. 자연만을 상대하기보다는 사람과 소통이 있어야 자극을 받아 생기가 돋아 살맛이 나지 않을지.

소로의 삶이 남 보기에는 부러워 보일 수 있고, 소로 자신도 자연과만 더불어 사는 생활임에도 매우 만족해하면서 행복한 듯했다. 마을 사람들 모임에 어쩌다 몇 번 나가본 것 외엔 가족도 없이 혼자 그 많은 시간을 소화하며 누리기에는 지겹지 않았을지 의문이다.

그래서 월든에서의 생활을 2년 만에 접은 것은 아닐까. 어쨌든 자신이 꿈꾸던 생활을 몸소 체험하고 그 경험을 글로 써서 세상에 알렸다는 건 멋지다. 길이 남을 명작을 남기기까지 들인 체험의 값진 시간과 열정에 머리를 숙이지 않을 수 없다.

그런 생각에 잠겨있다가 정신을 차리고 앞을 바라보니 푸른 수목원을 빛내는 호수가 석양빛을 받아 은비늘로 반짝인다. 그 수면을 오리나 큰 새들이 유영을 하는 모습 또한 제일가는 명물 축에 든다.

호숫가의 경계엔 갈대들이 둘러리로 서 있고, 그 사이 곳곳에 있는 연꽃 무더기가 사람들의 사랑을 받았다. 수련이 그처럼 빼어나게 고운 색으로 핀다는 사실을 전에는 알지 못했다. 연분홍과 연노란 색이 기본인 데다가 하얀색까지 곁들여 돋보였다. 많은 볼거리 중에 대여섯 가지 색으로 피는 여기 수련이 제일이라고 보는 사람마다 감탄을 했다. 그런 기대감을 외면하고 수련은 어디 갔을까. 세상에 존재하는 색중에 여기의 수련 꽃처럼 예쁜 색은 아직 보지 못했다. 맑은 물로 씻은 듯 선명한 색으로 아침마다 함초롬히 피어나는 수련은 화사하다. 이렇게 고운 수련이 게으른 사람에게는 보이지 않겠다는 듯 오후 네 시가 넘으면 입을 다문다. 그 아름답던 수련이 올해는 눈에 띄지 않는다.

수련이 없어진 대신 갈대가 무성해졌다. 억세고 키 큰 갈대가 포위해 햇빛을 가리고 숨이 막혀 자취를 감춘 것일까. 번식력이 강한 갈대가 수련의 자리를 다 빼앗아 차지하고 호수를 점령해 가고 있다. 이대로 가다가 수목원 전체를 갈대가 독차지할 것 같아 겁이 덜컥 난다.

하지만 내년에는 갈대를 확 줄이겠다니, 연꽃 보러 오라고 소문내야겠다.

저승 가는 신발

아침에 일어나자마자 지난밤 꿈을 되새기는 버릇이 생겼다. 그 꿈에 따라 그날 하루 기분이 가름된다. 어젯밤 꿈에도 어머니는 맨발이었다. 그럼에도 고통스러운 기색 없이 즐거운 표정으로 길을 걷고 있었다.

어머니께서 걷는 길은 길바닥에 융단 같은 잔디가 깔리고, 양쪽으로 각색의 꽃들이 어우러져 어머니의 치맛자락을 스치는 좁다란 꽃길이었다. 종소리 울리고 찬란한 빛이 쏟아지는 곳을 향하여 가는 어머니의 발걸음은 평화로워 보였다.

이런 비슷한 꿈을 자주 꾸는데, 이런 꿈을 꾼 다음 날은 홀가분한 마음에 콧노래가 절로 나왔다. 어느 때는 정반대의 꿈을 꿀 때도 있다.

자갈이 울퉁불퉁 깔린 바닥에 나무뿌리에 가시덤불이 엉킨 사나운 길을 어머니는 맨발로 걸으며 고통스러워하는가 하면, 건너야 할 강

앞에서 탈 것이 없어 애를 태우는 것이다. 그러한 꿈을 꾼 뒤에는 온종일 우울해진다.

공주박물관에 다녀온 후부터 그런 꿈을 꾸게 되었다. 박물관에서 그 시대 사람들의 지혜가 모아진 창작품들, 수천 년 전에 선조들이 사용했던 도구들, 많은 시선과 손길이 닿았을 용품의 모서리마다 그분들의 생활의 부대낌이 서려 있으리라. 먼 시대 사람들이 몸담았던 압축된 삶터에서 그 삶을 엿보노라면, 긴 시간의 두께를 뚫고 엄숙함이 내게 전해 온다.

유물은 역사의 언어라는데 오늘을 사는 내가 제대로 알아듣지 못함이 민망할 따름이다. 박물관에 가면 현실에 급급하던 숨찬 현실에서 한 발자국 떨어져서 생각할 수 있는 여유가 생겨서 나는 기회가 있을 때마다 박물관 출입을 하는 편이다.

오래전 내가 젊은 날 문예진흥원에서 문예대학이라는 이름으로 개설한 강의를 몇 년 동안 들었다. 문화 예술 분야를 망라해 유명한 선생님들이 돌아가면서 강의를 맡아주어 진국으로 우러난 강의를 들을 수 있었다. 당시 정한모 원장님의 주관으로 공주박물관을 갔을 때 참여하게 되었다. 잔뜩 호기심을 갖고 진열장을 둘러보다가 나는 발을 멈추고 말았다. 푸른 녹이 슬고 군데군데 삭았지만 그것은 예사 신발이 아니었다. "무슨 신발이 저렇게 크담. 무령왕의 발이 저렇게 크단 말인가." 신바닥에 징이 박혀있고 청동으로 된 신발을 무거워서 어떻게 신었을지 의문투성이였으나 곧 박물관장이 풀어주었다.

그 신발은 저승 가는 신발이라고 했다. 저승을 가자면 강을 건너고 거친 산을 넘으며 험한 길을 가야 하니, 강을 건널 때는 큰 신발을 나룻배처럼 타고 건너며, 험한 산을 넘을 땐 미끄러지지 않게 쇠 징을 박았다는 것이다.

저승길에 강이 있다고 여긴 것은 비단 우리나라 사람들뿐만은 아니었나보다. 이집트 피라미드 남쪽에, 바람에 밀려서 쌓인 모래더미 속에서 봉인된 터널의 입구가 나왔다고 한다. 돌문이었다. 돌문 안으로 들어가 보니 삼목으로 만든 배가 그대로 보존되어 있었다는 것이다. 배 길이가 43미터나 되며 세계에서 가장 오래된 배가 발견된 것이다. 쿠후왕의 장례 때 묻어둔 배로 고고학자들은 추정했다.

이집트에서도 그렇게 죽은 자의 넋이 배를 타고 저세상으로 간다고 믿었고, 불경에서도 저승 갈 때 타고 가는 배 반야선(般若船) 얘기가 나온다고 하는 걸로 보아서 이승과 저승의 경계선에 강이 있다고 생각한 문화권이 한두 나라가 아님을 알 수 있다.

무령왕의 신발 앞에 몇 개의 신발이 내 눈앞을 스쳐 지나갔다. 아침에 일어나 보면 어느새 닦아놓은 흰 고무신이 마루 끝에 엎어져 앞동산 위로 떠오르는 아침 해와 만나던 어머니의 신발, 그리고 조부님의 갓신도 보였다. 여자들의 코신처럼 생긴 조부님의 흰 가죽신은 위엄의 상징이기도 했다.

내가 어렸을 때 섬돌에 놓여있는 할아버지의 신발을 넘어 갔다고 어머니로부터 호된 꾸중을 듣기도 했었다. 조부님이 화를 내는 것도 큰 소리를 치는 것도 대한 적이 없다. 그런데도 집안 식구는 물론, 동네 사람들도 조부님 갓신이 놓인 사랑채 앞에서는 숨을 죽이고 옷

매무새를 가다듬으며 조심했었다.

그 어른께서는 한마을에 사는 여섯이나 되는 아드님 집마다 하루에 한 번씩 둘러보시는 일이 일과 중에 하나였다. 그때마다 조부님 신발이 놓이는 집에서는 큰소리 나는 일이 없고 아이들의 다툼도 멈추곤 하였다. 조부님 신발에는 평화와 질서가 언제나 동행하였다. 그처럼 인상 깊은 조부님의 신발과 어머니의 흰 고무신이 무령왕의 저승 가는 신발 위에 포개어 보인 것이다.

저승길이 그렇게 험하다면 내 어머니는 신던 고무신 한 켤레도 못 가지고 가셨으니 어찌하나 하는 안타까움에 발걸음이 떨어지지 않았다. 일행들은 다 보고 나갔는지 눈에 띄지 않는데 나 홀로 저승 가는 신발 앞에서 사념에 묻혀있었다.

나는 한때 이런 생각을 했었다. 사람은 빈손으로 왔다가 빈손으로 가는 것이 아니다. 어떤 사람은 태어날 때부터 평생 편하게 살며 호강을 누릴 수 있는 재벌의 자손으로 태어나기도 한다. 누구는 빚더미에 앉은 부모, 불구나 병든 부모의 자식으로 태어나 무거운 짐을 지고 살아야 하는 경우도 있지 않은가.

그 뿐만이 아니다. 죽을 때도 고대 황제나 왕들은 내세에서 누리고 살 것들을 빠짐없이 갖춘다. 금은보화에 장식품이며 온갖 도구에 예술품과 부릴 종, 심지어 악사까지도 토용이나 토우로 대신해서 거느리고 내세의 새 출발을 꿈꾸며 무덤에 들어갔다. 지금도 호화 분묘를 갖춘 망자가 있는가 하면 내 어머니처럼 신던 고무신마저 놓고 간 분도 있으니, 사람은 생과 사가 다 공평하진 않다고 단정했었다.

그러나 지금은 생각이 달라졌다. 죽은 자는 결코 아무것도 가지고 갈 수 없고, 오직 삶의 자국을 산 사람의 가슴에 남길 뿐이라고. 어떻게 살았는가의 흔적이 볼썽사나운 얼룩을 남겼는가, 고운 무늬를 새겼느냐가 다를 뿐이라는 생각에 이르게 된 것이다. 무덤에 넣은 것들은 결국 썩어 없어지거나 발굴되어 산 자에게 돌아오니까.

조부님의 갓신은 묘소에 넣지 않고 큰댁 사당에 보관해 두었다. 자손들에게 그 신발을 볼 때마다 그분의 인품과 인생철학을 교훈으로 일깨우기 위해서 그랬나 보다.

저승 가는 신발을 본 뒤로 맨발인 어머니의 저승길이 애처로워 몇 번은 마음에 걸리는 꿈을 꾸었다. 그러다가 생각이 바뀌었다. 어머니께서 수를 누릴 만큼 살고 떠난 초상 마당에서 모두들 아깝다고 했다. 거기다 말년에 기독교에 귀의까지 했으니 신발이 소용없는 좋은 곳, 조물주의 품으로 가셨으리라는 믿음이 생긴 것이다. 그래서 요즘은 마음이 편한 꿈을 그렇게 꾸게 되나 보다.

때를 놓치고

그동안 살아오면서 마음으론 다짐했지만 미루다가 실천에 옮기지 못하고 기회를 놓친 일이 한두 가지가 아니다. 십 년 전 신도림동 우성 아파트에 살 때는 헌혈할 기회가 많았다. 헌혈차가 지하철 역 입구를 가로막고 차를 타려는 바쁜 발걸음을 붙잡고 헌혈을 요구했다. 그때마다 "다음에 하지요."라며 손사래를 치고 지나쳤다. 하지만 그 다음 역시 바쁘기는 마찬가지였다. 알맞은 기회는 쉽게 오지 않았다. 그렇게 몇 년이 또 흘러갔다.

마침 내가 다니는 교회에 보건소에서 나온 직원들이 헌혈을 한다기에 숙제를 끝내는 홀가분함으로 줄을 섰다. 내 차례가 되어 몇 가지 문답을 하는 과정에서 혈압약을 먹는다고 하니 헌혈을 안 받는다고 한다. 퇴짜를 맞았다. 그렇게 허망할 수가 없었다. 약 먹기 2년째 되는 해였다. 시간도 힘도 돈도 있을 때 또한 맘먹었을 때 쓰지 않으면 영영 기회를 놓치고 만다는 사실을 절감했다.

장기 기증도 그랬다. 결심하고 가족들에게 승낙도 받았다. 어디서 어떻게 하는지 절차도 알아야 하고 그리 급할 것도 없는 일이기에 미루어왔다. 하지만 지금은 기증자가 많아 젊은 사람 것으로만 선택해서 받는다고 들었다. 이런 낭패가 따로 없다. 제때 즉각 실천하지 못하고 내일로 또 나중에, 다음으로 미루다 기회를 놓친 일이 그일 말고도 얼마나 많았던가. 내 인생에 미루는 버릇을 버리지 못하는 한 얼마나 많은 실패와 후회가 따를지 모른다.

　　그동안 살아오면서 내게 도움을 주신 분들이 많다. 내 입장을 챙겨주고 북돋워주고 격려해 주신 선생님들 선배님들께 받기만 하고 갚지 못한 일이 얼마나 많은가.

　　내가 다니는 교회 설교 시간에 담임목사님이 하신 이 말씀이 마음에 닿는다. 하나님께나 사람에게나 은혜나 도움이나 사랑을 받았으면 그 표시를 하라는 말씀이었다. 마음으로만 품고 있지 말고 말로든지 물질로든지 감사가 전달되었을 때 서로의 기쁨이 상승된다는 사실을 이제야 깨닫게 된 셈이다.

　　이심전심으로 내가 고마워하고 있다는 것을 상대방이 아시겠지 미루어 생각하고 넘긴 것이다. 그동안 살아오면서 얼마나 많은 은혜와 덕을 입었는가. 하지만 마음은 두고 있어도 다음으로 미루다가 갚지 못하고 이미 세상을 뜨신 분도 계셔서 안타깝다. 알았으면 지금부터라도 품고만 있지 말고 실천을 다음으로 미루지 말기를 새해의 화두로 삼아야 할 일이다.

　　뒤뜰에서 잡초를 뽑는데 호박 모 하나가 계절을 잊고 한 뼘쯤 자라

있었다.

때를 잊었는지 아니면 여름 날씨가 너무 덥다고 다음으로 미루기 좋아하는 나처럼 핑계를 삼았는지 모르겠다.

이것이 어디 박혀있다가 이제야 생뚱맞게 싹이 나서 자랄 셈이었을까. 날씨가 늦가을까지 따뜻하니 봄으로 착각한 모양이다. "이제 꽃도 피우지 못하고 열매도 맺지 못해 목숨 값도 할 수 없을 것." 혼잣소리로 의구심을 토하며 모지락스런 손길로 잡아 뽑으려는 순간이었다. 잠간 어느 수필가님의 책 제목이기도 한 '잠간'은 '멈춰라'라는 울림으로 전해왔다. 올여름 같은 불볕더위를 견디고 살아난 것도 대견하다고 칭찬은 못할망정 비정한 마음을 먹은 것이 미안했다.

효도 보험

고향 마을버스에서 함께 내린 일행이 내 짐을 들어주겠단다. 처음 보는 여자다. 젊은 사람이 귀한 시골에서 젊은 여자를 보았을 때 우선 반가움이 앞섰다. 내가 고향을 떠나온 지 오십 년이 넘어 옛 어른들은 세상을 떠났고 젊은이들은 고향을 떠나 마을이 썰렁하기 그지없다. 그런 터에 싹싹한 새댁이 다가와 자기도 빈손이 아니면서 짐을 들어다 주겠다고 한다. 뉘 댁 손녀나 손부가 다니러 오는 길이겠지 짐작하고 물어봤다. 정섭이 안사람이라고 해도 쉽게 알아채지 못하자 똥쟁이 할머니는 아시지요. 그분 손자며느리라고 자기 소개를 한다. 오호라, 그러면 그렇지. 나는 입속으로 되뇌며 흐뭇한 시선으로 그를 바라보았다. 시할머니는 세상을 떠났고 정섭이는 군산에 있는 회사를 다니는데 시어머니 홀로 두고 떠날 수 없어 고향에서 모신단다. 대신 정섭이가 공휴일마다 다녀간다고 말하면서 불만이 없다는 듯 표정이 밝다.

그 시할머니는 나의 숙부님의 유모다. 조모님이 젖이 모자라 그를 유모로 들어앉히고 대우를 해주었다. 그는 체모가 훤하게 생긴 데다 부연 살빛이 볼품이 좋아 어디를 가면 부잣집 마나님으로 알고 특별 대접을 받는다고 들었다. 그는 원래 활달한 성격에 수완이 좋아 큰댁의 부엌 일손뿐 아니라 바깥 일손까지 진두지휘하는 입장이었다. 그에게는 '동열'이라는 이름의 외아들이 있어 집안 어른들은 그를 말할 때 동열 어미라고 하거나 '똥쟁이'라고 했다. 그는 어디서나 거침없이 큰 소리의 방귀를 마구 뀌는 바람에 그런 이름이 붙은 것이다. 특이한 생리 현상인 듯 연달아 터지는 방귀 소리에 그 자리를 웃음바다로 만들었다. 고약한 냄새가 안 나 얼굴을 찡그리는 사람은 없었다. 오빠나 언니들은 그를 보면 "가죽피리 악사님이 등장했습니다. 곧 연주가 시작되겠습니다." 하며 웃음을 보태었다.

방귀쟁이 할매가 세상을 떠났고 그 며느리 동열네도 병석에 있다는 소식을 정섭이 처로부터 듣고 그 고부를 떠올린다. 동열 네는 일찍 과부가 되어 아무것도 가진 것 없는 빈손으로 시어머니를 극진히 섬기며 외아들 정섭이를 반듯하게 키워냈다. 자기 자신은 누더기를 입을지언정 시어머니와 아들의 입성만은 언제나 깨끗한 모양새로 내놓았다. 가죽피리 악사는 집에서도 깨끗하게 차려입고 담뱃대를 꼬나물고 허드렛일은 손도 대지 않았다. 동열네는 그러려니 하고 조금도 불평이나 불만 없이 화목하게 살았다. 가장 기억에 남는 장면은 동열네가 품팔이를 하거나 부엌일을 할 때 끼니가 되면 먼저 챙기는 것은 시어머니와 아들에게 먹일 밥이었다. 아무리 바쁘거나 급한 일이 생겨도 소용이 없었다. 밥이 식기 전에 먹이고 싶고 그 밥을 기다릴 두 식구 생각밖에 없었다. 고봉밥이 어떤 것인가를 그를 통해 알게 되었다. 사발에 담긴 밥보다 그 위로 올라온 밥이 더 많은 밥, 그 이상 올려 담을 수 없을 것 같은데도 그가 한 주걱 더 떠서 때려 붙이면 다져서 붙어있다. 그 밥을 싸들고 단칸방 오두막으로 내달리는 그의 발걸음은 힘이 들어있고 얼굴엔 화색이 돌며 행복해 보였다. 두 세 끼니는 주리지 않을 수 있어서 그런 것 같았다. 시어머니를 효성으로 보살핀 공로로 그는 효부상을 타기도 했다.

가죽피리 악사의 이야기 중에 숙부님 유모 시절에 있었던 이야기가 기억에 남는다. 아기가 연약해 좀 더 튼튼한 아기로 키우려고 유모에게 보약을 달여 먹였다. 유모는 보약의 효능을 아기에게 전하려는 마음에 젖가슴 아래에 긴 띠를 칭칭 동여매고 있더란다. 그가 참으로 그렇게 알고 한 행위인지 환심을 사려는 수단인지 알 수 없으나 웃음을 자아내는 한 토막의 일화다.

이 시대의 며느리들은 시부모를 대하는 마음가짐이 냉대 아니면 박대를 해 자식 며느리와 단절하고 절망감으로 외로운 노후를 보내는 이들이 많다고 들었다. 이기적이고 편한 것만 따르는 아들딸 며느리들아, 너희들이 부모에게 어떻게 하는가를 너희 자녀들이 보고 들어 뇌리에 차곡차곡 저장하고 있단다. 자기도 커서 그렇게 갚으려는 것이다. 그래서 효도나 불효까지도 가문으로 이어진다는 말이 맞는가 보다. 그러고 보면 가장 확실하고 보람된 노후 보험은 효도하는 모습이 아닐까.

작은 소리 .

"겨울이 오면 어찌 봄이 멀리요."로 시작되는 영국의 시인 셸리의 시구를 내가 애송하는 까닭은 꿈이 있어서이다. 춥고 괴로운 이때 뭇 생명이 있는 것들은 움츠러들며 안으로만 파고든다. 하지만 이 어둠의 터널을 건너면 봄을 맞을 수 있다는 확신이 있기에 혹독한 겨울을 참고 견딜 수 있을 것이다. 이제 겨우 겨울에 접어든 지금 나는 벌써 봄을 당겨서 그 속에 살고 있다. 지나간 봄 이야기들이 서로 고개를 내민다.

작은 발자국 소리로 오시는 봄비. 참 반가워 버선발로 뛰어가 맞고 싶었다.

일반 사람들은 비가 오면 우산을 챙겨야 할지 말아야 할지 그 정도 의 관심이면 되겠지만, 농사꾼에게는 가뭄 끝에 오는 한 모금의 비가 얼마나 단지 경험하지 않고는 그 뼛속까지 느껴지는 절절함을 모를 것이다.

완두콩과 옥수수를 심을 때라고 해서 땅을 파는데 흙먼지가 인다. 메마른 땅에 깡마른 씨앗을 심어놓고 비 소식만 기다리는 서툰 농부의 마음은 씨앗과 함께 목이 타들어가는 듯했다.

거기에다 봄이 오는 걸음마저 느려 터져 세 발 앞으로 갔다가 두 발 뒤로 물러나기를 몇 번 반복하는 통에 철이 앞으로 가는지 뒤로 가는지 종잡기가 어려웠다. 흙을 짜 봐도 씨앗을 짜 봐도 병아리 눈물만큼의 물기조차 없는 터에 차가운 날씨까지 합세해 씨앗이 잔뜩 주눅이 들었나 보다. 씨앗을 묻은 지 보름, 스무날, 달포가 되어가도록 싹틀 기미가 보이지 않는다. 이것들이 잠들었는지 죽었는지 답답한 나머지 어떻게 하고 있나 하고 씨앗을 파보았다. 씨앗은 입을 앙다물고 그대로 있었다. 그렇게 조바심 내는 것은 나 혼자뿐, 다른 이들은 싹이 트거나 자랄 때 가뭄이 들면 말라죽지만 씨앗인 채로 있는 것은 더디게 날 뿐 죽지는 않는다고 태평이다.

그사이에 두어 번 비가 온다는 뉴스는 있었으나 쥐 오줌만큼 찔끔거리다 말아 씨앗까지 가기엔 턱도 없어 실망하고 말았다. 요전엔 새벽 잠결에 얼핏 소곤거리는 소리가 들리는 듯했다. 비가 온다는 어젯밤 일기예보가 있어 귀를 열어두어 그 작은 소리를 들을 수 있었다. 날이 새기 바쁘게 텃밭에 나가봤다. 이번에는 씨앗을 적실 만큼 봄비가 촉촉하게 내렸다. 마음이 흡족해졌다. 이튿날 밭에 나갔을 때 옥수수와 콩은 물에 불어 껍질을 트고 나오는 데도 시간이 그리 걸리는지 감감 무소식이고 그것보다 일주일쯤 늦게 심은 상추, 쑥갓, 아욱이 몇 개씩 싹이 나오고 있었다. 흙의 품에 안겨 잠자고 있던 씨앗들이 봄비에 놀라 이제야 정신을 차렸나 보다. 씨앗 그 속에 무엇이 있기에 말라비틀어진 껍질을 뚫고 연한 목숨을 내뱉어, 마침내 초록빛 꿈을 펼칠 수 있게 되었다. 그 생명의 신비로움이 날마다 새로워져 질리지 않고, 밭에 있으면 금방 시간이 가버려 일에 지치지도 않는다. 그렇게 멈칫거리던 봄은 봄비가 문을 열어주자 한꺼번에 와버렸다.

복덕방 아저씨가 이곳 마을을 소개하면서 집집마다 텃밭이 딸렸다고 하는 말에 솔깃해서 이 텃밭과 인연을 맺게 되었다. 뿐만 아니라 텃밭 농사를 안하는 이도 많아 관심 있고 의욕이 넘치면 다른 집의 몫까지 할 수 있다고 해서 또 한 번 혹했다. 그 후 14년째 다른 일 제쳐두고 밭농사에 빠져있다.

≪그리스신화≫에서 씨앗의 신인 페르세포네가 땅의 신인 티매테르의 품에 안겼을 때 생명의 활기가 차듯, 나 또한 봄비를 만나 생기에 차있다.

내 글을 쓰게 된 글 심부름꾼

　어렸을 때 편지 심부름을 많이 다녔다. 글과 나의 맨 첫 인연은
어쩌면 그런 편지 심부름에서부터 비롯되었는지도 모른다. 한 울안
에서도 어머니와 숙모님이나 숙모님과 대고모님은 서로 편지를 주고
받았다.

　어머니의 여섯이나 되는 동서들이 한마을에 살면서 말로 전해도
될 말까지 쪽지 편지로 하는 게 우리 마을의 전통처럼 되어있었다.
그 편지 심부름들이 '글'이란 것에 대한 내 애착의 첫 씨앗이었다.
그리고 그분들이 살아온 이야기들이 내 수필의 양분이 되었다.

　편지 심부름을 자주 시켰던 넷째 숙모님은 자신 없어 하는 내게
힘을 실어주고 용기를 북돋워주면서 자존감을 길러주신 분이다. "너
는 그냥 태어난 것이 아니다. 네 어머니께서 너 낳을 때까지 일 년
내내 새벽에 일어나 정화수 떠놓고 칠성경 읽기를 하루도 빠짐없이
하며 정성을 바쳤으니 그 공이 어디로 가겠나?" 하며 너는 그처럼
정성으로 태어난 존재이니 뜻도 담대하게 가지라고 치켜세워 주셨

다. 이런 얘기뿐 아니라 재밌는 옛날이야기 대부분을 나는 이 넷째 숙모님을 통해서 들었다. 그 숙모님께서는 입담이 좋은 데다가 목소리도 낭랑하고 총기 또한 남다른 분이었다. 내가 곁에 있기만 하면 끊임없이 이야기보따리를 푸시는데 매번 흥미진진한 내용이었다.

그 숙모님은 바느질이나 음식을 하는 데는 별로 관심이 없고 책읽기 등 지적인 호기심이 강하고 통이 큰 여장부였다고 한다. 단적인 예로 서양 선교사들을 대동하고 할아버지가 계시는 큰댁에 느닷없이 들이닥친 것도 놀라운 사건인데, 유교로 다져진 반가에서 낯선 야수교(예수교) 예배당을 짓도록 할아버지를 설득하여 재정 지원까지 받아낸 분이다. 교회를 짓기 전에는 뽕나무 밭머리에 있는 잠실에 방을 빌려 예배를 드렸다. 그때 숙모님의 손을 잡고 따라가 예배를 드렸던 기억이 난다.

이때 어린 나는 누에와 누에고치를 처음으로 보고 신기해서 전율을 느꼈다. 흰 종이에 까만 깨알 같은 것이 다닥다닥 붙었는데 며칠 지나자 알이 깨어 꼬무락거리며 생명체로 살아나는 것이었다. 실같이 가늘게 썬 뽕잎을 먹던 어린것들이 점점 몸을 불리더니 먹는 것도 왕성해졌다. 어느 날 보니 고개를 들고 다 죽어있었다. 하지만 그것은 죽은 것이 아니고 누에가 잠을 자는 것이었다. 이렇듯 몇 번 자고 나면 미숙함에서 조금씩 성숙해지는 단계가 된다. 내가 수필을 쓰게 된 과정도 그런 양잠과 같았다.

내가 직접 체험했거나 들은 이야기들이 기억의 상자 속에 뭉쳐있다가 글을 쓰고 싶을 때마다 줄줄이 뽑아내는 소재가 된다. 그런 소재들을 이어 쓰다 보면 어느 마디에서 머리를 탁 치게 된다. 거기 글의 주제가 있는 것이다. 누에가 뽕잎을 실컷 먹은 뒤에 몸 바깥으로 실을 뽑아내는 과정과 비슷한 것이다.

맨 처음 내 글이 인쇄되어 나온 것도 공교롭게 누에 이야기였다. 지금으로부터 약 50년 전 동아일보에 원고지 대여섯 장 분량의 독자 투고 박스 글이 일주일에 한 번씩 게재되었다. 여성의 글은 〈여성싸롱〉, 남성의 글은 〈남성코너〉라는 제하로 나오는 가벼운 글이었다. 당시 그 원고료가 500원이었던 걸로 기억한다. 적은 돈이지만 그 가치는 내게 특별했다.

누에에 관한 나의 투고 글이 신문에 실리자 얼마 후에 누에고치와 관련이 있는 잠사(蠶絲)라는 회사에서 원고 청탁이 왔다. 써야 될 원고지 분량도 몇 배 길어졌고 원고료도 늘어났다.

큰언니가 예닐곱 살 때 했던 편지 배달 이야기도 넷째 숙모님을 통해 들었다. 숙모님은 자고 있는 언니를 깨워 편지 심부름을 시키셨단다. 비단 헝겊 조각을 배달료로 주면 선잠을 깼는데도 짜증내지 않고 넷째 숙모님의 편지를 대고모님께 가져다 드리고 그 자리에서 먹을 갈아 즉시 답장을 써주셨다고 한다.

"달 밝은 이 밤 사랑 마당에 있는 벽오동나무에서 부엉이가 왜 그리 청승맞게 우는지. 그 소리에 잠 못 이루시는지 고모님 방에서 불빛이 새어 나오는군요. 지금 책을 읽으시는지, 글을 쓰고 계시는지요." 숙모님의 편지다. "질부 방에서 다듬이 소리가 청아하게 귀를 두드리는군. 낮에 보니 손에 옥색물이 들었더군. 새신랑 두루마기를 그렇게 파리가 낙상하게 두드리는가. 이제 그만 쉬면서 무지개 꿈을 꾸게나." 대고모님의 답장이다.

큰언니가 심부름했던 편지는 이처럼 서정적인데, 그 25년 후에 어머니가 손아래 동서인 넷째 숙모님께 보낸 편지 내용은 맛이 달랐다. "외양간에서 송아지 우는 소리가 들리는 지척인데 못 본 지가 벌써 며칠이 지났네 그려. 고뿔이라도 들었는지 어디 탈이 났을까 걱정되니 한 걸음에 달려오게나. 오늘 엿을 고면서 엿밥 한 그릇 보내니 따뜻할 때 맛보게나." 내가 심부름했던 어머니의 편지 내용은 이렇듯 보다 현실적이다.

우리 집안에서 글씨든 글 솜씨든 가장 으뜸은 대고모 되는 장성 할머니시다. 전남 장성으로 시집가서서 '장성'이라는 택호(宅號)를 붙였다. 옛 여인에게 재주가 비상하면 팔자가 세다던가, 예식을 올렸는데 신행(新行)도 하기 전에 신랑이 처가에서 요절하고 말았다. 흰 상복에 흰 가마 타고 교전비(轎前婢) 한 명 딸려 시댁으로 신행을 했을 때 누가 반갑게 맞이하겠는가. 그 길은 절망과 아픔의 길이요, 눈물과 슬픔의 길이었다. 나는 넷째 숙모님으로부터 그 얘기를 듣다가 울고 말았다.

문장가이고 명필인 장성 할머니께선 홀몸으로 친정살이를 하면서 여러 질녀들과 종손녀들을 모아 글공부를 가르치는 것을 삶의 낙으로 삼았다. 당신으로부터 배운 여식들마다 시집가서 사돈서(查頓書)를 대신 써주는 대필가 노릇을 하며 대우를 받았다고 한다.

달 밝은 밤에는 대고모님과 숙모님이 함께 뒤뜰 언덕을 거닐며 옛 시조를 한 구절 읊으면 큰언니와 사촌언니가 뒤따라가며 후창으로 따라 읊는 소리가 참 듣기 좋았단다. 대고모님과 그 숙모님은 둘 다 아기를 갖지 못했고 글을 좋아한다는 공통점이 있어서 더욱 가까웠나 보다. 옷감을 몇 해째 상품으로 내셨단다.

숙모님에게 이런 이야기들을 들으며 누에가 고치를 짓기 위해 뽕잎을 자꾸 먹듯 내게는 많은 쓸 거리가 쌓여갔다. 나도 글을 쓰고 싶게 만든 것은 그 숙모님이 들려준 생생한 이야기 덕이다. 내가 겪은 체험도 아니면서 이야기로 듣고 상상의 날개를 달아 내 머릿속에서 아름답게 재구성해 보는 일만으로도 재미가 쏠쏠했다. 내가 터득한 글쓰기의 싹은 직접 겪은 체험들과 숙모님을 통한 간접 체험들을 밑거름으로 해서 생겨났다.

그리고 청소년기 때부터는 닥치는 대로 책을 읽었다. 소화하기에 벅찬 내용에다가 등장인물의 이름조차 구별하기 어려운 러시아 작가들이 쓴 대작들도 끝까지 읽으려고 지적 호기심과 오기로 버티며 씨름을 했다. 이해하기 어려운 책들은 완전히 내 것이 될 때까지 몇 번이고 되풀이 읽으리라 다짐했으나 정작 실천에 옮기지 못하고 미완의 흐릿한 느낌만 가진 채 치워버리곤 했던 적이 많아서 아쉽다. 독서하고 난 뒤에 꼬박꼬박 독서노트나 독후감을 쓰는 습관을 들였더라면 책을 읽으며 느꼈던 점들이나 복잡한 책 내용이 정리도 되고 작문 솜씨도 늘지 않았을까 싶다. 그러지 못하고 무계획적인 독서만 하고 독서 후 뒷마무리도 안 했던 탓에 지금은 오직 책 제목들만 기억나고 안의 내용들은 기억 속에서 사라져버린 게 많아서 씁쓸하다.

현실적인 직접 경험이나 숙모님 등에게 들었던 이야기들을 주로 글 소재로 삼고, 독서와 그와 관련된 사색을 통해 글을 써봤던 적은 별로 없다 보니, 나의 글엔 관념적인 요소가 많지 않다. 이런 점은 내 수필의 일종의 개성이 되기도 하지만, 구체적인 현실과 추상적인 사유를 넘나드는 보다 다양한 스타일의 글쓰기로 확장되기엔 어려운 한계였다고 생각한다.

나는 체계적인 개요를 미리 철저히 짜지 않고 다소 즉흥적인 방식으로 글을 쓴다. 수필은 붓 가는 대로 쓴 글이라는 유명한 말이 나의 이런 작법에 든든한 우군이 되어준다고 내심 생각했었다. 그런 글쓰기 방식이 나의 느긋하고 낙천적인 성격에도 잘 맞고, 처음엔 생각지도 않았던 아이디어가 글 쓰는 도중에 튀어나오기도 해서, 어느 방향으로 갈지 나도 모르는 내 글쓰기 방식이 마냥 싫지만은 않았다.

이런 나의 작법은 원고지 시대엔 무척 애를 먹였다. 그러나 여러 가지 기능으로 중도의 변경과 글쓰기의 방향전환까지 무척 쉽게 해주는 현재의 컴퓨터 워드프로세서는 나의 두서없는 작법에 큰 조력자가 된다. 심한 기계치인 나에게도 테크놀로지는 구원자가 돼주었다.

하지만 낙천적인 성격이 지나쳐서 해야 할 일을 다음으로 미루는 나쁜 버릇이 있다. 그래서 기한 마감일이 되어서야 쫓기듯 급하게 글을 쓰고 제대로 퇴고도 못 하는 경우가 많아서 매번 아쉬움이 남는다. 잘 다듬어지지 않은 투박한 문장과 체계적이지 못한 구성이 그런

악습관의 결과물이다. 글 쓸 때 충분한 시간을 가지고 습작노트도 만들고 퇴고도 많이 한다면 후회가 적을 텐데 오래된 습관을 고치는 일은 쉽지가 않다.

류 동 림 수 필 집

어머니의

혼수